Entrez dans l'Histoire…

Si, comme de nombreux Français, vous aimez les grandes fresques historiques, alors, la prestigieuse collection Grands Romans Historiques vous est destinée. Tous les deux mois, vous y découvrirez de palpitants récits tenant à la fois de l'épopée et du roman intimiste. Car sait-on, au juste, quel est le poids de l'amour dans les affaires d'Etat ? Cette ambiguïté fait tout le charme de ces romans qui nous entraînent dans le passé : on s'y retrouve — et on s'y perd. Au fil des siècles et des contrées, vous découvrirez les arcanes de la vie quotidienne au temps jadis, et revivrez les heures exquises où le galop des messagers emportait à la fois les édits du roi et les billets du cœur…

La responsable de collection

[illegible]

Si, comme de nombreux Français, vous aimez les grandes fresques [illegible] alors la [illegible] collection [illegible] [illegible] [illegible] tous les deux mois [illegible] [illegible] de l'Empire [illegible] [illegible] quel est le [illegible] [illegible] [illegible] de ces romans qui [illegible] [illegible] [illegible] [illegible] [illegible] [illegible] [illegible] [illegible] [illegible] du temps [illegible] [illegible] [illegible] [illegible] [illegible] [illegible] et les [illegible]

[illegible]

Le manoir des secrets

CANDACE CAMP

Le manoir des secrets

Grands Romans Historiques

HARLEQUIN

Cet ouvrage a été publié en langue anglaise
sous le titre :
SO WILD A HEART

Traduction française de
MARIE-JOSÉ LAMORLETTE

Illustration de couverture
Château : © PHOTODISC

83-85, boulevard Vincent-Auriol, 75013 PARIS — Tél. : 01 42 16 63 63
Service Lectrices — Tél. : 01 45 82 47 47
ISBN 2-280-10641-8 — ISSN 1637-0414

À cette époque...

Le manoir maudit où se déroule ce roman inspirerait sûrement de nombreux cinéastes. En effet, depuis *La chute de la maison Usher* en 1948 (inspiré du roman d'Edgar Poe) jusqu'à *Harry Potter et l'école des sorciers* (adaptation du best-seller de la romancière anglaise Joanne K. Rowling), le thème de la maison hantée jalonne toute l'histoire du cinéma... Depuis la nuit des temps, la « maison » au sens large du terme (temple, colline, cité...) sert de lien entre l'humain et le divin. C'est un espace sacré qui se déploie autour d'un axe central, le foyer. Ainsi l'humble hutte des Navajos reproduit-elle fidèlement l'organisation du Cosmos, de même que la maison aztèque abrite trois pierres ardentes symbolisant la puissance mystérieuse des dieux. Plus tard, la bâtisse devient la représentation symbolique de l'esprit humain : la façade correspond à la fonction sociale et au jeu des apparences, le toit à la fonction consciente, la cuisine est le siège des transformations psychiques, tandis que les escaliers représentent les différentes facettes de la même personnalité. Rien d'étonnant donc à ce que, au cinéma, les lieux gorgés d'Histoire deviennent des espaces maléfiques où chaque mètre carré rappelle que le Diable sous ses multiples visages est bien présent, tapi dans l'ombre, et n'attendant sournoisement que d'être réveillé. De la cave au grenier, en passant par les pièces obscures, les escaliers branlants, les couloirs interminables, les oubliettes ou les caveaux, les forces du Mal rôdent... Parmi les films les plus célèbres situés dans de lugubres maisons, châteaux ou manoirs, on trouve, outre l'inoubliable *Psychose*, d'Alfred Hitchcock (1960), *Frankenstein*, de James Whale (1931), *Amityville ou la Maison du Diable*, de Stuart Rosenberg (1979), *Shining* ou *Les couloirs de la peur*, de Stanley Kubrick (1980) et, plus récemment, *Hantise*, de Jan de Bont (1999).

1.

Londres, juin 1834

Elle se haussait vers lui, les bras tendus, ses grands yeux suppliants, la bouche contractée par un rictus fatal. Elle était pâle, de l'eau ruisselait sur son corps et ses vêtements. Des algues noires s'enroulaient autour de son buste, semblaient la tirer vers les profondeurs des flots en furie.

— Dev ! Aidez-moi ! Sauvez-moi !

Ses cris suraigus résonnaient dans les ténèbres.

Il se pencha vers elle, mais sa main ne parvenait pas jusqu'à la sienne et il ne pouvait s'avancer davantage. Il s'étira, tendant au maximum les moindres fibres de son corps ; elle restait désespérément hors de son atteinte.

Elle s'enfonçait dans l'eau noire, ses yeux se fermaient.

— Non ! hurla-t-il en essayant en vain de la rattraper. Ne vous laissez pas sombrer ! Laissez-moi vous aider !

Les paupières de Devin s'ouvrirent d'un coup. Son regard resta un instant sans expression, puis lentement la lumière se fit dans son esprit. Il avait encore rêvé d'*elle*.

— Juste ciel !

Se sentant glacé jusqu'aux os, il frémit et jeta un coup d'œil autour de lui. Il lui fallut un moment pour saisir où il se trouvait. Il s'était endormi dans un fauteuil de sa chambre, en peignoir. Une bouteille de cognac et un verre étaient posés sur la petite table proche de son siège. Il prit la bouteille et versa un peu d'alcool dans le verre ; ses mains tremblaient si fort que son geste produisit un tintement saccadé.

Il avala rapidement une gorgée, éprouva un léger mieux quand le liquide incendiaire glissa le long de son œsophage et alla exploser au creux de son estomac. Il passa une main dans ses épais cheveux noirs et ingurgita une nouvelle rasade.

— Pourquoi ne m'avez-vous rien dit ? murmura-t-il. Je ne vous aurais pas abandonnée.

Malgré l'action du cognac, il avait encore froid. Il se leva et gagna son lit, la démarche mal assurée. Avait-il beaucoup bu, la veille au soir ? Il ne s'en souvenait pas. Sans doute, s'il n'avait pu franchir les quelques pas qui le séparaient de sa couche… Comment s'étonner qu'il ait fait de mauvais rêves, dans ces conditions ?

Il se glissa sous la courtepointe, soigneusement rabattue par son valet des heures plus tôt, et ramena draps et couvertures autour de lui. Peu à peu, grâce à l'alcool et la chaleur de ce cocon, ses frissons diminuèrent. On était en juin. Il ne faisait pas froid à ce point, même pour un dormeur couvert de son seul peignoir, mais Devin savait bien que son état avait moins à voir avec la température ambiante qu'avec le plus obsédant de ses cauchemars.

Après tant de temps, ce rêve aurait dû cesser de le hanter. Et pourtant il continuait à resurgir de temps à autre au fil des mois, au moins deux ou trois fois par an.

A demi-ensommeillé, il grimaça. Il était incapable de garder un penny au fond de sa poche, mais il pouvait conserver un cauchemar des années ! Au moins, maintenant, parvenait-il à se rendormir. Au début, quand ce rêve l'assaillait, il restait éveillé toute la nuit. Le temps ne guérissait peut-être pas toutes les blessures, mais avec l'aide du cognac il permettait de les oublier plus aisément.

Avec un léger soupir, il s'endormit.

Des heures plus tard, alors que le soleil était déjà haut, son valet le secoua doucement par le bras et chuchota :

— Milord ! Milord ! Je suis navré de vous réveiller, mais lady Ravenscar et lady Westhampton vous attendent en bas.

Devin ouvrit un œil mauvais et le fixa d'un air courroucé sur le domestique debout à son chevet.

— Disparaissez ! maugréa-t-il.

— Il est horriblement tôt, milord, je vous l'accorde. Néanmoins, Mme la comtesse menace de venir vous faire lever elle-même. Et votre serviteur juge que retenir de force une dame de ce rang dépasse ses attributions.

Devin soupira, referma sa paupière et roula sur le dos.

— Comment est-elle ? Eplorée ou belliqueuse ?

Le valet fronça les sourcils d'un air absorbé.

— Je ne crois pas que des larmes menacent, milord. Je la dirais plutôt... déterminée. Et elle a amené votre sœur en renfort.

— Hum. Voilà qui promet.

— En effet, milord. Dois-je apporter vos vêtements ?

Devin grogna. Il se sentait horriblement mal. Sa tête le lançait, son corps était brisé, sa bouche pâteuse.

— Où étais-je hier soir, Carson ?

— Ce n'est pas moi qui pourrais vous le dire, monsieur. Mais je crois que ce M. Mickleston était avec vous.

— Stuart ?

Ah, oui. Stuart. Il se souvenait vaguement que son ami de longue date était passé le prendre — avec une bourse considérablement mieux garnie que de coutume. Sans doute avaient-ils écumé la moitié des tavernes de Londres pour fêter sa bonne fortune... allégeant d'autant la fortune en question.

Devin se redressa prudemment, jeta les jambes hors du lit, attendit que sa nausée se calme.

— C'est bon, Carson. Disposez mes habits et sonnez pour que l'on m'apporte de l'eau chaude. Je vais me raser. Ma mère a-t-elle dit ce qu'elle voulait ?

— Non, monsieur. Elle s'est montrée fort réticente quant à l'objet de sa visite. Tout ce qu'elle a daigné dire, c'est qu'elle doit impérativement vous voir.

Devin regarda son valet.

— Je pense que du thé s'impose. Bien fort.

— Certainement, monsieur. Je m'en occupe.

*
* *

Trente minutes plus tard, rasé de frais, impeccable dans le sobre costume noir et la chemise blanche qu'il affectionnait, une écharpe élégamment nouée sous le menton, Devin Aincourt descendit au rez-de-chaussée avec une allure et une prestance parfaitement dignes du sixième comte de Ravenscar.

Il pénétra dans le salon, décoré avec goût dans des tons beige et havane — très masculins — par cette même sœur qui s'y trouvait assise en cet instant. Séduisante jeune femme, elle était dotée des cheveux sombres, des yeux verts et des traits bien dessinés qui faisaient le charme de la famille Aincourt. Atout supplémentaire, une délicieuse fossette creusait sa joue gauche. Elle leva les yeux quand il entra et sourit.

— Dev !

— Rachel.

Il lui rendit son sourire en dépit de la migraine qui continuait à tambouriner sous son crâne. Elle était l'une des rares personnes auxquelles il tenait. Son sourire s'évanouit lorsqu'il se tourna vers leur mère, une femme blonde et élancée qu'une élégance exquise et un port de reine haussaient à un degré de beauté peu ordinaire. Il s'inclina avec raideur.

— Mère. Ce plaisir était inattendu.

— Ravenscar.

Elle le salua d'un signe de tête, fidèle à la solennité qu'elle tenait à observer jusque dans les relations familiales. A ses yeux, se conduire autrement eût contribué à affaiblir l'importance des Aincourt — qui restaient importants en dépit de tout ce qui avait pu leur arriver au fil des années.

— Je suis soulagée de vous voir en vie, déclara-t-elle d'un ton sec. Vu la réaction de vos domestiques quand j'ai demandé à être reçue par vous, je commençais à nourrir des soupçons.

— Je dormais. Mes serviteurs répugnent à me tirer du lit, ce qui se comprend.

Lady Ravenscar leva un sourcil.

— Il est presque 13 heures !

— Précisément.

Elle poussa un soupir résigné.

— Vous vivez comme un païen — mais ce n'est pas le sujet qui m'amène.

— Je m'en doute. Seule une affaire de la plus extrême urgence a pu vous conduire en ce lieu de débauche.

La comtesse eut une moue dégoûtée.

— Votre sens de l'humour, mon cher…

— … laisse à désirer, je sais, admit son fils d'un ton plein d'ennui.

— La raison de ma visite est votre mariage.

Devin exprima la plus vive surprise.

— Mon mariage ? Je crains de ne pas en avoir connaissance.

— Justement, rétorqua sa mère. La situation devient cruciale. Vous eussiez dû vous mettre en quête d'une jeune fille convenable depuis des lustres. Comme vous n'avez pas fait un seul geste en ce sens, je vous en ai trouvé une.

Le jeune homme jeta une œillade peinée à sa sœur.

— M'aurais-tu trahi, Rachel ?

Elle prit un air malheureux.

— Dev…

— Cessez ces stupidités, coupa leur mère avec autorité. Je suis sérieuse, Devin. Si vous ne vous mariez pas très vite, vous allez échouer en prison pour dettes.

— Je n'en suis pas encore là.

— Cela ne saurait tarder. Votre domaine est dans un état lamentable et Darkwater nous croule littéralement sur la tête. Ce que vous sauriez si vous vous donniez quelquefois la peine de visiter vos terres.

— Elles sont fort éloignées et je ne tiens pas à me retrouver assommé, ma mère.

— Quel insensé vous faites ! On voit bien que *vous* n'êtes pas obligé de vivre dans de telles conditions !

— Vous non plus, que je sache. Ne résidez-vous point à Londres, en ce moment ?

La comtesse prit un air offensé.

— Je suis contrainte de louer une demeure pour la saison, ce que je trouve fort humiliant. Quand je pense que nous possédions un hôtel superbe, autrefois, où je pouvais donner des soirées prestigieuses ! Je ne peux plus m'octroyer que deux mois en ville, désormais, dans une maison si exiguë que j'ai grand-peine à accueillir plus de huit convives à dîner. Je n'ai pas donné de réception digne de ce nom depuis des années.

— Vous pourriez séjourner chez moi, observa Rachel.

— Je dépends déjà bien assez de la charité de votre mari. C'est à Richard et à lui que je dois les toilettes que je porte, je ne vais pas de surcroît lui imposer ma présence ! Non. Cette responsabilité incombe à Devin, comte de Ravenscar.

— Je dois donc me marier pour vous fournir une maison en ville ?

— Ne faites pas le nigaud, mon fils, cela ne vous sied pas. Vous avez des devoirs envers moi, le nom que vous portez — et vous-même. Vous devez vous marier et engendrer des héritiers pour que votre titre perdure et pour sauver Darkwater. Un manoir qui date de l'enfance de la reine Elizabeth ! Comptez-vous le laisser tomber en ruine ?

— Le titre pourra toujours perdurer sans moi.

— Vous laisseriez cet avorton d'Edward March vous succéder ? Voyons ! Un cousin au troisième degré, et qui n'a pas la moindre idée de la conduite à tenir !

— Parce que je sais me conduire, moi ?

La comtesse lui jeta un long regard incisif.

— Non, mais au moins êtes-vous un descendant en ligne directe. Et vous ne ressemblez pas à une belette.

Elle soupira.

— Quoi qu'on puisse dire d'eux par ailleurs, les comtes de Ravenscar ont toujours été beaux.

— Si je comprends bien, je suis le mouton qui doit être sacrifié sur l'autel familial.

— Trêve d'effets dramatiques, Devin. Il ne s'agit pas là d'une chose extraordinaire. Dans notre monde, il est d'usage de conclure des alliances, pas de vulgaires mariages d'amour. Ce fut le cas pour votre père et moi. Vos sœurs, à leur tour, se sont établies comme il seyait à leur rang. S'en sont-elles plaintes ? En tant que chef de famille, vous ne pouvez guère faire moins.

— Vous savez bien qu'il est dans mes habitudes de ne point répondre à vos attentes, ma mère.

La comtesse le menaça d'un index vengeur.

— Cessez de plaisanter, je vous prie. Vous avez gaspillé tout votre héritage, depuis la mort de votre père. De quel droit vous refuseriez-vous à le reconstituer ?

— Ne soyez pas injuste, maman, intervint Rachel. Dev n'est pas le premier Ravenscar à avoir dilapidé sa fortune. N'est-ce pas notre père qui a vendu notre maison de Londres ?

— Rassurez-vous, ma fille, je ne l'ai pas oublié. Vous avez raison, les Aincourt ont toujours été des paniers percés — c'est justement pour cela qu'ils se sont toujours bien mariés.

Ayant achevé sa démonstration, elle croisa les mains dans son giron et guetta la réaction de l'intéressé.

Devin se massa la tempe, devenue plus douloureuse encore.

— Au cou de qui voulez-vous que je me jette, mère ? Pas cette petite Winthorpe, j'espère. Avec ses dents de lapin…

— Vivian Winthorpe ? Non. Sa dot suffirait à peine à couvrir vos dettes. En outre, les Winthorpe ne peuvent souffrir le scandale. Vous ne pouvez guère espérer qu'un aristocrate bien né accepte de donner sa fille à un homme qui… entretient une liaison comme la vôtre depuis des années.

Lady Ravenscar pinça les lèvres avec mépris.

— A qui songez-vous, alors ? Une veuve ?

— Vous pourriez sans doute en séduire une, si vous y mettiez le prix, accorda la comtesse d'un ton neutre. Mais je vous imagine mal supporter plusieurs bals pour cela.

— Votre confiance en moi est stupéfiante.

Elle ne releva pas ce sarcasme.

— La jeune fille à laquelle je pense est parfaite. Sa fortune est immense et son père rêve de ce mariage. Il brûle de faire de sa fille une comtesse. Vous auriez dû voir la flamme qui s'est allumée dans ses yeux, quand j'ai commencé à parler de Darkwater. Apparemment, son plus vif désir est de restaurer un ancien manoir.

— Parleriez-vous d'un roturier ? demanda Devin, surpris.

— Non. D'un Américain.

Son fils la considéra d'un air ahuri.

— Quoi ? Vous voulez que j'épouse une riche Américaine ?

— Cela ne peut mieux vous convenir. Cet homme a gagné énormément d'argent dans les fourrures, ou quelque chose d'approchant, et il est tout disposé à le mettre dans votre domaine. Il est positivement épris de votre titre. Et comme ces gens n'ont pas vécu à Londres, ils ignorent tout de votre réputation.

— Vous me sidérez, mère. Vous voulez que je me lie à la fille d'une sorte de trappeur ? Une personne qui ne parle pas un anglais correct, qui ne saura probablement pas se tenir à table et qui doit être vêtue comme si elle sortait de sa forêt ?

— Je n'ai nulle idée de son apparence ni de son comportement, répondit lady Ravenscar, mais je suis sûre que Rachel et moi parviendrons à la dégrossir. Et si elle est irrécupérable, eh bien… je suppose qu'il ne lui déplaira pas de vivre dans le Derbyshire, auprès de son père qui remettra Darkwater en état. Franchement, Devin, ne vous rendez-vous pas compte que tous les gens convenables de ce pays savent quelle existence dépravée vous menez ? En tant que mère, je suis peinée d'avoir à vous le dire, mais aucune aristocrate anglaise ayant quelque dignité n'acceptera de vous épouser.

Devin ne répondit pas. Sa mère disait vrai, il le savait. Depuis qu'il était adulte, son genre de vie scandalisait la plupart de ses pairs. Maintes douairières refusaient de le recevoir, et celles qui acceptaient ne le faisaient que parce qu'il était comte. Par bonheur, il n'éprouvait nul désir de frayer avec les gens de son milieu — ou la plupart d'entre eux — et leur réprobation le laissait de marbre. Depuis tout ce temps aussi, il avait accepté le fait que sa propre mère partageât l'opinion de la haute société à son sujet. Quant à son père, il lui prêtait de son vivant une âme plus noire que n'importe qui.

— De toute manière, je me demande bien pourquoi vous vous soucieriez des bévues d'une Américaine, reprit la comtesse. C'est moi qui aurai à souffrir avant quiconque du manque de classe de ma belle-fille, le cas échéant.

— Permettez-moi de vous rappeler qu'elle partagera légalement *mon* existence, mère. Je la vois déjà : une pauvre fille trop ordinaire pour réussir à décrocher un mari dans son pays, en dépit de sa fortune, dotée d'une garde-robe démodée depuis dix ans et sans le moindre talent pour la conversation.

— Je suis sûre que vous exagérez, Devin.

— Croyez-vous ? Pourquoi seraient-ils venus lui chercher un époux en Angleterre ? Dans l'espoir de trouver un aristocrate ruiné, assez désespéré pour accepter la première héritière venue ! Vraiment, mère, ce projet dépasse le tolérable. Je ne puis l'accepter. Je trouverai moi-même un moyen de me tirer d'affaire, comme je l'ai toujours fait.

— Au jeu, je suppose ? rétorqua lady Ravenscar. En misant votre montre et les boutons de manchettes en diamants de votre grand-père ? Je sais exactement comment vous avez survécu ces derniers mois, jeune homme. Vous avez vendu tout ce qui n'était pas hypothéqué et possédait un peu de valeur. Nous avons renvoyé la moitié du personnel de Darkwater. Vous avez mené une existence ruineuse, licencieuse, extravagante, et il ne vous reste plus qu'à en assumer les conséquences.

Devin se tourna vers sa sœur, qui s'était tue durant presque toute la conversation.

— Est-ce ce que tu souhaites pour moi, Rachel ? Me voir épouser une péronnelle que je ne connais même pas ? Subir un mariage aussi heureux que le tien ?

Elle se raidit, des larmes lui montèrent aux yeux.

— Tu es cruel et injuste, Dev. Je ne veux que ton bonheur. Seras-tu heureux, quand tu devras vendre cette maison pour vivre dans un meublé d'une seule pièce ? Tu sais fort bien combien d'argent tu dépenses ; c'est beaucoup plus que ce que Strong te fait parvenir du domaine, et ces rentes ne pourront que diminuer avec le temps. Il faut remettre une partie de ces sommes dans tes terres, si tu veux qu'elles continuent à produire. Ni papa ni toi n'avez jamais agi de la sorte. Quand il t'a coupé les vivres, tu t'es débrouillé avec l'argent que tu gagnais aux cartes et celui que tes beaux-frères te donnaient. Mais tu ne pourras continuer ainsi le restant de tes jours !

Devin détourna les yeux sans protester.

— Excuse-moi, Rachel. Je n'aurais pas dû parler en ces termes, déclara-t-il enfin.

Il la regarda de nouveau, un petit sourire réchauffant son expression.

— J'ai une migraine épouvantable, cela me rend cassant. Je n'ignore pas que tu as sacrifié ton bonheur pour le bien de la famille.

— Sornettes ! riposta la comtesse d'un ton offusqué. Rachel est l'une des femmes les plus enviées du Tout-Londres. Elle possède une maison délicieuse, une garde-robe ravissante et une allocation fort généreuse. Bien des femmes se contenteraient d'un tel *sacrifice.*

Le frère et la sœur échangèrent une œillade amusée. Selon lady Ravenscar, le bonheur ne pouvait consister qu'en avantages matériels.

— Quant à vous, mon fils, je ne vous demande pas de solliciter d'emblée la main de cette jeune personne, mais seulement de considérer ma proposition. Je donne un dîner chez moi ce soir et je l'ai invitée. Le moins que vous puissiez faire est de venir faire sa connaissance.

Devin émit un grognement. Un dîner chez sa mère se situait aussi bas sur l'échelle de ses plaisirs que l'idée de rencontrer une héritière américaine.

— J'y serai aussi, insista Rachel d'un ton encourageant. Dis que tu viendras, Dev.

— Oh, fort bien, accorda-t-il à contrecœur. Je viendrai voir cette oiselle.

Ravenscar eût été très surpris s'il avait pu observer l'*oiselle* en question, en cet instant précis. Car Miranda Upshaw s'opposait aussi fermement que lui à sa famille, et sur le même sujet.

— Aussi avide que vous soyez de mettre la main sur un grand domaine anglais, papa, je n'épouserai pas un homme que je n'ai jamais vu. C'est tout simplement médiéval.

Les bras croisés sur le corselet de sa robe de percale bleue, dont la taille était marquée par un large ruban de velours assorti, elle riva sur son père un regard implacable.

Miranda était une jeune femme avenante, dotée de grands yeux gris fort expressifs et d'une superbe chevelure châtain. Mince et bien bâtie, jouissant d'une silhouette aux courbes harmonieuses, elle était assez petite mais possédait une telle personnalité que la plupart des gens la jugeaient plus grande qu'elle n'était.

Joseph Upshaw lui rendit son regard avec une expression et une attitude identiques. C'était un homme trapu, à peine plus grand que sa fille et aussi entêté qu'elle. Leurs confrontations ne se comptaient plus.

— Je ne te demande pas de l'épouser demain, concéda-t-il d'un ton plus amène. Tout ce que je veux, c'est que tu te rendes chez sa mère ce soir et que tu le rencontres. Après, tu pourras prendre tout le temps que tu voudras pour mieux le connaître.

— Je doute d'en avoir envie. C'est probablement un gringalet aux jambes arquées, qui louche et commence à perdre ses cheveux. Sinon, pourquoi sa famille serait-elle si pressée de le marier ? Même sans argent, un comte reste un beau parti. Il ne manque certainement pas de riches Anglais prêts à vendre leur fille pour un titre.

— Prétendrais-tu que je te vends ? riposta son père d'un ton indigné. Jolie façon de remercier un homme qui ne cherche qu'à te donner l'un des noms les plus nobles et les plus anciens de ce pays ! Si quelqu'un se vend, dans cette histoire, c'est le mari que je me propose de t'acheter !

— Je n'en veux pas.

Miranda n'était pas dupe. Elle savait fort bien que Joseph Upshaw, en réalité, rêvait plus d'un gendre à sa convenance que d'un mari pour elle. Il avait toujours été anglophile au dernier degré, lisant tout ce qu'il pouvait trouver sur l'aristocratie anglaise — ses familles, leur rang, leur histoire et leurs possessions. Châteaux et manoirs le fascinaient, il brûlait d'envie de mettre la main sur l'un d'eux.

— Comment peux-tu le rejeter sans même l'avoir vu ? insista-t-il. Un comte ! Tu serais comtesse ! Imagine le plaisir que tu ferais à Elizabeth. Dès qu'elle se sentira un peu moins mal, je la mettrai au courant. Elle en sera transportée.

— J'en suis certaine, répondit sèchement la jeune fille.

Sa belle-mère, anglaise, désirait, encore plus ardemment que Joseph, la voir entrer dans l'aristocratie britannique. Venant elle-même d'une bonne famille, comme elle se plaisait à le clamer partout, veuve d'un fougueux aventurier de meilleure extraction encore — mais qui avait eu le mauvais goût de succomber à un refroidissement après l'avoir entraînée enceinte à New York —, elle rêvait d'un avenir doré pour sa fille Veronica, âgée de quatorze ans. Et le moyen le plus simple d'y parvenir, à ses yeux, était de faire ouvrir la voie par Miranda.

— Vous savez quelle affection je voue à Elizabeth, poursuivit-elle. C'est la seule mère que j'aie connue, elle a toujours été aimable avec moi et ne m'a jamais empêchée de mener la maison à ma guise.

Au contraire. De nature indolente, portée sur une existence facile, Elizabeth s'était volontiers déchargée sur Miranda des mille et un tracas domestiques inhérents à un train de vie élevé. Cela lui permettait de se laisser dorloter et de se consacrer à ses diverses *indispositions*.

— J'aime aussi beaucoup Veronica.

Son père la gratifia d'un grand sourire.

— Je sais. Tu as toujours été une vraie petite maman pour cette enfant.

— Il n'en reste pas moins, reprit fermement la jeune fille, que je ne marierai pas dans le seul but de permettre à ma belle-sœur de faire ses débuts dans la haute société londonienne.

— Il ne s'agit pas que de cela ! protesta Joseph. Il y a une superbe propriété en jeu. Dans le Derbyshire. Et un manoir presque aussi grand qu'un château. Darkwater. *Les Eaux Noires*. N'y a-t-il pas là de quoi enflammer ton imagination ? Ton goût pour l'Histoire, le romanesque ? Le comte de Ravenscar. Juste ciel, ma fille, ton cœur ne bat-il plus ?

— Si, papa. Je veux bien admettre que ce nom est fort beau — même s'il a un côté... un tantinet inquiétant, à mon goût.

— Palpitant, veux-tu dire ! J'espère qu'il y a des revenants, déclara son père d'un air gourmand.

— Charmante perspective.

— Oui, n'est-ce pas ?

Tout à ses rêves de grandeur, Joseph ne perçut pas l'ironie de sa fille. Ses yeux brillaient, son visage rond rayonnait.

— La demeure a été construite par un familier d'Henry VIII, qui en a fait édifier le corps principal. Plus tard, sous le règne d'Elizabeth, son fils a rajouté deux ailes pour lui donner la forme classique, en E, d'un manoir élizabéthain. Une bâtisse magnifique, mais qui tombe en ruine. Et nous pourrions lui rendre sa grandeur passée, te rends-tu compte ? Restaurer les murs, les toits, les anciennes tapisseries, les jardins… Un vrai bonheur !

— Cela semble alléchant, en effet, répondit la jeune fille sans plaisanter, cette fois.

Les tractations immobilières étaient sa passion. Sous l'égide du célèbrissime John Jacob Astor, un homme d'affaires ami de son père, elle avait investi la plupart des profits paternels dans de fructueuses opérations à Manhattan. Mais elle avait beau raffoler de nouveaux projets et être férue d'histoire de l'art, ce n'était pas au point de se marier pour pouvoir accomplir une restauration grandiose.

— Plus qu'alléchant, renchérit son père — avec la mine réjouie d'un homme s'apprêtant à donner le coup de grâce. Il y a même une malédiction.

Miranda haussa les sourcils.

— Une malédiction ? De mieux en mieux !

— Oui, c'est extraordinaire. Il y avait autrefois, dans le Derbyshire, une puissante abbaye du nom de Branton Abbey. Lors de la Dissolution, quand Henry VIII s'est emparé de tous les biens de l'Eglise, il a offert ladite abbaye à son ami Edward Aincourt. Mais l'abbé déchu a mal pris la chose : alors qu'on le chassait de son fief, il a lancé une malédiction au roi, à Aincourt et à l'abbaye elle-même. Rien n'y prospérerait jamais, promit-il. Et nulle personne vivant entre ces murs ne connaîtrait le bonheur.

Joseph Upshaw la regarda, triomphant.

— Eh bien, qu'en penses-tu ?

Miranda se mit à rire. Son père était tellement captivé par cette histoire qu'il lui semblait tout naturel d'imaginer sa fille bien-aimée dans un ancien manoir délabré où elle ne pourrait jamais être heureuse. Un comble !

— Tout ceci est fascinant, papa. Il n'empêche que je n'ai nulle envie d'épouser un complet inconnu pour avoir accès à ce projet.

— Il ne te serait plus inconnu, d'ici là. Tu pourrais exiger de longues fiançailles, si cela te chante. Et nous commencerions les travaux en attendant le mariage.

Miranda sourit et secoua la tête.

— Je ne vais pas me marier pour offrir un dérivatif à votre ennui, papa. Il est clair que vous manquez d'occupations, depuis que vous avez vendu votre affaire à M. Astor.

— La question n'est pas là ! protesta Joseph. J'ai toujours rêvé de me consacrer à une grande œuvre, tu le sais !

Il s'arrêta, la considéra un instant et conclut d'un ton conciliant :

— Encore une fois, Miranda, je te demande seulement de rencontrer ce jeune homme. Histoire de voir à quoi il ressemble, d'évaluer les possibilités…

— Oui. Et ensuite vous voudrez savoir comment je le trouve, puis vous insisterez pour que je lui accorde une deuxième chance, et enfin vous me supplierez d'aller voir ce manoir de Darkwater.

Son père prit une mine choquée.

— Miranda ! Comment me traites-tu ? Tu sais bien qu'il n'est pas dans mes habitudes de te harceler pour obtenir de toi…

Devant l'air ironique de sa fille, il eut la bonne grâce de sourire.

— Oui, je l'admets, cela m'arrive. Mais pas cette fois, je t'en donne ma parole. Accepte de rencontrer ce comte. Il s'agira juste pour toi d'assister à un dîner élégant et raffiné, de faire un brin de conversation et de le reluquer en douce. Ne peux-tu nous octroyer ce plaisir, à Elizabeth et à moi ?

Miranda soupira.

— Oh, très bien, je suppose que je peux voir cet individu. Mais je ne vous promets rien, est-ce clair ?

— Bien sûr, bien sûr ! acquiesça Joseph.

Tout heureux, il rejoignit sa fille et lui donna une accolade bourrue.

— Grands dieux, déclara une voix douce depuis le seuil. Que fêtons-nous là ?

Ils se retournèrent en entendant Mme Upshaw. Miranda sourit à sa belle-mère, tandis que son père rayonnait. Elizabeth était une petite femme blonde entourée de perpétuels frémissements ; quelque chose tressaillait toujours autour d'elle, ses mains, ses cheveux, ses rubans, ses dentelles ou les pans de son châle. Quand Joseph l'avait rencontrée, c'était une jeune personne charmante. Mais des années d'inactivité avaient imposé leur marque, épaissi ses traits et sa silhouette. Coiffée d'un bonnet de matrone et drapée dans ses éternels châles, elle paraissait plus que son âge. Bien qu'elle n'eût que dix ans de plus que Miranda, il arrivait souvent qu'on la prît pour sa mère.

— Elizabeth !

Joseph alla prendre sa femme par le coude et l'escorta jusqu'au sofa comme si elle était trop faible pour marcher. A tort ou à raison, elle adorait passer pour une personne de constitution fragile, un jeu auquel son époux se pliait volontiers. Miranda ne comprenait nullement ce choix de vie, mais cela ne la dérangeait pas. A ses yeux, la gentillesse de sa belle-mère compensait largement ses délicates litanies de jérémiades.

M. Upshaw installa confortablement son épouse dans un nid de coussins et de plaids.

— Une chose magnifique vient de se produire, annonça-t-il. Je n'ai pas voulu vous réveiller ce matin pour vous en parler, sachant dans quel état vous a mise cette traversée de la Manche.

— Oh, oui... J'ai toujours été encline au mal de mer, confirma Elizabeth d'une voix mourante. Je redoute déjà notre retour à New York.

— Cette corvée vous sera peut-être épargnée, ma chère, déclara joyeusement son mari. Pendant un certain temps, tout du moins.

— Comment cela ?

— Il se pourrait que Miranda épouse un comte.

— Un comte !

La malade se redressa si vivement que son châle glissa de ses épaules sans qu'elle s'en soucie.

— Papa ! se récria Miranda d'un ton exaspéré. Je vous y prends ! Je n'ai jamais dit que j'allais épouser cet homme.

Elizabeth porta une main à son cœur, comme si l'émotion menaçait de la submerger. Elle fixa des yeux écarquillés sur sa belle-fille.

— Un comte ! répéta-t-elle dans un souffle. Voyons ! Vous seriez comtesse. Oh, mon enfant, je n'en espérais pas autant.

Miranda réprima un soupir. Elle n'aurait jamais dû accepter de rencontrer cet aristocrate. Son père pourrait aisément tenir sa promesse, désormais. Sa belle-mère se chargerait de prendre le relais.

Les prunelles d'Elizabeth étincelaient, son visage dodu exprimait une animation inhabituelle.

— Imaginez donc... Les soirées, le mariage !

Soudain, elle se tourna vers son mari.

— Ces gens possèdent certainement une demeure à Londres ?

— Non, la comtesse m'a dit hier soir que feu son époux avait dû la vendre. Son fils conserve une petite maison, un pied-à-terre de célibataire, mais elle est contrainte de louer un hôtel particulier pour la saison. Quelque chose qui semble vivement la contrarier.

Elizabeth opina du menton, compatissante.

— Je la comprends... Devoir renoncer à un train de vie somptuaire pour s'adapter chaque été à un lieu étranger, au vu et au su de tout le monde ! Il est bien dommage que la réception ne puisse être donnée dans un cadre fastueux, mais...

Elle retrouva brusquement son allant.

— Si vous achetiez ce qu'il faut, mon ami ? Il faudra bien que nous nous logions, si nous devons séjourner à Londres.

— Elizabeth, je vous en prie ! intervint Miranda. Je n'ai pas l'intention d'*épouser* le comte de Ravenscar. J'ai simplement accepté…

— Comment ?

Sa belle-mère avait blêmi. Elle semblait épouvantée.

— Qui avez-vous dit ?

— Le comte de Ravenscar, répéta Joseph. C'est le parti qui se présente à Miranda.

Il toussota.

— Si elle est d'accord, bien entendu. Devin Aincourt, c'est le nom de ce jeune homme.

— Oh, mon Dieu !

Elizabeth se leva, les mains jointes.

— Vous ne pouvez l'épouser, Miranda. Cet homme est le diable incarné !

2.

Un silence stupéfait était tombé sur la pièce. Elizabeth se colora sous le regard ébahi du père et de la fille ; l'air gêné, elle se rassit.

— Ce que je voulais dire, c'est que... Il serait assez malséant d'envisager une telle union pour Miranda. Cet homme jouit d'une réputation... déplorable.

— Vous le connaissez donc, ma chère ? s'enquit M. Upshaw.

— Oh, non ! Pas directement, bien sûr. Il était trop haut placé pour moi. Mais... j'ai entendu parler de lui. Comme tout le monde. Il passait pour mener une existence scandaleuse. Il n'était pas encore comte, à l'époque, c'était son père qui portait le titre.

— Qu'avait-il de si extravagant ? s'enquit Miranda avec curiosité. Que faisait-il donc ?

— Oh, tout ce que font les jeunes nobles d'ordinaire, j'imagine, répondit sa belle-mère d'un ton évasif. Des choses... qui ne conviennent pas à vos oreilles.

Miranda leva les yeux au ciel.

— Elizabeth ! J'ai vingt-cinq ans et ne suis pas une mauviette. Je ne vais pas défaillir, rassurez-vous.

— Allons, ma chère, que faisait-il ? insista Joseph.

— Eh bien... il jouait, s'acoquinait avec des gens peu recommandables.

— Est-ce tout ? demanda Miranda d'un air déçu.

Mal à l'aise, Elizabeth changea de position. Elle baissa la voix.

— On disait surtout... qu'il était un homme à femmes. Qu'il séduisait de jeunes personnes et les... dévoyait.

Ce discours la fit rougir ; elle se mit à triturer nerveusement son éventail. Son mari eut un rire bref.

— Ha ! Je voudrais bien voir qu'il se conduise de la sorte avec ma Miranda. En outre, s'il l'épouse, il n'y a pas à craindre qu'il ruine sa réputation.

— Elizabeth s'inquiète sans doute de ses *infidélités* éventuelles, papa, précisa Miranda d'un ton pointu.

Les sourcils de M. Upshaw se nouèrent.

— T'être infidèle ? A toi ? Je voudrais bien voir ça ! répéta-t-il. Sois tranquille, mon petit : je saurai lui indiquer ce que l'on attend de lui.

— Rien du tout, rétorqua la jeune fille, puisque je ne l'épouse pas.

— Bien sûr, chérie. Sauf si tu changes d'avis, naturellement.

Il se tourna vers sa femme.

— Ces affaires remontent à des années, Lizzie. Le comte était fort jeune, à l'époque. Bien des hommes grillent l'existence par les deux bouts, avant de se ranger.

— Certes..., murmura Elizabeth, dont le front demeura néanmoins crispé par l'inquiétude.

— De toute manière, nous prendrions toutes les assurances voulues avant le mariage. Nous ne permettrions pas qu'un débauché mette la fortune de Miranda en danger.

— Ce n'était pas à sa fortune que je pensais, mais à son bonheur, répliqua son épouse avec une âpreté surprenante chez elle.

Touchée par l'abnégation de sa belle-mère, la jeune fille alla s'asseoir près d'elle et lui prit la main.

— Merci, dit-elle. J'apprécie sincèrement votre soutien.

— Miranda est capable de tenir tête à n'importe quel homme, affirma Joseph.

— C'est exact, approuva sa fille avec un grand sourire. Vous compris, papa, ce qui signifie que vous n'avez pas encore gagné la partie.

Elle pressa la main de sa compagne.

— J'ai seulement accepté de rencontrer ce comte, insista-t-elle. Rien de plus.

Elizabeth n'en parut pas rassurée pour autant.

— Ce qui me tourmente, c'est... l'impression qu'il peut produire sur vous. C'est le genre d'individu propre à tourner la tête d'une femme.

— Il est donc beau ? s'enquit M. Upshaw. Voilà qui devrait te plaire, Miranda.

— Et fort charmant... à ce que j'ai entendu dire, ajouta sa femme.

— Cela remonte à quatorze ans, observa la jeune fille. Des années de débauche ont de quoi changer un homme, me semble-t-il.

Elizabeth se détendit légèrement.

— En effet.

— De toute manière, je suis parfaitement capable de résister à un joli garçon, vous devriez le savoir, renchérit Miranda. Vous souvenez-vous de ce comte italien ? Il avait un visage d'ange, et je n'ai pas accepté sa demande pour autant.

Sa belle-mère eut un petit sourire forcé.

— Je revois encore son expression choquée, quand vous l'avez repoussé.

— Eh bien, celui-ci aura la même, décréta Miranda. Je vous le garantis.

Sa mère et sa sœur parties, Devin resta obsédé par la pensée de cette riche Américaine. Finalement, il prit son gibus et sortit à pied, espérant que la marche au grand air aurait raison de la migraine qui lui embrumait toujours l'esprit. Lorsqu'il arriva chez Stuart, cependant, il ne se sentait guère mieux. Et la résistance que lui opposa le valet de son ami n'arrangea pas son humeur.

Ecartant le domestique d'un geste impatient, il s'engagea dans l'escalier, poursuivi par le pauvre homme qui tentait anxieusement de le retenir. Réveillé par ce tintamarre, Stuart l'accueillit assis dans son lit, son bonnet de nuit de travers et la mine peu amène.

— Bonjour, Stuart.

— Sacré nom..., grommela le maître de maison. Ravenscar ! Que fais-tu ici, bonté divine ? Quelle heure est-il ?

— 2 heures de l'après-midi, monsieur, répondit le valet en se tordant les mains. Je suis désolé. J'ai bien essayé de retenir ce *gentleman*, mais...

— C'est bon, c'est bon, marmonna Stuart avec un signe impatient. Je ne vous en veux pas, je connais les méthodes de ce sacripan. Allez plutôt me chercher du thé. Ou plutôt non : du café, très fort.

— Bien, monsieur.

Le valet se retira à reculons, avec force courbettes.

— D'où sors-tu cet énergumène ? demanda Devin en se laissant choir dans un fauteuil. Il paraît bien bilieux.

— Il tremble que je le mette à la porte. Ce qui pourrait bien arriver, d'ailleurs. J'en veux terriblement à Holingbroke de m'avoir volé Rickman.

— Volé ? releva Devin d'un ton ironique. Il lui a simplement proposé de le payer, non ?

Stuart grimaça et se passa les deux mains sur la figure.

— Il n'y a plus de loyauté, de nos jours. Alors, qu'est-ce qui t'amène ? J'ai une migraine épouvantable.

— La mienne n'est pas mal non plus. Mais ma mère et ma sœur sont venues me voir, ce matin.

— Est-ce une raison pour me tirer du lit ?

— Oui. La comtesse veut me marier.

Son ami haussa les sourcils.

— Elle t'a trouvé un parti ?

— Une riche Américaine. Fille d'un marchand de fourrures ou quelque chose de similaire.

— Une héritière ! J'en connais qui sont vernis. Comment se nomme-t-elle ?

— Aucune idée. Je n'ai pas l'intention de l'épouser.

— Sacré bon sang, pourquoi pas ? Tu n'as plus un denier en poche, tout Londres le sait.

— Je n'ai pas encore touché le fond, protesta Devin.

Son ami souffla.

— Tu as des dettes de jeu envers trois *gentlemen* de notre connaissance au moins, et ton nom va être passé à l'encre noire si tu ne les rembourses pas bientôt. Hier soir encore, nous avons dû sortir de chez toi par la porte de service parce qu'un créancier campait sur le perron pour te réclamer le paiement d'une facture. Ce n'est pas un vulgaire marchand qui va ruiner ta réputation, d'accord, mais il devient tout de même fort gênant de trébucher sans cesse sur ces gens-là.

Devin soupira.

— Je sais. C'est pire encore qu'à l'époque où mon père m'avait coupé les vivres. A ce moment-là, nul n'ignorait que j'hériterais de lui un jour. J'arrivais encore à m'en sortir.

— A qui le dis-tu ! maugréa Stuart. Je n'ai jamais eu d'avenir, moi, personne ne fait de cadeau à un fils cadet. Et les tailleurs sont les plus redoutables. Comme si on ne leur procurait pas de nouveaux clients, en portant leurs costumes !

Devin sourit à demi.

— Tu as raison. Ils ne devraient pas exiger d'être payés.

— Enfin... Je vais peut-être contenter ce Goldman, avec ce que j'ai gagné hier soir. Histoire de le faire taire. Encore que...

Stuart s'interrompit, les sourcils froncés.

— Non. Je préfère mettre ces guinées dans la canne à pommeau d'or que j'ai vue hier. Après tout, à quoi bon payer quelque chose que l'on a déjà ?

— Je suis certain que Goldman comprendra, ironisa Devin.

Son ami n'avait pas le sens de l'humour, surtout au réveil.

— Non. Il piaillera comme un putois et il faudra que je me trouve un autre tailleur. Dommage. Pourquoi es-tu ici, déjà ?

— La riche Américaine.

— Ah, oui. Et tu dis que tu ne comptes pas sauter sur l'occasion ?

— Je n'ai pas la moindre envie de m'encombrer d'une épouse.

— Oui. Ce n'est pas le rêve, en général. Mais elles peuvent présenter certains avantages, financièrement parlant. Que vas-tu faire, maintenant que tu as épuisé ta fortune ?

— Elle n'était pas immense. Les comtes de Ravenscar n'ont jamais été économes. Mon père lui-même, malgré ses grands principes, laissait l'argent lui filer entre les doigts.

— Justement. Tu te dois de redorer le blason familial, mon cher. C'est ton devoir d'héritier envers les Aincourt. Il faut bien que le rang d'aîné ait quelques contreparties, non ?

— Oui.

Devin se tut un moment. Puis il s'enquit d'un ton posé :

— Et ta sœur, là-dedans ?

Stuart le dévisagea avec perplexité.

— Leona ? Que vient-elle faire dans cette histoire ?

Son ami haussa un sourcil, la mine éloquente.

— Oh, tu veux parler de… Qu'est-ce que ton mariage changera ? Après tout, Leona a toujours été mariée à Vesey depuis que tu la fréquentes, non ? Cette fille de trappeur ne modifiera rien à rien. Engrosse-la d'un héritier, envoie-la prendre l'air à Darkwater et profite de son argent, voilà tout !

A cet instant, la porte s'ouvrit et le valet entra avec un plateau. Stuart tourna les yeux vers lui.

— Ah, vous voilà, vous. Posez tout sur la table et donnez-moi ma robe de chambre. Dev, sois gentil : regarde dans ce cabinet à liqueurs, il devrait y avoir du whisky irlandais. Absolument indispensable pour rendre le café buvable.

Devin hocha la tête, se leva et marcha jusqu'au petit meuble de style oriental, où il trouva la carafe en question. Préoccupé, il revint et versa deux copieuses rasades dans les tasses que le valet venait d'emplir. Pourquoi se tourmentait-il à ce point ? A sa place, n'importe lequel de ses amis eût épousé cette femme sans hésiter ; seule la perspective de mêler leur sang bleu à du sang roturier eût pu les faire réfléchir, et encore… De fait, Stuart disait vrai : une fois marié, il contrôlerait la fortune de son épouse. Rien ne l'empêcherait de laisser la donzelle à Darkwater et de reprendre le cours de son existence à Londres, avec Leona. Celle-ci ne pourrait guère lui reprocher de la trahir, puisqu'elle était mariée aussi. Elle ne pouvait tout de même pas s'attendre à ce qu'il laisse s'éteindre la lignée des Aincourt pour ses beaux yeux !

Il était stupide de tergiverser de la sorte, se dit-il. Si encore il avait mené une vie honorable ! Mais il fréquentait les bas-fonds de la société, son père se plaisait à le lui répéter. Quelqu'un comme lui n'hésitait pas à se marier parce qu'il avait une maîtresse — ou parce qu'il avait toutes les chances de faire souffrir sa future épouse. Cela ne tenait pas debout.

— Tu as raison, déclara-t-il à Stuart en avalant une gorgée qui lui secoua l'estomac.

— Bien sûr, que j'ai raison ! Tu vas demander sa main ?

— J'attends encore de la voir. Ma mère organise un dîner pour elle, ce soir.

— Quelle horreur ! commenta son ami. Tu ferais mieux de venir chez Mme Valencia avec Boly et moi.

— Une visite au lupanar serait certainement plus distrayante, accorda Devin. Mais il faut tout de même que je sache à quoi ressemble cette poulette.

— Si tu renonces à elle, n'oublie pas de me donner son nom, plaisanta Stuart avec un grand sourire. Je suis prêt à tous les sacrifices.

— J'y songerai, promit Devin.

Miranda se pencha vers son père et lui murmura à l'oreille :

— Ce dîner organisé pour me faire rencontrer lord Ravenscar eût été plus réussi si le comte avait daigné se montrer, ne pensez-vous pas ?

— Il peut encore arriver, ma biche, répondit M. Upshaw avec bonne humeur. Après tout, il n'est que… 22 h 30, précisa-t-il en tirant discrètement sa montre de son gousset.

— L'invitation était pour 21 heures. Nous l'avons attendu une demi-heure avant de nous mettre à table et maintenant le repas est terminé.

Ils venaient de passer dans le salon de musique, où l'une des convives était en train de massacrer Mozart.

— A moins qu'il n'ait été renversé par un coche ou autre accident du même ordre, je le trouve d'une grossièreté intolérable, poursuivit la jeune fille à mi-voix. Je vous parie qu'il ne viendra pas.

Quelques applaudissements polis saluèrent la pianiste, qui par bonheur ne récidiva pas. Lady Westhampton se tourna sur sa chaise et sourit à Miranda.

— Je suis navrée, miss Upshaw, dit-elle gentiment. Je vous dois des excuses au nom de mon frère. Je ne puis imaginer ce qui l'a retenu.

— Une partie de cartes, sans doute, rétorqua la jeune fille d'un ton acide.

— Miranda ! protesta son père.

Il implora la mansuétude de leur compagne.

— Veuillez pardonner à ma fille, milady. D'ordinaire, elle ne se montre pas si…

— Sincère ? suggéra l'intéressée. Bien sûr que si, papa. Toutefois, il me déplairait de vous avoir blessée, lady Westhampton. J'ai beaucoup d'estime pour vous. Vous êtes de loin la personne la plus aimable que j'ai rencontrée dans la haute société.

Rachel sourit.

— Merci, miss Upshaw. Par ailleurs, sachez que je comprends tout à fait votre aigreur à l'égard de Devin. Il est très impoli de sa part d'être aussi en retard.

Elle prit une expression chagrinée.

— Cet impair montre assez qu'il a grand besoin d'être pris en main.

— Certes. Toutefois je ne suis pas en quête d'un mari, lady Westhampton, et encore moins d'un époux qu'il faille éduquer comme un enfant. Je ne suis venue ce soir que pour complaire à mon père, qui tenait à me faire rencontrer lord Ravenscar, et j'estime avoir rempli mes obligations envers lui.

Elle se tourna vers M. Upshaw.

— Je suis prête, papa. Nous pouvons partir.

— Tu n'y songes pas, Miranda ! se récria Joseph. La soirée n'est pas terminée. Nous devons...

— Je crois que ma mère a promis une partie de whist à votre père, miss Upshaw, intervint Rachel.

— Oui, tout à fait ! Une partie de whist. Je ne puis décemment faire faux bond à lady Ravenscar.

— Fort bien, accorda Miranda. Dans ce cas, je vais prendre la voiture pour rentrer et je vous la renverrai.

— Je vous en prie !

D'un geste impulsif, Rachel lui prit la main.

— Ne puis-je vous convaincre de rester quelques minutes de plus ? Mon frère est un rustre, je vous le concède, mais c'est un homme de cœur. Sans doute répugne-t-il comme vous à entamer ce genre de relation.

— Voilà qui le ferait grandement remonter dans mon estime, approuva Miranda. Mais si nous sommes tous les deux réticents à nous rencontrer, je vois mal à quoi servirait la rencontre en question. C'est probablement ce qu'il a pensé, et vous avouerez qu'il serait ridicule de ma part de l'attendre en vain.

Rachel exhala un soupir. Miranda lui pressa la main en souriant. La sœur de lord Ravenscar lui avait plu d'emblée. Elle avait un joli visage pensif, son superbe regard vert semblait teinté d'un fond de tristesse. En outre, la discrète chaleur de ses manières la rendait accessible, en dépit de sa beauté et de son élégance.

— Je vous le répète, lady Westhampton, j'ai beaucoup de sympathie pour vous, reprit-elle. Et votre frère m'est plus sympathique aussi, dès lors qu'il ne se jette pas au cou de la première riche héritière venue. Mais je ne souhaite pas ce mariage plus que lui, et il me paraît inutile de m'attarder davantage.

— J'aimerais tant qu'il vous rencontre, pourtant, insista doucement Rachel. Maintenant que je vous connais, je serais plus heureuse encore qu'un lien se tisse entre vous. Il est vraiment charmant, je vous assure. Il vous plairait à coup sûr. Et pour sa part, il serait certainement très sur… Pardon. Absolument ravi de vous connaître.

Un sourire amusé joua sur les lèvres de Miranda.

— Surpris, alliez-vous dire ? Pourquoi ? Imaginait-il que j'étais une campagnarde sans éducation ?

Sa compagne s'empourpra.

— C'est… possible, en effet. Voyez-vous, nous ignorions totalement… à qui nous avions affaire.

Elle soupira et leva les mains, vaincue.

— Je suis désolée. Je ne fais qu'aggraver les choses. Mais je l'admets, je ne m'attendais pas à vous voir habillée… à la dernière mode, ni à vous entendre parler… comme quelqu'un de ce pays.

— Ma belle-mère est anglaise, répondit Miranda. Elle a toujours veillé à ce que je m'exprime correctement et me conduise poliment.

La rougeur de Rachel s'accrut.

— Juste ciel ! Je me sens plus ridicule encore. Votre belle-mère se trouve-t-elle ici ? Je ne me souviens pas de l'avoir rencontrée.

Elle parcourut la pièce du regard.

— Non. Elle ne se sentait pas en grande forme, ce soir. Je dois dire qu'elle a souvent de petits embarras de santé.

— J'en suis navrée. Miss Upshaw...

La jeune femme considéra un moment sa compagne.

— Me permettez-vous d'être aussi franche avec vous que vous l'avez été avec moi tout à l'heure ?

— Je ne demande pas mieux.

— Eh bien... je crains que nous ne vous paraissions très froids, avec cette façon de conclure des alliances qui ne se fondent pas d'abord sur l'amour. Mais il en est ainsi depuis fort longtemps dans l'aristocratie. Nous avons des devoirs envers notre famille, notre nom, le lieu qui nous a vu naître et les gens qui y vivent. Nous ne sommes pas toujours libres de nos choix. Moi-même, je me suis mariée conformément aux vœux de mes parents.

Miranda se demanda avec curiosité ce que cette union avait donné. Elle n'avait pas vu de lord Westhampton, jusqu'ici. Rachel parut deviner ses interrogations, car elle précisa :

— Mon époux ne m'accompagnait pas, ce soir. Il passe le plus clair de son temps dans notre propriété de campagne.

Elle marqua une hésitation.

— Je suppose que vous connaissez aussi ce genre d'obligation, en Amérique. Dans votre cas, par exemple, les affaires de votre père devront certainement être reprises par quelqu'un lorsqu'il ne sera plus là, n'est-ce pas ? Si vous êtes dépourvue d'un oncle, d'un frère ou d'un homme de confiance, ne songerez-vous pas à épouser quelqu'un apte à lui succéder ?

— Je lui succéderai moi-même, répondit Miranda. Je n'aurai nul besoin d'un mari pour le faire à ma place.

Rachel ouvrit des yeux ronds.

— Vous... vous projetez de reprendre ses affaires ?

— Bien sûr ! Je connaissais déjà parfaitement le commerce des peaux et fourrures, mais à présent que mon père a vendu sa société à M. Astor, je suis encore plus au fait que lui des placements qui nous font vivre. C'est moi qui m'occupe d'investir son argent dans des terrains, des projets immobiliers et autres projets d'envergure.

La jeune femme ouvrit la bouche, la referma.

— Vous... vous m'en ôtez la parole, miss Upshaw. J'en suis pantoise.

— Rien de plus naturel, pourtant. Puisque tout doit me revenir un jour, à l'exception de la part dévolue à ma jeune belle-sœur, il me semblerait bien imprévoyant de ne pas me tenir informée dès maintenant. De surcroît, ce genre d'occupation est beaucoup plus passionnant à mes yeux que de faire des visites de courtoisie à longueur de journée. Oh, pardon ! Je ne voulais pas dire...

— Que les femmes comme moi mènent une existence futile et ennuyeuse ? compléta Rachel pour elle. Rassurez-vous, je partage amplement votre avis.

Elle sourit et une fossette creusa sa joue lisse.

— Malheureusement, je serais bien incapable d'administrer la propriété familiale ou de trouver les fonds nécessaires à sa remise en état. Sans oublier qu'une telle activité serait jugée fort inconvenante, ici.

— Oh, ce n'est pas mieux vu en Amérique, vous savez ! rétorqua gaiement Miranda. Mais je m'ennuierais à mourir, si je devais mener le genre de vie prôné par les dames de la bonne société. De fait, je ne suis pas une personne très convenable, je le crains. Il vaut beaucoup mieux que votre frère ne m'épouse pas, voyez-vous, car je passerais sans doute mon temps à choquer tout le monde.

Rachel sourit encore.

— Notre existence en serait certainement plus distrayante.

— Peut-être.

Miranda lui rendit son sourire et se leva pour prendre congé. D'un signe Rachel appela lady Ravenscar, laquelle s'approcha avec l'espèce de raideur polie qui la caractérisait.

— Oh, non, vous ne pouvez nous quitter si vite, miss Upshaw ! protesta-t-elle. Je ne vous ai même pas présenté mon frère. Rupert ?

Elle se tourna vers un *gentleman* d'âge mûr, qui se tenait à quelques pas de là.

— Venez, mon cher. J'aimerais vous présenter notre invitée. M. Rupert Dalrymple, miss Upshaw.

Ce monsieur était un homme affable, bien plus chaleureux que sa sœur. Assez corpulent et quasiment chauve, il compensait ce manque par une foisonnante moustache blanche qui s'incurvait de chaque côté de ses lèvres. A son tour, il s'efforça vaillamment de retenir la jeune fille, lui proposant d'autres divertissements et défendant la cause de son neveu.

— Ce bougre de Dev n'a jamais eu la moindre notion du temps, miss Upshaw. Je puis vous assurer qu'il n'a pas voulu vous offenser et qu'il va sans doute arriver d'un instant à l'autre.

Miranda sourit, mais resta sur ses positions. Quelques minutes plus tard elle se retrouva sur le perron, attendant que sa voiture soit avancée.

De fait, la maison louée par lady Ravenscar était fort plaisante à son goût. Petite, certes, mais très agréable, avec sa façade blanche de style Queen Anne. Elle était construite en bordure d'une rue tranquille, en forme de croissant, qui donnait sur un parc.

Une fois la jeune fille installée dans l'habitacle du coupé, le cocher se dirigea vers la grande artère toute proche, déserte à cette heure tardive. Miranda tira le rideau qui voilait la portière, encline à profiter de cette belle nuit chaude. Ce n'était pas conforme à la bienséance, sans doute, mais elle trouvait dommage de rester enfermée dans une coque étouffante par un temps pareil. Elle eût même plus apprécié encore de longer à pied les quelques pâtés de maisons qui la séparaient de chez elle, afin de goûter à loisir l'air doux et parfumé du soir. Toutefois, ses mules de satin se prêtaient mal à la marche — et sa belle-mère eût défailli d'horreur en l'imaginant seule parmi les dangers nocturnes de Londres.

Alors que le cocher tournait dans une rue adjacente, Miranda aperçut un homme qui venait à pied dans leur direction. Il portait un habit fort élégant, un gibus impertinent posé de guingois sur sa tête brune. Mais s'il avait beaucoup d'allure, sa démarche mal assurée semblait dénoter un état d'ébriété avancée.

Ce gentleman rentrait probablement de son club, se dit-elle, et devait compter sur cet exercice pour se dégriser quelque peu avant d'affronter sa femme. Les membres de l'aristocratie buvaient beaucoup, avait-elle constaté. Mais celui-ci avait dû commencer de bonne heure, pour être déjà aussi éméché.

Soudain, alors qu'il franchissait l'embouchure d'une allée, elle vit trois hommes jaillir de l'étroit passage qui séparait deux maisons et se jeter sur lui. Il s'affala sous l'attaque, pris d'assaut par ses assaillants. Même s'il avait été sobre, la lutte était honteusement inégale, pensa Miranda dont le sens inné de la justice se rebella aussitôt. Passant la tête par la portière, elle cria au conducteur de rejoindre prestement l'algarade.

— Miss ! se récria l'homme d'un ton choqué. Ces hommes se battent ! Vous ne pouvez…

— Faites ce que je dis, rétorqua sèchement la jeune fille. Si vous tenez à garder votre place.

Le cocher, qui conduisait la famille Upshaw depuis une semaine et avait eu le temps d'apprécier son mode de vie, cessa d'hésiter pour lui obéir. Il fit claquer les rênes et lança l'attelage en avant. Miranda, de son côté, regardait autour d'elle en quête d'une arme quelconque. Elle aperçut un parapluie dressé dans un coin, précaution indispensable à Londres. Elle l'empoigna, se débarrassa de son châle de mousseline ; dès que le coupé s'immobilisa, elle ouvrit la portière et sauta à terre, ordonnant au cocher de la suivre.

Elle courut jusqu'aux hommes qui roulaient sur le trottoir, amalgamés les uns aux autres, et se frappaient des poings et des pieds. Sans tergiverser une seconde, elle leva le parapluie qu'elle tenait à deux mains par la pointe et asséna un furieux coup de manche sur le dos de l'agresseur le plus proche. Le malfrat poussa un cri de surprise et de douleur, pirouetta sur lui-même, se redressa à genoux. Erreur fatale : mettant sa posture à profit, Miranda lui planta le parapluie en plein estomac.

L'expression courroucée du bonhomme fit place à une intense stupeur quand il découvrit son adversaire — une femme du monde en tenue de soirée. Sur quoi le cocher arriva à son tour, brandissant le gourdin qu'il gardait sous son siège, et l'abattit sur la nuque du vide-gousset. Les yeux de l'homme devinrent blancs et il s'effondra sans un son sur la chaussée.

Pendant ce temps, le *gentleman* attaqué s'occupait du deuxième de ses agresseurs, le rouant de coups de poing dans le ventre et dans l'estomac. Comme le voleur se pliait en deux, le souffle coupé, il en profita pour se relever, vacillant légèrement, et acheva de lui régler son compte d'un direct à la mâchoire. Restait le troisième. Mais quand il vit sa victime et le cocher se tourner de concert vers lui, l'air déterminé, il prit peur et détala comme un lapin.

L'élégant jeune homme le suivit des yeux en souriant, épousseta ses habits et salua le cocher d'un signe de tête.

— Tous mes remerciements, monsieur.

Il avait une voix grave, au timbre bien modulé ; seule la lenteur de son élocution trahissait légèrement son ivresse. Là-dessus, il aperçut Miranda et se figea avec une expression du plus haut comique.

— Une dame !

Très vite, il se ressaisit et s'inclina galamment.

— Soyez assurée de ma plus profonde gratitude, madame. Votre intervention m'a sauvé la vie.

La jeune fille, qui n'avait pas encore vu son visage, en resta interdite. Une réaction immédiate se produisit en elle, si vive et si surprenante qu'elle faillit se mettre à rire comme une idiote. Elle avait la gorge nouée, les nerfs à fleur de peau, la tête lui tournait comme si elle avait trop bu de champagne.

Juste ciel, que lui arrivait-il ? Etait-il possible qu'un homme lui fasse un tel effet ? Il était vraiment très beau, elle ne pouvait le nier. Ses épais cheveux noirs, décoiffés par la bagarre, retombaient sur son front ; joints à l'étincelle malicieuse qui brillait dans ses prunelles, ils lui donnaient tout l'air d'un vaurien plein de charme. Il avait des traits nettement dessinés, un menton ferme, des pommettes saillantes ; son visage eût pu paraître farouche, sans la belle bouche sensuelle qui l'adoucissait et les longs cils veloutés qui bordaient ses yeux.

Il souriait largement. Abasourdie, Miranda constata encore qu'il était grand et mince, agréablement musclé, doté d'épaules impressionnantes sous sa redingote noire. Une marque rouge flétrissait sa joue, du sang suintait de sa lèvre fendue, mais cela ne suffisait même pas à le rendre moins séduisant.

Bizarrement, pourtant, ce n'était pas sa beauté physique qui avait agi sur Miranda comme un véritable coup de foudre. Elle avait déjà rencontré des hommes à l'apparence flatteuse. Mais aucun, jamais, n'avait fait naître en elle ce frémissement d'excitation, cette attirance puissante, élémentaire — et encore moins cette sorte de lien étrange, profond, qui lui donnait l'impression de le connaître. Ce qui la clouait sur place, c'était l'idée folle, incroyable, qu'elle avait devant elle l'homme qu'elle souhaitait épouser.

Bien sûr, cette notion était parfaitement absurde. Elle en avait conscience. Il n'en restait pas moins que cet individu piquait sa curiosité. Il ne ressemblait à aucun des aristocrates qu'elle avait croisés jusqu'ici sur le continent ou en Angleterre. Non seulement il savait se battre aussi efficacement que n'importe quel trappeur du Grand Nord, non seulement il semblait doté d'un humour délicieusement malicieux, mais il était vêtu avec une élégance sobre et raffinée bien loin des excentricités d'un dandy. Et si son habit tombait aussi bien, nota-t-elle encore, c'était dû en grande partie à l'admirable fermeté de sa silhouette. Enfin, dernier point positif, il n'avait pas gâté ses remerciements par une remarque désobligeante sur le comportement indu de celle qui s'était portée à son secours.

— Vous savez vous défendre, à ce qu'il semble, répondit enfin Miranda — rassurée par le ton à peu près naturel de sa propre voix.

— Certes, mais ces ruffians m'ont pris par surprise… alors que je n'étais pas en parfaite condition physique, je l'avoue.

Il lui décocha derechef ce charmant sourire qu'elle se sentit obligée de lui rendre.

— J'ai eu beaucoup de chance que vous condescendiez à vous arrêter, ajouta-t-il.

— Je pouvais difficilement ignorer une telle situation, observa la jeune fille. Trois hommes contre un, c'était trop injuste.

— Une injustice sciemment pesée, si vous voulez mon avis.

— Connaissiez-vous ces gens, monsieur ? s'enquit le cocher en se penchant sur l'un des malfrats inconscients. Celui-ci n'a pas l'air commode !

— Non, je ne les avais jamais vus.

Le *gentleman* haussa les épaules.

— Sans doute s'agissait-il de simples vide-goussets guettant la première proie venue.

— Les voleurs sont pourtant rares dans ce quartier, objecta le cocher.

— Je suppose que ces lascars s'enhardissent.

Il brossa de nouveau son habit, sans grand succès.

— Mon valet va beaucoup m'en vouloir d'avoir gâché son travail de la sorte.

— Vous saignez, déclara Miranda.

Elle tira un mouchoir de dentelle de sa poche, s'avança afin d'essuyer le sang qui coulait de la lèvre de son protégé.

Elle trouva fort troublant d'être si proche de lui. Et si elle ne pouvait discerner la couleur de ses yeux, dans la pénombre, son regard paraissait doux, attirant… et assez vague. Comme il vacillait, elle posa une main sur son bras pour le retenir.

— Monsieur ? Vous sentez-vous bien ? Beldon, venez m'aider !

Le cocher s'empara de l'autre bras du blessé.

— Oui, oui, je vais bien. Un moment de faiblesse, sans plus.

— Vous devriez nous laisser vous accompagner jusque chez vous, suggéra Miranda.

— Miss..., intervint le cocher d'un ton de mise en garde.

— Oui, oui, je sais, rétorqua la jeune fille avec impatience. Il n'est pas convenable de proposer ce genre de chose à un inconnu, mais je ne pense pas que ce *gentleman* me veuille du mal. Sincèrement...

— Vous êtes une femme de cœur, plus courageuse que beaucoup, déclara l'intéressé, mais ne vous tourmentez pas pour moi. Je me rends tout près d'ici, chez ma mère.

Il tourna la tête vers la direction que Miranda venait d'emprunter, puis fronça les sourcils.

— A vrai dire, il est peut-être un peu tard pour cela. Je crains de m'être attardé trop longuement avec mes amis. Et me présenter dans cet état... Mais je ne suis pas loin de chez moi, non plus. Je puis fort bien rentrer à pied.

— J'insiste pour vous y conduire, renchérit Miranda. Vous avez reçu quelques coups sur la tête, et même si vous avez le crâne dur, cela a pu vous affecter.

Il sourit légèrement de son trait d'esprit.

— Peut-être avez-vous raison. De fait, cela commence à cogner, que cela vienne de cette bagarre ou d'un surplus de cognac.

Il regagna le coupé avec eux, s'accorda avec le cocher pour monter sur le banc près de lui — bienséance obligeait. Tandis qu'ils roulaient vers l'adresse qu'il avait donnée, Miranda réfléchissait. Ce *gentleman* était attendu chez sa mère, avait-il dit. Une dame qui habitait du même côté que lady Ravenscar. Serait-il possible qu'elle ait sauvé l'homme qu'elle devait rencontrer ce soir-là ? Ce bel inconnu, aussi charmant qu'énergique à se défendre, pouvait-il être le comte de Ravenscar ?

Cela se tenait. Son état d'ébriété expliquerait certainement son retard… et correspondrait tout à fait à ce qu'elle avait ouï-dire de lui. D'après Elizabeth, lord Ravenscar était un homme très beau et très séduisant, doté d'un charme propre à tourner les têtes féminines. N'était-ce pas ce qui lui était arrivé ? Pourtant ces termes ne suffisaient pas, et de loin, à traduire l'intensité de l'attirance que ce superbe coquin lui avait inspirée. Elle en avait vibré tout entière, s'était sentie incroyablement reliée à lui. C'était le genre d'homme qui pouvait tout faire oublier à une femme.

Ils s'arrêtèrent devant chez lui : une demeure petite mais élégante, située dans un quartier recherché. Tout à fait le style de résidence convenant à un célibataire bien né et fortuné.

Le *gentleman* descendit de son perchoir, aidé par le cocher. Miranda ouvrit sa portière et se pencha pour le saluer.

— Bonne nuit, monsieur.

Elle répugnait à se séparer de lui, constata-t-elle, une autre nouveauté déconcertante pour elle. Si seulement elle était sûre de son identité... Mais elle ne voulait pas se présenter. S'il était bien Ravenscar, elle ne tenait certainement pas à lui faire savoir qu'elle était la riche Américaine qu'il avait cherché à oublier en buvant.

— Madame.

Il s'inclina de nouveau, moins assuré encore qu'auparavant.

— Vous êtes un ange tombé du ciel.

— C'est très exagéré, mais je vous remercie quand même, répondit Miranda d'un petit ton railleur.

Il tourna les talons et entreprit non sans mal de gravir les marches du perron. Peu après, la porte s'ouvrit et il entra.

— A la maison, Beldon, commanda la jeune fille.

Le coupé s'ébranla. Les pensées de Miranda continuèrent à tourner autour du bel inconnu. S'agissait-il de Ravenscar ? Que se serait-il passé, s'il était arrivé à temps chez sa mère ?

En tout cas, une chose était certaine : si cet homme avait été présent, elle n'aurait pas avancé son départ.

3.

— Bonsoir, monsieur.

Carson, le valet de Devin, ouvrit la porte et nota sur-le-champ le triste état de son maître — visiblement plus alarmé par l'allure de ses vêtements que par les marques qui meurtrissaient son visage.

— Juste ciel, milord, auriez-vous eu des ennuis ?

— Une légère altercation. J'apprécierais une compresse froide, répondit le jeune homme.

— Certainement, monsieur.

Tandis que son serviteur s'éloignait précipitamment, Devin soupira et passa une main dans ses cheveux. De fait, il n'aurait pas juré qu'il avait eu affaire à de simples voleurs, effectivement fort rares dans ce quartier. Il penchait plutôt pour une attaque orchestrée par l'un de ses créanciers. Si ses agresseurs n'avaient pas été mis hors d'état de nuire par ces gens, sans doute auraient-ils exigé un paiement immédiat de sa dette.

Il devrait se montrer plus prudent, désormais. Et peut-être se résoudre à garder un petit pistolet sur lui, même si cela devait nuire au tomber de sa redingote.

Comme il se remémorait ses bienfaiteurs inattendus, un sourire amusé passa sur ses lèvres. Quel étrange petit bout de femme, capable de se jeter dans une bagarre qui ne la concernait pas armée d'un parapluie ! Et charmante, avec cela. Il avait pu distinguer d'épais cheveux châtains, de grands yeux brillants, une bouche rieuse... et une poitrine fort avenante nichée dans la corbeille de son décolleté. Malgré son état, il n'avait pas été insensible à ses appas, loin de là.

Pouvait-il s'agir d'une demi-mondaine ? Elle était vêtue comme une dame et s'exprimait avec distinction, mais il avait du mal à imaginer une femme de son milieu se comporter de façon aussi belliqueuse. En outre, il avait noté dans sa voix quelques inflexions curieuses, difficiles à identifier. Peut-être la jolie gourgandine avait-elle pris des leçons d'élocution, afin de passer pour ce qu'elle n'était pas...

Chercherait-il à savoir son nom ? Elle l'intriguait et Leona, en général, ne s'offusquait guère de brèves passades, certaine qu'elle était de le retenir. Toutefois ses espérances risquaient vite de tourner court, vu l'état de ses finances. Il soupira derechef. Comment attirer un bel oiseau hors de sa cage dorée, quand on avait les poches vides ? Le remède à ce problème se trouvait chez sa mère, certes ; mais il devait être *persona non grata* sous le toit de lady Ravenscar, en cet instant précis.

De toute manière, même s'il ne doutait pas de parvenir à réparer son impair de la soirée, au prix de quelques efforts, l'idée de se marier par intérêt continuait à le révulser. Il s'imaginait fort mal enchaîné pour la vie à une épouse qui lui inspirerait au mieux de l'indifférence, au pire une farouche antipathie. Il avait trop vu de ces unions factices autour de lui pour avoir envie de tenter l'expérience, vraiment. Et s'il avait passé l'âge de rêver à un mariage d'amour — pure illusion romanesque, à son sens — il préférait rester célibataire que de connaître la prison de la solitude à deux.

Carson revint, une compresse mouillée posée sur un plateau d'argent. En portant le linge à sa lèvre fendue, Devin se remémora la façon dont la charmante inconnue avait épongé son sang de son mouchoir. Un mouchoir imprégné d'un délicat parfum de rose. Les mêmes effluves montaient-ils de sa personne ?

— On a apporté un message pour vous, monsieur.

Son valet alla prendre le pli scellé qui attendait sur la console et le lui tendit. « Ravenscar », indiquait simplement une grande écriture aux volutes audacieuses, celle de Leona. Les doigts frémissant d'une impatience familière, Devin brisa le sceau et déplia la missive.

« Chéri,

» Ce soir après minuit, j'aurai une surprise pour vous. »

Ce texte bref, énigmatique, non signé, était typique de sa maîtresse. Il relégua immédiatement aux oubliettes l'accorte petite bienfaitrice qui occupait l'esprit de Devin un instant plus tôt.

— Quelle heure est-il, Carson ?

— Un peu plus de 23 heures, monsieur.

— Fort bien. J'ai le temps de me préparer avant l'arrivée de ma visiteuse.

Tous deux savaient de qui il s'agissait, mais ni l'un ni l'autre n'aurait prononcé son nom à voix haute. La relation qui unissait Devin à Leona se devait de rester dissimulée sous le voile du secret, aussi transparent que fût ce voile. Car si le Tout-Londres connaissait cette liaison et en faisait des gorges chaudes, elle demeurait simple ragot tant qu'elle n'était pas ouvertement affichée. Lord Vesey se satisfaisait tout à fait des écarts de sa femme — qui tolérait généreusement les siens — à condition de ne pas être tourné en ridicule.

Depuis des années les deux amants ne se rencontraient qu'occasionnellement en public, au théâtre, à l'Opéra ou lors de certains bals où ils se rendaient chacun de son côté. Et se comportaient alors comme de simples amis. De même, Devin ne se rendait chez les Vesey que pour y accompagner Stuart, le frère de Leona. Leurs vrais rendez-vous n'avaient lieu qu'au cœur de la nuit, quand sa maîtresse venait le rejoindre chez lui en catimini après une soirée. Il l'attendait comme il le ferait ce soir, assis devant la cheminée de sa chambre, le pouls frémissant et un verre de cognac à portée de la main.

Devin ne savait jamais à l'avance s'il la verrait ou non. Leona se plaisait à entretenir un mystère et une incertitude qui les sauvaient de la routine. Les éclipses de la jeune femme ne le rendaient plus aussi fou qu'au début, mais il éprouvait encore quelques pincements de jalousie qui pimentaient agréablement leur liaison. Et les multiples plaisirs que lui procurait à foison la libertine la plus désirable de la capitale n'avaient pas encore perdu leur attrait à ses yeux. Loin s'en fallait.

Ce soir-là, il attendit près d'une heure après minuit l'arrivée de la belle intrigante. Et lorsqu'elle poussa enfin la porte, enveloppée dans un domino de satin noir, son cœur s'emballa comme au premier jour.

Elle était superbe. Une vraie lionne, avec sa crinière d'un blond roux, ses magnifiques yeux ambrés et sa belle bouche sensuelle, au sourire carnassier. Sauvage et libre, elle ne s'encombrait de principes que pour la façade ; dans l'intimité, rien ne limitait l'accomplissement de ses désirs.

Quand Devin l'avait rencontrée puis suivie à Londres — il n'avait que dix-huit ans — il était tombé fou amoureux d'elle. Cette sublime apparition moulée dans une robe lamée d'or l'avait littéralement transporté dans un autre univers, bien différent du monde terne et étouffant de Darkwater et des sermons pontifiants de son père. L'habile séductrice l'avait fait bouillir d'impatience pendant des mois, ranimant sa flamme d'un regard ou d'un frôlement quand il menaçait de se décourager.

Bien sûr, sa quête empressée des faveurs d'une femme mariée avait causé un scandale — le premier d'une longue série. Mais il avait découvert que tout ce qu'il aimait dans la vie était plus ou moins scandaleux, et Leona partageait amplement ce penchant. Ils étaient différents des gens ordinaires, soutenait-elle.

— Bonsoir, Dev, susurra-t-elle de cette voix de gorge qui la rendait aussi sensuelle et agaçante pour les sens qu'un velours caressé à rebrousse-poil.

— Leona.

Il se porta à sa rencontre, troublé comme toujours par la façon experte dont elle dévoilait lentement ses charmes. Elle faisait partie de ces *outrageuses* qui osaient humecter les fines étoffes de leurs robes afin de les rendre plus translucides et plus affriolantes encore. Ce soir-là, l'audace revêtait la forme d'une tunique de mousseline blanche trompeusement virginale — qui laissait deviner de larges aréoles sombres à travers le plissé impudique de son corselet.

Une flèche de désir traversa les reins de Devin.

— Vous êtes merveilleuse, chuchota-t-il contre ses lèvres.

Les années semblaient n'avoir nulle prise sur elle, pensa-t-il, sans songer un instant qu'ils ne se voyaient depuis longtemps que le soir, à la lueur tamisée des chandelles, et qu'il ignorait tout des artifices mis en œuvre pour conserver cette apparence intacte.

Sa main remonta jusqu'au globe d'un sein, en taquina la pointe durcie à travers le voile divinement rêche qui le couvrait.

— Avez-vous porté cette robe en public ?

— Oui. Et j'ai bien failli déclencher une émeute chez lady Blanchette, répondit-elle avec un demi-sourire.

Devin se mit à rire.

— Je n'en doute nullement.

Comme il s'apprêtait à l'embrasser, la serrant avec délice contre lui, elle l'arrêta, les sourcils froncés.

— Qu'avez-vous fait à votre lèvre ?

— Rien de grave. Des voleurs m'ont assailli dans la rue. J'ai un peu saigné, mais tout va bien, maintenant.

Les yeux de Leona s'assombrirent, gourmands.

— J'aime le goût du sang, murmura-t-elle en se hissant sur la pointe des pieds pour lécher la blessure de sa langue.

Le baiser qui suivit fut long, ardent et passionné. Puis elle s'écarta, les paupières lourdes, le regard provocant.

— Vous me semblez en forme, ce soir. C'est parfait pour la surprise que je vous réserve.

Elle adorait jouer avec lui au chat et à la souris. Ces mystères portaient toujours le désir de Devin à l'incandescence.

— Une surprise agréable, j'espère ?

D'un geste sensuel, Leona défit l'écharpe méticuleusement nouée par Carson, dégrafa le col de son amant et les boutons de sa chemise, glissa une main sur son torse. Il frémit, les nerfs à fleur de peau.

— Très agréable. A propos, mon chéri... J'ai beaucoup entendu parler de votre riche Américaine, ce soir.

— Je n'ai pas d'Américaine. Ni riche, ni pauvre.

— Ce n'est pas ce que l'on m'a dit... La fille d'un fripier, je crois ?

Devin ne put s'empêcher de sourire.

— D'un fourreur, ma douce. Seriez-vous jalouse ?

— De la fille d'un vulgaire marchand de peaux ? Jamais. Intéressée, tout au plus. Souhaite-t-elle vraiment vous épouser ?

— D'après ma mère, son père brûle d'avoir un comte pour gendre... et une propriété séculaire à restaurer. Comme ils sont très riches, apparemment, ils pourraient sauver Darkwater.

— Qu'importe Darkwater ? sussurra la belle lionne en se faisant voluptueusement les griffes sur son torse. C'est *nous*, qu'il s'agit de sauver. Vous et moi.

— Vous et moi ? répéta Devin déconcerté.

— Parfaitement, mon cher. Vous n'avez plus d'argent et Vesey se plaint de ne plus pouvoir couvrir mes dépenses et mes dettes de jeu. Je lui ai rappelé que nous avions un arrangement, à savoir qu'il s'était engagé à me payer pour servir de paravent à ses frasques avec de jeunes tendrons, mais il affirme que je lui coûte trop cher. Même pour cela, ajouta-t-elle avec une moue charmeuse. Il faut donc que vous vous mariiez...

— Quoi ? se récria Devin. Je n'en ai aucune envie !

— C'est évident, mon amour. Une jeune sauvage mal dégrossie ne saurait vous plaire, je le sais, mais nécessité fait loi. J'ai beau vous adorer, nous ne pouvons vivre de luxure et d'eau fraîche.

— Merci de me rappeler l'état de ma fortune, grommela le jeune homme. C'est un refrain qui revient constamment, ces derniers temps. Un mariage me renflouerait, certes, mais je me retrouverais nanti d'une épouse.

Leona écarta l'objection d'un geste détaché.

— Ce n'est qu'un détail. Combien d'hommes mariés ne s'encombrent jamais de leur femme ? Il vous suffirait d'expédier cette enfant des colonies à Darkwater où elle serait probablement très satisfaite de son sort — loin des salons où elle ne saurait que dire ni que faire.

Irrité, Devin se dégagea et alla se servir un verre de cognac.

— Qu'en savez-vous ? Peut-être rêve-t-elle d'autre chose ! Que deviendrai-je si elle exige de fréquenter la haute société londonienne ? Si elle ridiculise le nom d'Aincourt par ses bévues et son manque de discernement ?

— Ne soyez pas stupide. Que pourra-t-elle exiger, quand vous serez mariés ? Vous serez son seigneur et maître et vous disposerez de sa fortune. Elle vous obéira.

— Comme vous obéissez à votre mari ?

Leona s'esclaffa, découvrant de jolies dents blanches et régulières.

— Oh, Dev ! Vous m'amusez. Qu'ai-je de commun avec la fille d'un trappeur des Amériques ?

— Je suis ravi de vous divertir, rétorqua le jeune homme avec aigreur. Rirez-vous autant quand je devrai coucher avec elle pour assurer ma lignée ?

— Ne soyez pas si plébéien, mon amour. Donner quelques rejetons à une génisse insipide n'a rien à voir avec ce que nous partageons, vous le savez bien...

Elle le rejoignit, glissa ses bras nus autour de sa taille, appuya une joue sur son torse.

— Souvenez-vous : il vous est déjà arrivé de posséder d'autres femmes, y compris en ma présence. Nous avions trouvé cela fort excitant.

Cette évocation troubla Devin plus qu'il ne l'aurait voulu.

— Ce n'était pas la même chose, riposta-t-il d'un ton rogue. Ces femmes-là n'étaient qu'un instrument de plaisir, il suffisait de les payer. Le mariage est une autre sorte de lien. Il implique des obligations.

— Quel lien, mon amour, sinon l'argent que votre épouse vous donnera en échange de votre nom ?

Elle promena les mains sur les reins de Devin, plaqua ses hanches contre son ventre, plus tentatrice que jamais.

— Allons, assez parlé..., chuchota-t-elle. Si nous passions à ma surprise ?

Vaincu par le désir qu'elle avivait en lui, Devin l'embrassa. Puis elle s'échappa, mutine, et disparut sur le palier. Elle revint peu après, flanquée d'une mince créature drapée dans une cape qui la couvrait entièrement. Une jeune fille, pensa Devin. Son étonnement et sa curiosité s'accrurent quand il aperçut ses pieds, frêles, la peau sombre, et nus.

Comme il ouvrait de grands yeux, Leona sourit d'un air de chatte et vint le prendre par la main pour l'entraîner vers le lit, où elle s'allongea près de lui. Appuyés sur un coude, ils contemplèrent ensemble la mystérieuse silhouette qui s'approchait d'eux. Elle releva la capuche qui dissimulait son visage et fit glisser la mante de ses épaules.

Apparut alors une délicieuse petite danseuse persane, vêtue en tout et pour tout d'un bandeau soyeux qui couvrait sa poitrine menue et d'un large pantalon diaphane qui partait de ses hanches et bouffait autour de ses chevilles, dénudant son nombril. A cela s'ajoutaient de fines chaînes d'or garnies de clochettes qui allaient de son cou à ses poignets, à son corsage et à sa taille fine. A chacun de ses gestes gracieux, une musique argentine semblait l'envelopper. Enfin, des foulards aériens étaient accrochés aux chaînettes qui couraient le long de ses bras, ainsi qu'à sa ceinture.

Lorsqu'elle se mit à danser, ses yeux noirs rivés sur eux, sa joliesse exotique et ses postures lascives produisirent un effet immédiat sur les sens de Devin. Avec un rire complice, Leona se pressa contre lui et promena une main sur son entrejambe.

— Mmm..., murmura-t-elle d'un ton appréciateur. Je vois que j'ai atteint mon but... Comment une paysanne d'Amérique pourrait-elle nous priver de ces plaisirs raffinés, mon amour ? Vous irez l'engrosser une fois par an dans sa campagne et vous me reviendrez...

— Leona !

Avec un rire incrédule, Devin se tourna vers elle.

— J'ai du mal à croire que vous me séduisiez pour m'inciter à épouser une autre femme. Avouez que c'est cocasse.

Elle plissa les paupières, la mine dangereuse, tandis que ses caresses se faisaient plus précises.

— Méfiez-vous, mon chéri... Je tiens beaucoup à notre style de vie. Mais si vous n'êtes plus à même de me l'offrir, il me faudra chercher ailleurs.

Devin se redressa, choqué et furieux.

— Menacez-vous de me remplacer ?

— Vous remplacer, non. Vous me plaisez trop. Je serais simplement obligée de vous compléter...

Cette fois, il s'arracha à elle et bondit hors du lit.

— Sapristi, Leona ! Vous parlez comme une fille de joie !

La danseuse s'immobilisa, perplexe et embarrassée. Leona se leva à son tour et alla la rejoindre.

— Et vous, vous vous comportez comme un enfant gâté. J'aime le plaisir, Devin, et je ne m'en cache pas. Cessez de bouder, je vous en prie. Profitez plutôt du cadeau que je vous fais.

Reprenant une expression sensuelle, elle entreprit de caresser la danseuse, effleurant sa poitrine et son ventre, détachant l'un après l'autre les foulards qui voletaient autour d'elle.

— Je suis une libertine, mon chéri, et vous êtes aussi libertin que moi. Nous apprécions des jeux qu'aucune personne convenable n'apprécierait...

Le tenant captif de son regard brûlant, elle défit le bandeau qui couvrait les seins de la jeune fille. Elle les caressa, fit glisser ses doigts jusqu'à sa ceinture, arracha le souple pantalon d'un coup sec. Devin suivait la scène, figé, incapable de réprimer l'excitation que cette diablesse lui procurait. Quand la danseuse ne fut plus vêtue que de ses chaînettes, Leona fit glisser à son tour le haut de sa robe. La mousseline tomba à ses pieds, la révélant dans sa glorieuse nudité.

— Eh bien, mon amour, qu'en dites-vous ? La trouvez-vous à votre goût, ou me préférez-vous à elle ?

— Maudite soyez-vous, maugréa Devin en l'attirant à lui. Vous savez bien que c'est vous, que je veux.

Elle se frotta contre lui, enroula lascivement une jambe autour de la sienne.

— Vous voyez bien, que rien d'autre ne compte… Oubliez vos scrupules, mon chéri. Ne pensez plus à cette petite Américaine et à ce qu'elle peut désirer. Ne vous souciez que de son argent et des plaisirs que nous pourrons continuer à nous offrir grâce à lui. N'ai-je pas raison ?

— Si, vous avez raison, répondit Devin d'un ton rauque.

Sans douceur, il la souleva dans ses bras et la jeta sur le lit. Puis il se débarrassa en hâte des vêtements qui l'entravaient..

— Nous sommes d'immondes pécheurs qui aimons le vice, chérie. J'épouserai cette riche oiselle, si c'est ce que vous voulez.

4.

Miranda ajusta son pince-nez et réprima un soupir. Pour une fois, les livres de comptes ouverts devant elle l'ennuyaient plus qu'elle n'aurait pu le dire.

Depuis le matin, elle était en proie à une sorte de vague à l'âme inhabituel chez elle. Et elle en connaissait la cause. Plus elle repensait à l'inconnu qu'elle avait tiré de ce mauvais pas la veille, plus elle était convaincue qu'il s'agissait bien de l'homme que son père tenait à lui faire rencontrer.

Une telle coïncidence eût pu lui paraître simplement amusante. Le premier *gentleman* à avoir piqué son intérêt depuis qu'elle se trouvait en Angleterre était celui qu'on lui destinait ! Or elle en éprouvait un mélange de dépit et de mélancolie. De toute évidence, le gentleman en question n'avait pas la moindre envie de la connaître — à croire qu'elle lui faisait l'effet d'un épouvantail.

Certes, ayant eu à son sujet une réaction identique, elle était mal placée pour lui en vouloir. Mais justement : son attitude prouvait qu'il n'était pas homme à se laisser manipuler aisément. Il n'était pas l'individu superficiel et opportuniste pour qui elle l'avait pris. Et ce constat avivait sa vexation, bien qu'elle eût parfaitement conscience du ridicule de la chose.

Jamais elle n'avouerait ces tourments à quiconque, bien entendu. Elle s'était bien gardée de parler de ses soupçons à son père. S'il apprenait que son candidat potentiel avait éveillé un tant soit peu la curiosité de sa fille, plus rien ne pourrait arrêter Joseph Upshaw. Et Miranda avait beau trouver le comte de Ravenscar extrêmement séduisant, elle n'était pas décidée, plus qu'avant, à accepter ce mariage.

Pas question pour elle d'épouser un homme qu'elle n'aimerait pas vraiment. D'un amour sincère, profond et durable — comme celui que son père et sa belle-mère éprouvaient l'un pour l'autre. Bien qu'elle ne fût nullement une femme faible et dépendante, à l'image d'Elizabeth, elle rêvait néanmoins de connaître le genre d'attachement qui rendait M. et Mme Upshaw si heureux. Celui qui faisait briller leurs yeux quand ils se retrouvaient, qui les emplissait de nostalgie chaque fois qu'ils se quittaient.

Sans ce plaisir et cette tendresse, à quoi bon se marier ? Elle était riche, n'avait nul besoin d'un époux pour mener sa vie comme elle l'entendait et ne se sentait aucune des obligations familiales mentionnées par lady Westhampton la veille. Elle serait heureuse de contenter son père, certes, mais ce ne serait pas une catastrophe si elle restait célibataire — ni pour lui, ni pour le nom d'Upshaw.

Agacée par la façon dont cette rencontre fortuite l'obsédait, elle avait décidé après son petit déjeuner d'occuper sa journée à des tâches utiles — celles qui parvenaient d'ordinaire à absorber toute son attention. Elle avait donc ramassé ses cheveux en un chignon sévère, sans la moindre fantaisie, et enfilé une vieille robe de drap au coloris fané. C'était le genre de tenue qu'elle réservait à ses travaux d'écriture, lesquels n'allaient pas sans taches d'encre ou autres incidents fâcheux dangereux pour des toilettes plus fragiles. Après quoi elle était descendue dans le cabinet de travail situé au rez-de-chaussée, avait chaussé le lorgnon qu'elle utilisait pour lire et écrire et s'était mise à l'ouvrage avec le secrétaire de son père, Hiram Baldwin.

Peine perdue, avait-elle constaté au bout d'un moment. Non seulement son humeur maussade ne s'était pas améliorée, mais elle avait le plus grand mal à se concentrer sur les colonnes de chiffres que lui exposait le jeune homme. A tout bout de champ, elle devait fournir un effort pour ne pas se laisser dévoyer par le ronron monotone de sa voix et laisser vagabonder son esprit vers les événements de la veille.

Aussi fut-elle soulagée quand son père apparut en début d'après-midi, souriant jusqu'aux oreilles. Il paraissait si heureux de vivre qu'elle ne put s'empêcher de sourire à son tour, secrètement ravie de cette interruption bienvenue.

— Bonjour, papa. Quelle mine réjouie ! Vous ressemblez au chat qui vient de croquer le canari.

— Vraiment ?

Le sourire de Joseph Upshaw s'élargit encore.

— De fait, j'ai toutes les raisons d'être satisfait, jeune fille. Je viens de m'entretenir avec un *gentleman* qui paraît fort enclin à te présenter ses hommages. Je ne l'ai nullement découragé, bien entendu.

— Quoi ?

Miranda bondit sur ses pieds.

— Qu'est-ce que c'est encore que cette histoire, papa ? Qu'avez-vous manigancé ? Si vous avez fait des pieds et des mains pour me dénicher un autre de ces pompeux aristocrates…

— Non, non ! s'empressa de dénier son père. Je n'ai pas cherché d'autre candidat, je t'en donne ma parole. Il s'agit du même qu'hier : lord Ravenscar, qui nous fait l'honneur d'une visite.

Miranda se figea, les yeux ronds.

— Comment ? Voulez-vous dire… que lord Ravenscar est ici ? Maintenant ?

Elle porta une main à ses cheveux, affolée. Quelle allure elle avait, grands dieux ! Puis elle contempla sa robe, si défraîchie et si démodée qu'elle ne pouvait envisager d'être vue dedans.

— Ce n'est pas possible, papa ! Je ne puis le recevoir dans cette tenue !

— Taratata ! riposta gaiement M. Upshaw. Quelle importance ? Il ne vient pas te voir pour ta toilette. En outre, on ne laisse pas un comte faire antichambre — et il serait inconvenant de le renvoyer alors qu'il sait que tu es présente. Rassure-toi : cet entretien ne sera pas long.

Il tourna les talons pour quitter la pièce.

— Venez, Hiram, laissons ma fille à ses affaires.

Le secrétaire jeta une œillade perplexe à Miranda, qui semblait pétrifiée. Puis il planta sa plume dans l'encrier et suivit son employeur.

— Non ! Attendez !

Elle se rua vers la porte. Elle ne pouvait se montrer aussi mal attifée à ce Ravenscar. Il fallait qu'elle se change, qu'elle se recoiffe, qu'elle… Mais alors qu'elle atteignait le seuil, une haute silhouette se dressa face à elle. Celle d'un parfait *gentleman*, impeccablement vêtu.

Immédiatement, Miranda constata qu'elle ne s'était pas trompée. Cet homme superbe était bien celui qu'elle avait sauvé la veille. Mais la ressemblance s'arrêtait purement à son physique. Pour le reste, il n'avait plus rien de commun avec l'inconnu léger et malicieux qui lui avait paru si charmant.

Devin Aincourt affectait une expression hautaine et vaguement ennuyée. Ses yeux verts, qu'il posa brièvement sur elle après avoir parcouru la pièce du regard, avaient la froideur du verre.

— Miss Upshaw…, déclara-t-il avec lenteur, en la saluant d'une courbette pleine d'élégance.

— Lord Ravenscar, répondit Miranda d'un ton aussi frais et distant que le visage de son visiteur.

Quelle mouche l'avait-elle piquée, la veille, pour trouver cet homme si attirant ? se demanda-t-elle avec perplexité. De fait, ce comte semblait aussi arrogant que la plupart de ses pairs, si ce n'était plus.

Devin jeta un nouveau coup d'œil à son hôtesse. Il détestait se trouver là, dans une situation aussi humiliante et dégradante pour lui. Que sa mère et Leona l'admettent ou non, il était bel et bien en train de se vendre pour de l'argent. L'argent de cette femme. Et l'idée d'être tombé aussi bas le révulsait. Mais Leona avait raison : après des années de débauche et d'irresponsabilité, il n'avait plus d'autre solution que de boire le calice jusqu'à la lie…

L'épreuve, cependant, était pire que ce qu'il avait imaginé. Une honte brûlante le dévorait depuis qu'il avait demandé à être reçu par ce M. Upshaw. Il lui restait toutefois assez de fierté pour ne pas s'abaisser à montrer son humiliation. Ses ancêtres avaient frayé avec des rois ; il n'allait pas se laisser toiser de haut par un fourreur américain et sa fille.

Haussant le menton, il balaya cette dernière d'un regard condescendant. Elle était bien telle qu'il se l'était figurée : ordinaire, engoncée dans une robe informe, les cheveux tirés en un chignon sans grâce, un lorgnon perché sur le nez. Il s'agissait de toute évidence d'une vieille fille laissée pour compte, d'une créature dénuée de charme qui ne pourrait être épousée que pour son argent. Nul doute que son ramage devait aller de pair avec son plumage ; il s'attendait à un accent américain prononcé, des manières empruntées et pas une once d'esprit de repartie.

Ce rapide examen effectué, il détourna les yeux, incapable de l'affronter durant la corvée à venir. Fixant le fond de la pièce, il inspira et déclara d'un trait :

— Votre père a bien voulu m'accorder la faveur de vous parler en privé, miss Upshaw. De fait, je serais très honoré… si vous consentiez à m'épouser.

Là-dessus, il se tut et attendit. Miranda le considéra un long moment en silence, les yeux écarquillés, ayant peine à croire ce qu'elle venait d'entendre. Sa fureur était si grande qu'elle se sentait incapable d'articuler une phrase cohérente. Enfin, platement, elle répondit :

— Non.

La bouche du comte s'ouvrit de façon comique. Il la dévisagea à son tour, sidéré.

— Pardon ?

Sa stupeur atteignait visiblement de tels sommets que Miranda ne put s'empêcher de glousser.

— J'ai dit non, lord Ravenscar.

— Vous repoussez ma demande ?

Et cette oie blanche, de surcroît, avait le front de se moquer de lui !

— Oui, je la repousse.

— Bonté divine, jeune fille ! explosa Devin. J'espère pour vous que vous n'escomptez pas une proposition plus avantageuse !

— Mon cher monsieur, rétorqua sèchement Miranda, n'importe quelle proposition vaudrait mieux que celle que vous venez de me faire.

Otant son pince-nez, elle vint se poster devant lui et le regarda bien en face, l'air combatif.

— Jamais, de ma vie, je n'ai entendu un discours aussi peu gracieux. Je vous assure que pas une femme au monde n'accepterait de vous épouser, sollicitée de la sorte. Pour qui vous prenez-vous donc ? Avez-vous une si haute opinion de votre personne, pour croire que la première jeune fille venue vous tombera dans les bras, éperdue de gratitude ? Vous êtes l'individu le plus arrogant et le plus grossier que j'aie jamais eu le malheur de rencontrer, milord. J'aimerais mieux vivre et mourir seule plutôt que de lier mon sort à quelqu'un de votre espèce !

Comme Devin plongeait son regard dans le sien, frémissant de colère, il eut la deuxième plus grande surprise de sa vie en l'espace de quelques minutes. Ces immenses yeux gris, flambant d'animation... il les avait déjà vus !

— Le diable m'emporte ! s'exclama-t-il. Vous ? Vous êtes la personne qui…

— Oui, répondit Miranda d'un ton bref. C'est moi qui vous ai tiré de ce mauvais pas, hier soir. Vous m'auriez reconnue plus tôt, si vous n'étiez pas confit à ce point dans votre vanité. Et laissez-moi vous dire que je commence à regretter sérieusement mon geste ! Une bonne rossée vous aurait fait le plus grand bien. D'ailleurs, je me demande maintenant si ces hommes de main n'agissaient pas sur l'ordre d'une autre femme insultée par une de vos propositions de mariage.

Devin faillit s'étrangler de fureur. Il n'aurait su dire ce qui l'exaspérait le plus, le mépris de cette donzelle ou le fait que son corps se remémorait brusquement le désir qu'elle lui avait inspiré, la veille.

— Insultée ! répéta-t-il, hors de lui. Vous osez vous dire insultée parce que j'ai demandé votre main ? Je suis le sixième comte de Ravenscar. Ma lignée remonte au douzième siècle. Vous, en revanche, je gage que vous ne savez même pas le nom de votre grand-père !

— Un tel argument est incroyablement stupide, rétorqua Miranda avec un calme désarmant. Tout le monde a des ancêtres qui remontent aussi loin, voyons ! Votre seul privilège, c'est que vos prédécesseurs ont pris soin de tenir leurs registres à jour, voilà tout. Ce qui ne garantit absolument pas leurs mérites, ni leur moralité. Et ne certifie nullement *votre* valeur. Chaque être humain construit sa propre personnalité ; et d'après ce que j'ai ouï-dire de vous, vous n'avez pas particulièrement réussi la vôtre.

Le souffle coupé, Devin plissa dangereusement les paupières.

— Comment osez-vous vous permettre... Dieu du ciel ! Si vous étiez un homme, je vous demanderais réparation de cette insulte.

Il fit un pas vers elle, la toisant avec courroux. Miranda ne cilla pas. Elle campa fermement sur ses positions, remontée à bloc, déterminée à rabaisser le caquet de ce *gentleman*.

— Vous parlez de nouveau pour ne rien dire, monsieur, puisque je suis une femme.

Elle releva le menton en signe de défi.

— Jeune impudente ! tonna Devin. Vous allez...

Il s'interrompit brusquement, referma les mains sur les bras de Miranda et l'attira à lui sans aménité. Sa bouche fondit sur celle de la jeune fille, impérieuse et brutale.

L'espace d'un instant, Miranda resta figée sous le choc. Jamais un homme ne l'avait traitée de la sorte, avec si peu d'égards. Ni embrassée aussi résolument. Une vive indignation la gagna, mais très vite les sensations que ce baiser faisait naître en elle prirent le pas sur sa fureur. Les lèvres de Ravenscar étaient brûlantes, veloutées, douces et fermes à la fois, riches de tant de surprises qu'elle en éprouvait une merveilleuse ivresse. Puis elle sentit sa langue s'immiscer en elle, chercher la sienne, et l'idée qu'un homme aussi magnifique se joignait à sa personne d'une manière aussi intime fit courir des frissons de plaisir le long de tous ses nerfs, jusqu'au dernier. Une excitation incroyable pétillait dans ses veines, faisait vibrer sa peau. C'était quelque chose qu'elle n'avait jamais éprouvé — ni même imaginé. Comment des transports aussi suaves pouvaient-ils existier sans qu'elle l'ait jamais su ? se demanda-t-elle avec stupeur.

Une douce chaleur se répandait dans tout son être, aussi agréable que la plus entêtante des liqueurs. En même temps, elle avait conscience d'étranges métamorphoses, comme si certaines parties d'elle-même se dilataient ou se contractaient, appelaient des réponses inconnues de la part de son partenaire. C'était si troublant qu'elle se pressa plus étroitement contre lui, sa colère oubliée. Ses seins lui semblaient plus gonflés, plus tendres ; leur pointe durcie lui procurait un plaisir indicible, une volupté qui serait plus grande encore si les doigts de Ravenscar les caressaient, elle en était certaine. De fait, elle avait envie qu'il la touche partout. Elle frémit à cette pensée, exhala une plainte tremblante qui se mêla au souffle du comte.

Et soudain, sans prévenir, il lui arracha sa bouche et s'écarta d'elle. Reculant d'un pas, il contempla son visage alangui par la passion. Ses yeux verts avaient un éclat coupant.

— Voilà, déclara-t-il d'un ton altéré. Maintenant, vous savez ce que votre stupidité vous a fait perdre.

La causticité de sa remarque pénétra la brume extasiée qui enveloppait Miranda. Elle se raidit, saisie d'une colère aussi violente que le dégoût qu'elle éprouvait d'elle-même. Puis elle leva la main et le gifla avec force.

— Sortez ! ordonna-t-elle. Quittez cette maison et n'y remettez plus jamais les pieds.

— Ce sera avec plaisir, répondit-il d'un ton sardonique.

Il tourna les talons et disparut à grands pas.

Les genoux de Miranda fléchirent sous elle, elle s'affala sur le siège le plus proche. Pour l'amour du ciel, que venait-il de lui arriver ?

C'était comme si sa vie, en un éclair, avait été retournée comme un gant. Elle avait éprouvé des sensations qui la brûlaient encore... et qu'elle rêvait d'éprouver de nouveau. Mais pas avec ce malotru. Certainement pas ! Il était d'une vanité et d'une grossièreté inqualifiables. D'autant plus insupportables que cela ne l'avait pas empêchée, pauvre idiote, de fondre dans ses bras.

Sa paume, cuisante, gardait la trace du soufflet qu'elle lui avait donné. Il le méritait amplement. Oh, comme elle le détestait, de l'avoir amenée à se conduire de la sorte !

Elizabeth avait raison, se dit-elle. Cet homme était le diable incarné. Elle espérait bien ne jamais avoir à le revoir. Ou plutôt... Si. Elle serait enchantée de le revoir le plus vite possible, au contraire, pour lui dire tout le mal qu'elle pensait de lui !

Devin descendait la rue à grands pas, sa démarche saccadée accordée au rythme de ses pensées. Le front de cette femme ! Le souffleter, lui déclarer qu'il n'était pas assez bon pour être son mari ! Pour qui se prenait-elle ? Il était un Aincourt de Darkwater et elle n'était rien, rien qu'une misérable petite parvenue gonflée d'importance parce que son père avait eu l'heur de vendre des peaux de bêtes à prix d'or ! Comme si cela suffisait à faire d'elle une personne de marque !

Après tout, il n'avait même pas souhaité l'épouser — on l'y avait poussé. Si elle savait combien son refus comptait peu à ses yeux ! Il aurait dû le lui dire. Lui dire qu'elle n'était un cadeau pour aucun homme, et un comte encore moins.

Le problème, c'était qu'il n'en pensait rien. Damnation ! Elle s'était si délicieusement amollie, entre ses bras. Et sa bouche avait un goût de miel, sa peau un parfum de rose à la fois doux et entêtant qui lui avait procuré des sensations exquises.

Il laissa échapper un grondement irrité qui fit sursauter un passant, le poussant à changer prudemment de trottoir.

Bonté divine ! Comment pouvait-elle être à la fois cette harpie déchaînée et l'adorable créature qui l'avait si vite séduit la nuit dernière ? C'était celle-ci, qui avait répondu avec une ardeur si naïve et si touchante à son baiser. Et pourtant c'était l'autre qu'il avait voulu punir, cette insipide petite donneuse de leçons qui méritait d'être remise à sa place ! Il avait réussi, en un sens. S'il n'avait pas touché une corde sensible, elle ne l'aurait pas giflé avec cette vigueur.

Nul doute que c'était contre elle-même qu'elle était le plus furieuse. Parce qu'elle avait cédé à son charme. Et s'il avait su la troubler une fois, il y parviendrait de nouveau, il le savait. Diable ! Il parviendrait même à la rendre amoureuse de lui, avec un peu d'efforts ! Il connaissait l'effet qu'il produisait sur les femmes. Du coup, il prenait rarement la peine de poursuivre celles qui se montraient réticentes ; les autres lui suffisaient amplement — sans oublier Leona qui occupait la première place dans ses affections.

Mais cette fois, le jeu en valait peut-être la chandelle. Une péronnelle du Nouveau-Monde qui assurait que n'importe quel autre prétendant lui conviendrait mieux que lui... Il voudrait bien voir si elle serait toujours de cet avis, après quelques jours d'une cour assidue.

Un sourire cynique courut sur ses lèvres. S'il se montrait courtois et attentionné, s'il l'entourait de tendresse et de galanterie, elle ne lui résisterait pas. Elle était encline à la passion, il l'avait senti tout à l'heure. Et lorsqu'elle serait follement éprise de lui, lorsqu'elle le supplierait de l'épouser, quel plaisir il aurait à la repousser à son tour ! « Je ne demande jamais deux fois la même femme en mariage », lui décocherait-il avec superbe.

Imaginer cette scène le ravit. Leona avait raison, il était vicieux dans l'âme. L'idée de briser le cœur de cette petite Américaine le séduisait beaucoup plus que celle de l'épouser.

Il arriva peu après devant la résidence londonienne de sa sœur, une demeure imposante qui occupait à elle seule un pâté de maisons dans le distingué quartier de Mayfair. Le majordome se contenta de s'incliner sur son passage lorsqu'il traversa le vestibule et s'élança dans le grand escalier sans se faire annoncer. Il trouva Rachel dans son salon particulier, occupée à des travaux d'aiguille. Le visage de la jeune femme s'illumina quand elle le reconnut.

— Dev ! s'exclama-t-elle en lâchant son ouvrage pour se précipiter à sa rencontre. Je suis si heureuse de te voir ! Je devrais pourtant te sermonner, pour ton absence d'hier soir. Tu m'as placée dans une situation horriblement embarrassante. Je me suis sentie ridicule, de vanter tes mérites à miss Upshaw alors que tu n'avais même pas daigné te faire excuser.

Son frère sourit et l'embrassa sur la joue.

— Pourquoi te donner tant de peine, Rachel ? Tu sais bien que je n'ai rien d'un *gentleman*.

— Cela, tout le monde se chargera de le lui dire à Londres. J'essayais seulement de faire un peu contrepoids… Mais tu ne m'as pas facilité la tâche.

— Rassure-toi, je me suis racheté aujourd'hui. Je me suis rendu chez elle et j'ai demandé sa main à son père.

— Devin ! Tu as fait cela ?

Les yeux de Rachel, d'un vert plus doux que les siens, brillèrent de joie. Elle joignit les mains.

— Oh, que je suis contente ! Miss Upshaw m'a plu d'emblée. Je suis convaincue qu'elle sera une épouse parfaite pour toi. Tu vas être très heureux.

— Encore faudrait-il qu'elle veuille de moi — ce qui n'est pas le cas. Elle m'a repoussé.

— Elle t'a repoussé, toi ?

Devin gloussa.

— Au moins, ta stupeur met un peu de baume sur ma blessure d'amour-propre. Notre chère mère, elle, me dira certainement que j'ai mérité mon sort.

— C'est sans doute vrai, reconnut Rachel. Mais quel dommage ! J'espérais sincèrement…

— Ne te morfonds pas, ma douce. J'ai un plan.

— Un plan ?

L'expression de Rachel se fit méfiante.

— Quelle sorte de plan ?

— Je compte rendre la monnaie de sa pièce à notre riche héritière, répondit Devin d'un ton léger. La séduire et l'amener à revenir sur sa décision.

Sa sœur fronça les sourcils.

— Serais-tu réellement décidé à l'épouser, maintenant ?

— Je suis surtout décidé à ne pas me laisser humilier par une vulgaire roturière qui est loin de me valoir, ma chère.

— Devin ! S'il s'agit d'un jeu, je le trouve de fort mauvais goût.

— Pourquoi ? N'est-ce pas ce que tout le monde voulait ? Que je l'épouse pour son argent ? Tu as fait ton devoir, Caroline aussi. J'étais le seul à ne pas m'être marié pour renflouer les coffres des Aincourt, jusqu'ici. Un vrai puits sans fond, entre nous soit dit.

Rachel prit une expression peinée.

— Il me déplaît de t'entendre parler ainsi. Richard et Caroline s'aimaient sincèrement. Notre beau-frère a le cœur brisé, depuis sa mort.

Devin se radoucit.

— C'est vrai. Et je suis un monstre de te rappeler ton propre sacrifice, alors que j'ai toujours été trop égoïste pour suivre ton exemple.

— Je n'ai jamais souhaité que tu te sacrifies, Dev. Je ne veux que ton bonheur, tu le sais.

— Eh bien je serai très heureux de faire plier ta petite Américaine, mon ange. C'est pourquoi j'aimerais que tu organises une soirée où je pourrai corriger la piètre opinion qu'elle a de moi.

Rachel le considéra longuement, d'un air pensif. La lueur cynique qui brillait dans ses yeux l'inquiétait. Elle risquait de causer un grand tort à miss Upshaw, en aidant son gredin de frère à la convaincre de l'épouser. Puis elle se remémora leur conversation de la veille et se rassura. De fait, la pétulante Miranda Upshaw était de taille à affronter n'importe qui — y compris Devin.

— Fort bien, accorda-t-elle enfin. J'organiserai un bal en l'honneur de miss Upshaw. Elle ne pourra guère refuser d'assister à une soirée qui constituera son entrée dans la haute société.

— Merci, ma chère sœur.

Devin la gratifia d'une courbette joueuse.

— Je serai ton éternel débiteur.

— Je saurai te le rappeler, répondit Rachel sur le même ton.

Puis elle ajouta, pensive :

— Je suis curieuse de voir qui de vous deux l'emportera.

Avec un peu de chance, peut-être gagneraient-ils tous les deux…

5.

Miranda se tourna d'un côté, de l'autre, afin de se voir complètement dans son miroir en pied. Sa belle-mère et sa belle-sœur l'observaient, assises derrière elle. Son père, lui, arpentait le couloir avec impatience ; de loin en loin, il jetait un coup d'œil dans la chambre pour vérifier l'avancement des choses.

— Tu es magnifique, déclara Veronica avec cœur.

Elle avait des étoiles dans les yeux.

— C'est vrai, convint Elizabeth. Cette gaze vert écume sied à merveille à votre chevelure, ma fille. Je suis enchantée de notre choix.

— Moi aussi, reconnut Miranda.

Cette robe était superbe. Un nombre mirobolant de volants festonnés cascadaient le long de sa silhouette, coupés dans une étoffe si aérienne qu'elle donnait réellement l'impression d'émerger telle une nymphe de l'océan. Un large ruban de lamé argenté soulignait son buste ; il accentuait la rondeur et la fermeté de ses seins, dont le profond décolleté arrondi révélait avantageusement l'éclat nacré. La fine écharpe tissée de fils d'argent drapée autour de ses épaules était si diaphane qu'elle ressemblait à un rêve. De quoi se sentir aussi précieuse qu'une perle dans son écrin, pensa la jeune fille.

Ses cheveux châtains avaient été relevés sur le sommet de sa tête, et retombaient gracieusement en une cascade de boucles retenues par une faveur grisée assortie à ses yeux. Elle était vraiment au summum de sa beauté, songea-t-elle encore avec un petit sourire satisfait. Lord Ravenscar ne la trouverait certainement ni commune, ni godiche, ce soir.

Elle savait bien que c'était la principale raison qui l'avait décidée à assister au bal de lady Westhampton, en dehors de la sympathie qu'elle éprouvait pour la jeune femme. Elle avait une revanche à prendre. Cela dit, si Aincourt et sa sœur espéraient par ce biais la faire revenir sur son refus, ils en seraient pour leurs frais. Elle n'épouserait pas ce butor, elle en avait clairement averti son père.

Joseph Upshaw avait tenté de l'amadouer, de justifier la rudesse du comte par une nervosité bien compréhensible dans une telle situation. Miranda n'avait rien voulu entendre. Son opinion était faite. Elle s'était gardée, cependant, de tout dire à son père. Et pas seulement parce qu'elle aurait craint la virulence de sa réaction en apprenant que Ravenscar avait porté les mains — et les lèvres — sur sa fille ; de fait, ce manque d'égards l'aurait plutôt servie. Non. Si elle avait passé ce baiser sous silence, c'était surtout parce qu'il l'avait étrangement remuée, et qu'elle ne savait que penser de son propre émoi.

Le comte lui déplaisait profondément. Il y avait fort à parier qu'il raviverait sa fureur en quelques minutes à peine, lorsqu'ils se reverraient. Mais c'était plus fort qu'elle : elle ne pouvait oublier la magie de son étreinte… et brûlait en secret de renouveler l'expérience. Voilà pourquoi elle était si impatiente, au fond, de se retrouver face à lui. Pour le plaisir de voir sa tête, quand il la découvrirait si différente de la vieille fille à lorgnon qu'il avait traitée avec un tel mépris.

M. Upshaw fit une nouvelle irruption dans la pièce, ses gants de soirée dans une main, sa montre en or dans l'autre.

— Il est grand temps de partir, fillette.

Lorsqu'il aperçut la divine apparition qui se tenait devant lui, il en resta pantois.

— Eh bien ! Je vais avoir du mal à te protéger des avances masculines, ce soir.

Miranda gloussa, ravie.

— Merci du compliment, papa.

Il fronça les sourcils, l'air inquiet.

— Tu n'aurais pas quelque dentelle pour couvrir un peu ce décolleté ?

— C'est une robe du soir, papa. C'est normal.

— Tout à fait, mon ami, approuva Elizabeth à demi allongée sur le sofa. C'est ainsi que cela se porte, cette saison.

Véronica exhala un soupir ébloui.

— Tu es sublime, Miranda. Quelle chance tu as, de sortir dans le monde et de rencontrer tous ces gens élégants et raffinés ! La crème de l'aristocratie anglaise…

— Un ramassis de pantins tous plus superficiels et hypocrites les uns que les autres, veux-tu dire.

Miranda passa une main affectueuse sur ses boucles sombres.

— Un peu de patience, ton tour viendra.

— Oui, ta sœur te permettra bientôt de faire tes débuts, renchérit Joseph Upshaw. Dès que nous l'aurons établie.

— Papa...

— Cessez de brusquer cette enfant, Joseph, intervint sa femme d'une voix douce. Je vous ai dit ce que je pensais de lord Ravenscar ; ce n'est pas un parti pour elle.

Miranda lui sourit.

— Soyez sans crainte, Elizabeth. Je n'ai aucune intention de devenir lady Ravenscar.

— C'est pourtant un si beau nom ! déclara Veronica avec un nouveau soupir d'envie. Il me fait penser à un superbe oiseau noir, à la fois fascinant et inquiétant. Ravenscar. C'est tellement... mystérieux, tellement romantique !

— Trop mystérieux et trop romantique pour une personne aussi terre à terre que moi, si tu veux mon avis, commenta Miranda en prenant son éventail posé sur une console. Voilà, papa. Je suis prête.

— Enfin !

Joseph Upshaw rejoignit sa femme, posa un baiser sur sa joue.

— Je regrette infiniment que vous ne nous accompagniez pas, Lizzie. Quel dommage que vous manquiez de telles soirées !

— Ne vous souciez pas de moi, mon ami. Je me sens un peu lasse. Je préfère me réserver pour l'Opéra, dans quelques jours.

— Ce sera certainement plus intéressant et beaucoup moins fatigant ! approuva Miranda en l'embrassant à son tour.

Là-dessus, elle prit le bras que lui offrait son père et ils quittèrent la maison. Leur voiture les attendait au bas du perron. Pendant un bon moment, Joseph Upshaw se montra étrangement silencieux.

— Vois-tu, Miranda, je ne voudrais pas que tu penses... que je fais passer mes intérêts avant les tiens, déclara-t-il enfin.

Avec un sourire, sa fille tendit la main et lui tapota tendrement le genou.

— Je sais, papa. Vous voulez sincèrement mon bonheur. Mais rassurez-vous, vous ne réussirez jamais à me faire agir contre mon gré. Vous pouvez garder la conscience tranquille.

Son père secoua la tête, mi-dépité, mi-indulgent.

— Tu as raison. Je n'ai pas à craindre de te rendre malheureuse par obéissance, comme Veronica. Cette enfant est si docile que je répugne toujours à lui imposer mes vues. Toi, tu as assez de caractère pour me résister.

— Exactement, approuva Miranda en riant. Je suis la fille la moins culpabilisante qui soit pour un père. Vous pouvez remercier le ciel de m'avoir faite aussi entêtée.

Un moment plus tard, elle fut assez déçue de découvrir la résidence des Westhampton grouillante d'invités. Elle avait pris tout son temps dans l'espoir d'arriver après tout le monde et de faire une entrée remarquée. Mais lorsqu'elle descendit, au bras de son père, le majestueux escalier qui menait à la salle de bal, elle éprouva un pincement de dépit : Ravenscar ne se trouvait pas au bas des marches pour l'admirer dans toute sa splendeur.

Ce vaurien avait marqué le premier point, se dit-elle avec rancœur tandis qu'elle le cherchait discrètement des yeux parmi la foule. Il était introuvable. S'était-elle trompée ? Cette invitation n'était-elle qu'une aimable attention de sa sœur, sans qu'il y fût pour rien ?

L'idée qu'il ait pu renoncer si vite à la poursuivre de ses assiduités lui parut fort blessante. Depuis une semaine, elle ne songeait qu'à lui donner la leçon qu'il méritait. Elle fit néanmoins contre mauvaise fortune bon cœur, et afficha son plus beau sourire pour saluer lady Westhampton qui accueillait ses hôtes au pied de l'escalier.

— Miss Upshaw ! Quel plaisir de vous voir !

Les yeux brillants, Rachel prit ses deux mains dans les siennes d'un geste plein d'amitié.

Elle ressemblait beaucoup à son frère, constata Miranda. Grande et élancée, brune aux yeux verts comme lui, elle possédait son charme, sa beauté et son élégance. Mais son visage était empreint d'une douceur et d'une générosité dont les traits hautains de Ravenscar étaient totalement dépourvus.

— Je suis si contente que vous soyez venue, reprit la jeune femme. Je craignais que la désinvolture de mon frère ne vous ait retenue. Il est fort marri de vous avoir froissée, je puis vous l'assurer.

En elle-même, Miranda se permit de douter de la chose. Mais elle ne pouvait tenir rigueur à Rachel de s'aveugler sur la personnalité de son frère.

La maîtresse de maison salua chaleureusement M. Upshaw. Lady Ravenscar, debout près d'elle, condescendit à les gratifier d'un sourire. De pure façade, pensa la jeune fille. Manifestement, cette grande dame éprouvait autant de déplaisir que son fils à devoir s'allier à des roturiers pour sauver sa fortune. Elle répondit tout aussi fraîchement à la comtesse, puis esquissa un mouvement pour se mêler aux invités en compagnie de son père. Rachel la retint aussitôt en glissant un bras sous le sien.

— Laissez-moi vous présenter quelques-unes de mes amies.

Elle entraîna Miranda vers un groupe de jeunes femmes qui lui réservèrent un accueil mitigé — certaines se montrant aussi chaleureuses que leur hôtesse, les autres carrément glaciales. La jeune fille se sentait détaillée de la tête aux pieds, des regards incisifs évaluant la coupe de sa robe et son prix. Elle n'avait nulle inquiétude à avoir sur ce point, elle le savait, s'étant adressée à l'une des meilleures couturières de Londres. Pour le reste, si ces perruches voulaient trouver quelque chose à critiquer dans ses manières ou son élocution, elle s'en moquait. Elle s'était mise en frais pour une seule personne, et cette personne n'était pas là, apparemment. C'était du gâchis.

Rachel continua à assumer ses devoirs, la guidant parmi ses invités pour lui présenter un tourbillon de jeunes tendrons uniformément vêtues de blanc, de dames mûres drapées dans des robes somptueuses et de douairières aux coiffes noires assises en rang le long des murs. Ragots et commentaires allaient bon train derrière les éventails, joints à des œillades éloquentes lancées dans leur direction.

Miranda savait pertinemment que l'on parlait d'elle — et de Ravenscar. A plusieurs reprises, alors que sa compagne se détournait pour saluer quelqu'un, elle surprit des murmures peu amènes pour le séduisant *gentleman.* « ... Il mène une vie si scandaleuse que seule une Américaine peut accepter de l'épouser... Un vrai débauché, qui ne fréquente que les tripots et les établissements de mauvaise réputation... Sa mère ne pouvait espérer lui faire faire un beau mariage ! Il a dépensé toute sa fortune aux cartes, en beuveries et avec des femmes faciles... Il possède un charme diabolique... Une chance qu'il n'ait pas jeté son dévolu sur ma petite Mary... Elle ne sait pas ce qui l'attend, la malheureuse... »

Il y aurait presque eu de quoi prendre la défense du comte, pensa Miranda, si elle ne l'avait pas jugé elle-même indéfendable. Mais ce qui l'irritait surtout, c'était que tous ces gens semblaient convaincus qu'elle n'hésiterait pas un instant à l'épouser, s'il lui faisait la faveur de le lui demander. Comme si le plus débauché des aristocrates anglais représentait une proie de choix pour une vulgaire petite Américaine !

Dans leur pays, les Upshaw appartenaient à la meilleure société ; ici, ils n'étaient considérés qu'avec condescendance. A croire que pour ces nobles dégénérés, un nom comptait davantage qu'une vie réussie et une aisance matérielle honnêtement gagnée. Une telle attitude était singulière. Et comment s'étonner du dédain de Ravenscar à son égard, s'il avait grandi dans ce milieu ?

Au bout d'une heure, qui lui parut plus longue encore par le mortel ennui qu'elle sécrétait, elle décida que si le comte n'apparaissait pas bientôt elle rentrerait se coucher avec un bon roman. Ce serait plus divertissant que ces conversations oiseuses et factices.

Sur ces entrefaites, une belle voix grave s'éleva derrière Rachel et elle.

— Ma très chère sœur ! Cette soirée est un succès, comme toujours. On se piétine dans tous les coins.

La jeune femme se raidit imperceptiblement. Puis elle afficha un grand sourire et se tourna vers son frère.

— Bonsoir, Dev.

Avant même de l'imiter, Miranda sut qui elle allait voir ce soir-là : le charmant plaisantin de leur première rencontre, et non l'aristocrate froid et hautain qui avait demandé sa main.

— Qui donc est la ravissante personne qui…

La question de Devin se figea sur ses lèvres quand il reconnut Miranda. Avec délice, elle vit ses yeux s'élargir, son regard stupéfait la parcourir de la tête aux pieds. Elle n'aurait pas fait tous ces efforts pour rien, en fin de compte. Il paraissait subjugué.

Son aisance d'homme du monde, néanmoins, reprit vite le dessus sur sa surprise. Il s'inclina devant elle et lui baisa le bout des doigts.

— Oh, miss Upshaw. Je suis enchanté de vous revoir.

— C'est un progrès certain sur notre première rencontre, répondit la jeune fille d'un ton égal. Comment allez-vous, lord Ravenscar ?

— A merveille, maintenant que je vous ai vue.

Il se tourna légèrement vers sa sœur.

— Rachel, je dois absolument t'enlever ton invitée. Tu monopolises son attention depuis bien trop longtemps.

Il reporta ses yeux verts sur Miranda.

— Une valse est sur le point de commencer, miss Upshaw. Voulez-vous me faire l'honneur d'être ma cavalière ?

Il lui offrit sa main, une lueur de défi dans le regard. Il savait pertinemment qu'elle brûlait de refuser, mais qu'elle ne pouvait le faire sous peine de heurter lady Westhampton.

— J'ai encore tant de choses à dire à votre sœur..., éluda-t-elle le plus poliment possible.

— Je vous en prie, ne vous privez pas de ce plaisir pour moi, miss Upshaw, coupa vivement la jeune femme. En dépit de tous ses défauts, Devin est un danseur fabuleux. Nous aurons tout le temps de papoter encore par la suite.

— Ce sera très volontiers.

Piégée, Miranda n'eut d'autre ressource que d'accepter le bras de son partenaire. Tous les regards convergeaient sur eux. Il la conduisit avec grâce jusqu'à la piste de danse, puis ils se placèrent face à face. Quand il prit sa main droite et posa légèrement les doigts sur sa taille, Miranda leva les yeux vers lui. Son cœur s'emballa aussitôt. Cet homme était vraiment superbe.

Les premières mesures retentirent. Devin enleva sa cavalière et ils tourbillonnèrent un moment sans se parler, portés par la musique, songeant simplement à s'accorder l'un à l'autre. Danser avec lui était un vrai plaisir, constata Miranda. Il évoluait avec une aisance remarquable, et un sens du rythme qui permettait de le suivre très facilement sans qu'il ait à insister lourdement pour la guider, comme certains *gentlemen* moins habiles que lui. Lorsqu'ils furent totalement en harmonie, il lui sourit avec une pointe d'ironie.

— La transformation est étonnante, miss Upshaw.

— Pour quelqu'un qui s'arrête aux apparences, je suppose.

— Le coup est direct, mais je le mérite. Je me suis montré peu courtois, l'autre jour.

— Vous vous êtes montré grossier, arrogant et totalement déplaisant, rétorqua Miranda d'un ton sec.

— Vous avez raison, je l'avoue. Avec une personne qui m'avait rendu un fier service la veille, de surcroît. Ce comportement était digne d'un rustre.

Cette admission, faite de si bon gré, laissa la jeune fille pantoise. Elle s'attendait à plus de difficultés et en resta sans voix. Il sourit de son expression déconcertée.

— Vous voyez, au moins suis-je honnête. Je reconnais mes torts. C'est à retenir en ma faveur.

— Je dois le prendre en compte, je suppose. Comme un tout petit début.

— Un début, c'est très exactement cela. A partir de là, peut-être me permettrez-vous de me faire pardonner.

— Je ne suis pas sûre que cela soit possible, milord. Même sous vos manières policées, je crains de continuer à voir l'affreux butor que vous avez été.

— Voulez-vous dire qu'aucune excuse ne parviendra à vous fléchir ? Ne me laisserez-vous point vous prouver que je peux m'améliorer ?

— S'améliorer est une bonne chose, à condition de le vouloir sincèrement.

— Douteriez-vous de ma bonne volonté ? De ma franchise ?

— Je ne vous connais pas suffisamment pour vous répondre, lord Ravenscar. Et les situations dans lesquelles je vous ai vu...

— Je ne me suis pas montré sous mon meilleur jour, je sais.

Un sourire espiègle passa sur ses lèvres.

— Si tant est que je possède un meilleur jour. D'aucuns sont convaincus du contraire.

Miranda haussa un sourcil.

— Vous assurez assez mal votre défense, milord.

— En effet. Vous semblez m'ôter toutes mes facultés, miss Upshaw. Je suis beaucoup plus brillant d'ordinaire.

— Vraiment ? rétorqua-t-elle avec un sourire suave. Comment puis-je avoir un tel pouvoir sur vous, étant donné que vous m'êtes tellement supérieur ?

Devin laissa échapper un grognement ennuyé.

— Vous n'êtes pas disposée à oublier cette bévue, n'est-ce pas ?

— Non, je ne le suis pas.

— Laissez-moi vous présenter mes excuses, miss Upshaw.

Elle le considéra avec intérêt.

— Allez-y, je vous écoute.

Il parut désarçonné par sa réponse.

— Eh bien…

— Oui ?

Elle s'amusait beaucoup. Manifestement, le beau comte n'était guère rompu à ce genre d'exercice. Il détourna les yeux, les ramena sur elle.

— Je vous prie de m'excuser, miss Upshaw, déclara-t-il enfin. Je n'aurais pas dû me conduire comme je l'ai fait, ni vous parler de la sorte. Rien ne justifie une telle attitude, hormis… hormis le fait que j'étais furieux et que je crains d'avoir passé ma colère sur vous.

Il parut vaguement étonné, comme s'il n'avait pas prévu de prononcer ces mots-là — ou comme s'il était frappé par une soudaine révélation. Il hésita, puis demanda :

— Pouvons-nous parler ?

— N'est-ce pas ce que nous sommes en train de faire ?

— Certes, mais…

Il la dirigea vers le bord de la piste, s'arrêta.

— Allons faire quelques pas dehors. Pour prendre l'air et parler… sérieusement.

— Si vous voulez, répondit Miranda.

Elle était curieuse de voir où il voulait en venir. Sans doute cherchait-il un moyen de la faire changer d'avis. Elle ne le jugeait pas incapable de recourir à des stratagèmes blâmables pour parvenir à ses fins — par exemple essayer de la compromettre pour la contraindre à l'épouser — mais elle saurait être à même de déjouer ses plans, elle en était sûre.

Posant une main sur son bras, elle le suivit donc jusqu'à l'impressionnante porte-fenêtre qui donnait sur une vaste terrasse. Tout était immense, dans cette maison. D'autres invités étaient sortis pour échapper un moment à la chaleur éprouvante qui régnait dans le grand salon. Certains se promenaient à pas lents, comme eux, d'autres discutaient en petits groupes. Dès qu'ils parurent, plus d'une paire d'yeux dériva dans leur direction et plus d'une main se leva pour abriter des chuchotements. Miranda n'aurait pu dire si ces gens savaient que Ravenscar lui avait proposé le mariage, mais il était clair que des rumeurs circulaient.

D'un air détaché, son cavalier la conduisit à l'écart des personnes présentes. Ils descendirent quelques marches qui menaient dans le jardin, aux allées éclairées par des lanternes placées çà et là parmi les arbres.

— Je n'avais nulle envie de me marier, reprit Devin en poursuivant la conversation interrompue un moment plus tôt. Et encore moins sous la contrainte. J'étais irrité, embarrassé — et je me suis comporté comme un nigaud.

Il lui jeta un coup d'œil de côté.

— Si j'avais su qui vous étiez, les choses se seraient passées autrement.

— Croyez-vous ? rétorqua Miranda d'un ton frais.

Cette explication ne la satisfaisait pas le moins du monde. Ravenscar avait encore des efforts à faire, s'il voulait être pardonné.

Il s'arrêta, l'obligeant à l'imiter, et la tourna vers lui. Elle leva les yeux. Les siens paraissaient noirs, dans la pénombre. Soudain, elle sentit ses genoux faiblir sous elle. Les sensations qui l'envahirent étaient fort loin de la rancœur qu'elle aurait dû continuer à lui vouer. Ces excuses étaient peut-être suffisantes, après tout.

— J'en suis sûr. La mystérieuse inconnue qui s'était ruée avec tant d'audace à mon secours… La femme séduisante que j'ai devant moi en cet instant… J'aurais cherché à vous connaître, c'est certain.

— Il n'en reste pas moins que je suis aussi cette petite Américaine dénuée d'intérêt que votre mère veut vous voir épouser.

Une flambée de colère brilla dans les yeux de Ravenscar.

— Ma mère n'a aucune autorité sur moi. Je suis libre de mes actes et de mes décisions.

Miranda détourna son visage, réprimant un sourire. Il était tellement simple de le manipuler ! Elle était toujours étonnée de voir à quel point les hommes se montraient naïfs, persuadés qu'ils étaient de leur supériorité sur une simple femme. Et ces aristocrates anglais remportaient la palme ; pour eux, une Américaine ne pouvait être qu'une pauvre fille sans imagination, à la limite de la débilité.

— Excusez-moi, je me suis mal exprimée. Si j'ai bien compris, ce n'est pas exactement votre mère qui vous pousse à vous marier, mais plutôt l'état… brûlant de vos finances.

— Miss Upshaw ! protesta-t-il d'une voix courroucée. Rien ni personne ne saurait me forcer à me marier, m'entendez-vous ? Ce choix n'appartient qu'à moi.

Miranda gardait les yeux baissés, moins par timidité que pour lui cacher son amusement. Il plaça une main sous son menton, l'obligea à rencontrer son regard.

— Vous m'avez encore fait sortir de mes gonds, murmura-t-il avec un petit sourire crispé. Pardonnez-moi. Je manque moins de subtilité, d'ordinaire. Je vous prie d'accepter mes excuses et de m'autoriser à vous courtiser.

Glissant sa main sous l'avant-bras de Miranda, il se pencha pour déposer un baiser à l'intérieur de son poignet. Malgré son gant, elle frémit sous cette caresse.

— Laissez-moi vous montrer l'homme que je peux être. Accordez-moi une chance. Accordez-nous une chance.

Il ponctuait ses paroles d'autres baisers, ses lèvres chaudes remontant jusqu'au coude de la jeune fille, glissant du satin à sa peau nue. Ce discours de séducteur patenté irritait Miranda, mais elle ne pouvait faire abstraction du délicieux fourmillement qui parcourait sa chair. Par quel étrange mystère des caresses aussi légères pouvaient-elles produire de tels effets partout ailleurs dans sa personne ?

Quand elle éleva la voix, elle fut fort contrariée de la sentir trembler.

— Cette situation est inconvenante, milord. Nous ne devrions pas être seuls dans ce jardin.

— Mais nous le sommes… murmura Ravenscar d'un ton altéré.

Ses mains se posèrent sur la taille de sa compagne, il l'attira doucement à lui.

— Les gens vont penser…

— Qu'importent les autres.

Il courba sa belle tête brune et l'embrassa.

Le désir embrasa Miranda comme la première fois, la prenant de court. Ravenscar l'enveloppa de ses bras, la pressa étroitement contre lui. Le contact de ce corps masculin, si musclé, si différent du sien, transporta la jeune fille. Dieu, comme c'était délicieux ! Jamais aucun de ses prétendants n'avait osé la serrer de si près. Le fait que cet homme ne craignait pas de se montrer audacieux avec elle la ravissait, ajoutait à la volupté de cette étreinte. Il savait lui imposer sa volonté… Elle se délectait de sa bouche, de l'intense chaleur qui passait de lui à elle. Les mains crispées sur les revers de son habit, elle tremblait, consciente que le monde vacillait sous ses pieds.

Un son rauque monta dans la gorge de Devin tandis qu'il moulait ce corps adorable contre lui. Ce n'était pas ce qu'il avait prévu. Cette petite Américaine le rendait fou, avec l'ardeur candide qu'elle mettait à lui répondre. Il comptait simplement l'aguicher, la séduire, l'amener à le désirer. Mais ses propres armes se retournaient contre lui ; il la désirait aussi, si intensément qu'il ne rêvait plus que d'une chose : la tenir nue entre ses bras.

Il promenait ses mains dans son dos, frémissait des frissons de délice qu'il provoquait en elle. L'envie qu'il avait d'elle grandissait. Incapable de résister, il plaqua les doigts sur la chute de ses reins, la soulevant, la pressant contre son sexe durci.

Miranda ouvrit des yeux ronds, stupéfaite. Elle n'avait aucune expérience de ces choses-là, mais elle comprenait aisément de quoi il s'agissait. C'était quelque chose qui créait en elle un trouble brûlant, qui semblait ouvrir au creux de son ventre une étrange béance — un appel qui ne demandait qu'à être comblé. Elle leva les bras, les noua autour du cou de Ravenscar, se joignit à lui le plus étroitement possible. Il grogna, caressa avidement ses reins et ses hanches. Un plaisir indicible parcourait la jeune fille. C'était comme une spirale qui l'aspirait plus haut, toujours plus haut, qui exigeait des choses qu'elle n'osait imaginer.

Quand Ravenscar détacha ses lèvres des siennes, elle se sentit soudain abandonnée, esseulée. Mais sa bouche se posa sur son cou, sema une trace de feu jusqu'à la naissance de sa gorge, et la magie recommença. Une main chaude enserra son sein, un pouce en caressa la pointe sous la gaze de son corsage. Cette sensation fut si forte que Miranda gémit sourdement — et que le son de sa propre voix la tira brusquement de cette espèce de transe dans laquelle le comte l'avait plongée.

Sortant de son égarement, elle s'avisa avec une honte brûlante de ce qu'elle était en train de faire — et où. Miséricorde ! Elle avait projeté de donner une leçon à ce noble arrogant et voilà qu'il l'avait séduite aussi aisément qu'une fille d'auberge, la mettant dans tous ses états, lui emplissant l'esprit et le corps de désirs si impudiques qu'elle ne pouvait y songer sans rougir.

— Non !

Elle s'arracha à Ravenscar, si brutalement qu'il en resta les bras ballants, l'air sidéré. Le souffle court, Miranda lissa hâtivement sa robe et remit de l'ordre dans ses cheveux. Elle ne devait pas lui laisser voir quel pouvoir il avait sur elle ; ce serait trop humiliant.

— Vraiment, milord, déclara-t-elle en forçant sa voix, ce n'est ni le lieu ni le moment de tels débordements. N'importe qui pourrait surgir et nous surprendre.

— On peut remédier à cela, répondit Devin d'un ton si rauque qu'il en fut le premier surpris. Allons un peu plus loin. Je connais un endroit…

Il s'interrompit, horrifié de trahir aussi clairement son désir. Pour un peu, il allait supplier cette femme ! La femme en question, elle, fut sauvée par une saine colère à l'idée qu'il était coutumier de tels faits.

— Oh, je ne doute pas de vos ressources, persifla-t-elle. Ni de votre expérience. Mais je n'ai pas l'intention de rejoindre les rangs de vos amusettes.

Ses yeux gris luisaient tel du mercure sous l'effet de sa fureur. Elle eut un petit sourire glacial.

— Inutile de poursuivre cette comédie plus avant, Ravenscar. Ne vous donnez pas la peine de feindre une passion que vous n'éprouvez pas. Vous ne me contraindrez pas à vous épouser en me séduisant.

Ses paroles agirent comme du gros sel sur la frustration de Devin. La passion dont elle se moquait, il l'avait bel et bien éprouvée. Et copieusement. C'était tout de même un comble, qu'il soit tombé dans le piège qu'il voulait lui tendre alors qu'elle en sortait apparemment indemne, froide et méprisante.

— Je n'ai jamais eu l'intention d'accepter cette union, même avant votre ridicule proposition, poursuivit Miranda, soulagée de retrouver le contrôle d'elle-même après avoir frôlé le pire. Les mariages arrangés ne sont pas de mon goût — même s'ils peuvent présenter certains avantages, je le reconnais.

Les bras croisés sur sa poitrine, Devin la dévisagea avec aigreur.

— Lesquels ?

— En ce qui vous concerne, cela me semble évident. Vous y gagneriez ma fortune. Pour ma part… je ferais le bonheur de ma belle-mère en permettant à sa fille d'entrer dans le grand monde. J'aurais un titre et un nom qui demeure respecté en Angleterre, bien que vous l'ayez terni par vos mœurs dissipées. Mais voilà : j'ai beau n'être qu'une Américaine sotte et vulgaire, je ne suis pas plus encline qu'une aristocrate anglaise à m'allier à un individu aussi scandaleux que vous l'êtes. Tant pis pour vous.

Devin s'empourpra, décroisa les bras pour serrer les poings.

— Comment osez-vous m'insulter de la sorte ?

— Ce n'est pas la vérité, peut-être ? J'ai compris ce soir, en entendant les rumeurs qui courent sur votre compte, que j'étais votre seul espoir de vous marier richement. Aucun noble de votre milieu n'accepterait de donner sa fille à un ivrogne qui brûle sa fortune dans les tripots et les lupanars. Vous avez une bien triste réputation, milord. Même une sauvage du Nouveau-Monde est capable de s'en apercevoir.

Devin la considérait fixement, le regard aussi froid et dur que du marbre. De toute évidence, malgré l'envie qu'il en avait, il ne pouvait la contredire.

— Bien sûr, reprit-elle avec ardeur, certains Américains seraient prêts à fermer les yeux sur vos tares pour avoir le discutable honneur d'appartenir à l'aristocratie anglaise. Une nostalgie de leur lointain passé, sans doute. Ce n'est pas mon cas. Je n'ai aucun désir de devenir *lady Ravenscar*, et au demeurant mon nom me convient tout à fait.

Elle marqua une pause, prit un air songeur.

— Le seul élément qui aurait pu me tenter chez vous, ajouta-t-elle plus posément, eût été de restaurer votre domaine. J'adore remettre les choses en bon état de marche. Cela me procure un vif plaisir. Il paraît en outre que votre manoir de Darkwater est une perle de l'architecture élizabéthaine, mon époque favorite — et celle de mon père. Sans oublier les légendes qui l'entourent, ces palpitantes histoires de malédiction, d'abbaye en ruine et de…

— Au diable Darkwater ! explosa Devin, qui se contenait péniblement depuis un moment. Ces vieilles pierres peuvent bien pourrir sur place, je n'en ai cure. Vous avez devant vous un pair d'Angleterre qui n'est pas à vendre à la première riche Américaine venue, miss Upshaw ! Plutôt mourir dans le dénuement que d'épouser une harpie de votre espèce, sans la moindre éducation ni une seule goutte de sang bleu dans les veines ! Je vous souhaite le bonsoir, miss Upshaw. Et vous dis adieu.

La bousculant au passage, il s'éloigna d'un pas furieux.

6.

— Eh bien… voilà qui était intéressant.

Miranda murmura cette conclusion pour elle-même, tout en suivant des yeux la silhouette de Ravenscar qui disparaissait du côté de la terrasse.

Elle avait voulu provoquer le comte, elle y avait réussi — même si sa réaction différait de ce qu'elle avait escompté. Elle s'attendait à de l'exaspération, de la fureur, du dépit, ainsi qu'à une vive antipathie à son égard. Toutes choses provenant d'une vanité blessée. Or Devin Aincourt avait paru touché plus intimement, plus profondément. La véhémence de sa protestation — il n'était pas à vendre ! — semblait attester d'une vraie fierté, d'une certaine idée qu'il se faisait de lui-même. Ses écarts de conduite étaient une chose ; se laisser acheter en était une autre, et franchir la distance qui les séparait était inconcevable à ses yeux, apparemment.

La jeune fille alla s'asseoir sur un banc, pensive. Cet homme-là était peut-être plus estimable qu'il n'en avait l'air, en fin de compte. Une notion qui ne pouvait que la réjouir, vu ce qu'il était capable de lui faire éprouver. Elle se remémora un moment la douceur de ses lèvres, de ses mains, le charme captivant de ses yeux verts et les folies dans lesquelles ce délicieux mélange l'avait entraînée. Certes, lord Ravenscar n'était pas un parti convenable pour elle. Il était par trop débauché pour cela. Mais il n'était pas déplaisant — et même plutôt réconfortant — de penser qu'elle s'était laissé tourner la tête par un être moins lâche et moins fat qu'elle ne l'aurait cru au départ. Ce bel aristocrate méritait peut-être qu'elle le revoie, qu'elle essaie de mieux cerner son caractère et sa personnalité...

Elle se leva et regagna lentement la terrasse, toujours plongée dans ses pensées.

— Miss Upshaw ?

La voix inquiète de lady Westhampton lui fit lever les yeux. Son hôtesse se tenait sur la terrasse, les doigts noués nerveusement sur les pointes du châle qu'elle avait jeté sur ses épaules, les traits tirés par l'anxiété. Miranda sourit.

— C'est bien moi, lady Westhampton.

La jeune femme se détendit visiblement en la voyant si allègre et si enjouée.

— J'espère que vous avez passé une soirée agréable, déclara-t-elle avec un reste d'appréhension, toutefois, quand Miranda la rejoignit.

— Oui, je me suis beaucoup divertie.

— Vraiment ?

Rachel scruta d'un air embarrassé le visage lisse et calme de sa compagne.

— Je viens d'apercevoir Devin qui sortait en trombe du salon, il y a quelques minutes. Il paraissait furieux... et j'ai craint qu'il ne vous ait de nouveau offensée. J'espère qu'il n'en est rien.

Un sourire espiègle se peignit sur les lèvres de Miranda.

— Non, bien au contraire. Il se trouve que c'est moi qui ait offensé votre frère, lady Westhampton.

Rachel eut un petit rire incrédule.

— Est-ce possible ? Dev ne se laisse pas aisément atteindre, pourtant.

— Croyez-vous ? Sans doute l'ai-je un peu poussé dans ses retranchements. Il m'a quittée en déclarant qu'il préférerait voir Darkwater tomber en ruine plutôt que de m'épouser.

— Oh, mon Dieu !

— Ne vous tourmentez pas, je l'avais cherché, précisa Miranda d'un ton amusé. Je peux me montrer très mordante, parfois. A New York, certains messieurs tremblent devant moi.

Rachel rit de nouveau, ne sachant si elle devait la croire.

— Vous plaisantez, n'est-ce pas ?

— Pas le moins du monde. Je ne supporte pas l'hypocrisie. Celle de lord Ravenscar m'a grandement irritée, ce soir.

Rachel écarquilla les yeux.

— Devin, hypocrite ? Il est plutôt coutumier du contraire ! Il se montre souvent si direct qu'il en est grossier.

— Je sais, je l'ai aussi vu sous ce jour lorsqu'il est venu demander ma main. Et je dois dire que je le préfère arrogant et brutal, parce qu'au moins il était honnête. Ce qui m'a déplu ce soir, c'est qu'il ait essayé de me séduire par pur calcul.

— Juste ciel ! s'exclama Rachel dans un souffle.

S'avisant qu'elle rougissait de confusion, Miranda se radoucit.

— Pardonnez-moi, j'oubliais que je parlais de votre frère. Je suis désolée.

— Ne vous excusez pas. J'ai souvent entendu des critiques aussi acerbes à son sujet, malheureusement.

Miranda soupira.

— En bref, j'aurais préféré qu'il me dise la vérité — qu'il n'acceptait de m'épouser que pour mon argent — plutôt que de feindre à mon égard un intérêt qu'il n'éprouve pas.

De fait, les choses n'étaient pas si simples, elle le savait parfaitement. Et elle n'était pas complètement honnête non plus. Ravenscar s'était laissé troubler par elle, elle en avait eu la preuve. Ce qu'elle lui reprochait, c'était d'avoir sciemment arrangé ce tête-à-tête au départ — et d'être si aisément parvenu à ses fins par la suite. Sa colère était venue de la crainte d'avoir été purement et simplement manipulée. Mais elle ne pouvait guère exposer ce genre de choses à la sœur de son séducteur. Elle passa donc sur les détails.

— Cela étant, poursuivit-elle, je lui ai exposé quelques-uns des inconvénients qu'il y aurait pour moi à l'épouser, par exemple les rumeurs courant à son sujet et autres scandales.

Rachel pâlit.

— Grands dieux ! murmura-t-elle d'une voix éteinte. J'espérais que ces ragots ne seraient pas parvenus à vos oreilles.

— La plupart me sont parvenus ce soir même, milady. Les gens du monde sont friands de ces choses-là.

— Et Dev, par la vie qu'il mène, prête aisément aux médisances, reconnut lady Westhampton avec une pointe d'amertume. J'ai beaucoup d'affection pour lui, miss Upshaw. Beaucoup. Mais il semble parfois se complaire à provoquer ceux qui l'aiment. Qu'avez-vous entendu dire ?

Miranda n'eut pas le cœur d'aggraver sa peine et son embarras.

— Rien d'autre que ce que vous savez déjà, j'en suis sûre, répondit-elle avec gentillesse.

D'un geste impulsif, elle saisit la main de sa compagne.

— Ne soyez pas triste, je vous en prie. Remédier aux écarts de votre frère n'est pas de votre ressort. Lui seul peut s'en charger.

Rachel dédia un regard implorant à la jeune fille.

— De grâce, ne le jugez pas sur ce que l'on colporte sur lui. Il est loin d'être blanc comme neige, je l'admets, mais ses débuts dans la vie n'ont pas été faciles. Il vaut mieux que ce qu'il veut paraître. Au fond de lui, Dev est quelqu'un de bien. Un homme généreux et sensible. Il a toujours été un frère merveilleux pour Caroline et moi, dans notre jeunesse. Malheureusement...

Elle s'interrompit, exhala un soupir douloureux.

— Je me demande parfois s'il n'y a pas quelque chose de vrai, dans cette histoire de malédiction. Les Aincourt semblent poursuivis par la malchance. Aucun de nos ancêtres n'a su faire fructifier notre fortune, et seuls des mariages avantageux ont réussi à nous sauver de la ruine. Il faut dire qu'à défaut d'autres qualités, la nature a gratifié notre famille d'une certaine allure et souvent d'une bonne dose de charme — surtout chez ses membres masculins. Nous avons su nous en servir pour nous marier richement, mais ces unions ont rarement été heureuses.

Elles s'étaient mises à marcher d'un pas lent, tout en parlant. Avec délicatesse, Miranda orienta son hôtesse vers un recoin désert de la terrasse.

— Ma sœur et moi n'avons pas fait exception à la règle, continua Rachel, absorbée dans cette évocation. Caroline, ma cadette, avait même eu le bonheur d'épouser un homme qu'elle aimait et qui l'aimait. Un duc, rien moins ! Ils ont eu une petite fille. Leur vie aurait pu être parfaite… si la mère et l'enfant n'avaient trouvé la mort dans un accident de calèche il y a quatre ans de cela. Richard en a été brisé.

— Quelle tristesse ! s'exclama Miranda en incitant sa compagne à s'asseoir sur un banc de pierre. J'en suis navrée pour vous.

— Merci.

Rachel esquissa un léger sourire.

— J'ai fait mon devoir, moi aussi, en épousant le parti choisi par mon père. Michael est un homme charmant, droit et attentionné. Seulement… je ne l'aimais pas. Mon cœur était pris ailleurs. Je pensais que mon futur mari le savait et l'acceptait, qu'il considérait cette union comme un arrangement de pure forme, comme moi.

Elle soupira.

— Il n'en a rien été. Lorsqu'il s'est rendu compte que je restais attachée à un autre, il en a été blessé et a cru que je l'avais délibérément abusé. Depuis… nous menons des existences séparées. Je ne manque de rien, il est très généreux et apporte un soutien financier à ma mère, de même que Richard. Mais aucun de nous n'est heureux.

— Quel dommage… Tout ceci me désole, murmura Miranda.

— Il est trop tard pour Caroline et moi, poursuivit Rachel. Mais Dev, lui, pourrait encore trouver le bonheur. C'est pourquoi je souhaitais qu'il vous épouse. Je suis convaincue que sa vie changerait du tout au tout s'il avait à son côté une femme convenant à sa vraie nature. Une personne qui ait pour lui de l'estime, du respect, de la compréhension — tout ce dont notre père l'a privé dans sa jeunesse.

Elle s'interrompit un instant, les yeux baissés.

— Papa s'est toujours montré très dur avec lui. Il était cassant, autoritaire, confit dans les principes et la religion. Il n'admettait pas le caractère fougueux et enjoué de son fils, ni son indiscipline. Et encore moins son amour pour les arts et la peinture. Ma mère se souciait peu d'intervenir. A force d'être rabroué et humilié, Devin s'est rebellé. Il s'est mis à boire, à jouer, à… mener une existence de débauche. Ce fossé entre eux n'a fait que s'accroître quand il est parti pour Londres à l'âge de dix-huit ans. Il a voulu vivre en artiste, entouré d'amis aussi bohèmes que lui. Mon père lui reprochait cette vie futile et ses fréquentations, mais ce n'étaient pas les pires… Peu après, Dev a eu le malheur de tomber entre les mains de personnes… peu recommandables, des libertins aux mœurs affreusement dépravées. Ces gens l'ont encouragé à plonger plus profondément encore dans le vice et la débauche.

— Comment a réagi votre père, alors ?

— Il ne décolérait pas, envoyait sans cesse à Devin des lettres pleines de sermons, de récriminations et de menaces. Ce qui incitait Dev à persévérer de plus belle, bien entendu. Finalement, à la suite d'un scandale plus retentissant que les autres, papa lui a coupé les vivres. S'il avait pu le déshériter, il l'aurait fait ; mais la loi l'interdisait. J'ignore comment Dev a survécu, alors. Je suppose que Michael, Richard et d'autres relations l'ont aidé. Il peut se montrer charmant, je vous l'ai dit, et nous l'aimions. Moi-même, je lui faisais parvenir tout l'argent que je pouvais.

— Ces tensions ont-elles duré longtemps ?

— Plusieurs années, jusqu'à la mort de notre père. Ils ne se sont jamais réconciliés. Quand ma mère nous a écrit que le comte était sur le point de s'éteindre, j'ai décidé de me rendre à Darkwater avec Dev. Père a refusé de le voir, lui a interdit l'entrée de sa chambre. Terriblement blessé, Dev a sauté sur un cheval pour retourner à Londres aussitôt. Il n'a pas assisté aux obsèques. Je ne suis pas sûre qu'il soit retourné à Darkwater depuis.

Elle poussa un nouveau soupir.

— Il ne serait pas ce qu'il est aujourd'hui, si notre père ne s'était montré aussi intraitable avec lui. Et s'il avait d'autres fréquentations, ajouta-t-elle d'un ton plus dur. Je sais qu'il serait différent, s'il pouvait être arraché à ces influences néfastes. C'est ce que je souhaite ardemment pour lui. Et nous en revenons à ce que je vous confiais tout à l'heure, à propos des… espoirs que je formulais pour vous deux.

— Je ne suis pas certaine du tout qu'un mariage avec moi pourrait rendre lord Ravenscar heureux, observa sèchement Miranda. Nous ne nous entendons pas vraiment bien, vous savez !

— Je sais. Mais les femmes… effacées ne retiennent pas son intérêt. Je pense qu'une personne comme vous, dotée d'une solide force de caractère et d'une belle âme, lui ferait le plus grand bien.

Elles se turent un moment. Miranda contemplait ses mains, songeuse.

— Vous disiez que votre frère est un artiste ?

— Oui. C'est un excellent peintre, bien qu'il n'ait plus touché un pinceau depuis des années. Vous plairait-il de voir quelques-unes de ses œuvres ?

— J'en serais ravie.

— Alors venez.

Intriguée, Miranda suivit son hôtesse à l'intérieur. Empruntant un escalier dérobé, elles accédèrent directement à une grande galerie située au premier étage, qui occupait tout l'avant de la maison. En raison du bal, de nombreuses torches étaient allumées le long du mur qui faisait face aux hautes fenêtres donnant sur la rue. Elles illuminaient une impressionnante série de toiles.

— Ces tableaux sont-ils tous de votre frère ? s'enquit Miranda, ébahie.

— Non, répondit Rachel avec un demi-sourire. Il a bien fallu que je fasse un peu de place aux ancêtres des Westhampton. Mais ces trois-là sont de lui, ainsi que ceux du fond.

La première toile était un portrait en pied de la maîtresse de maison. Elle posait debout près d'un piédestal, un coude posé sur la colonne, et contemplait l'artiste avec un léger sourire. Sa robe blanche et ses cheveux très noirs ressortaient superbement sur les tons fondus de l'arrière-plan, des verts et des roux à l'éclat délicatement assourdi. Le romantisme de l'œuvre n'avait d'égal que l'élégance et la qualité de sa facture. Et le modèle, parfaitement ressemblant, semblait doté de vie tant sa personnalité rayonnante et généreuse transparaissait dans chaque touche.

— C'est superbe, déclara Miranda avec une admiration sincère.

— J'avais dix-sept ans, à l'époque, et Dev trois de plus, commenta Rachel. Il a offert ce portrait à Michael pour notre mariage.

Elle s'avança vers l'œuvre suivante.

— Ici, c'est Caroline à quinze ans, l'année précédente.

Fort émue, Miranda contempla la jolie jeune fille rêveuse, aux grands yeux bleus. Brune aussi, les cheveux retenus par un ruban, elle était vêtue d'une cape assortie à ses yeux et d'une robe blanche. Son bras droit était dégagé et elle tenait un chat. Chaque détail était si vibrant, si lumineux qu'une joie intense envahit Miranda. La peinture lui procurait toujours une vive émotion, mais celle-ci la touchait particulièrement.

Elle passa au tableau voisin, qui représentait un paysage dénudé et rocailleux inondé de soleil. Les lignes en étaient pures et fortes, l'impression si bien rendue que la chaleur semblait perceptible.

— C'est vraiment magnifique.

Miranda se tourna vers sa compagne, les yeux brillants.

— Lord Ravenscar est un artiste remarquable, doté d'un grand talent. J'ai hâte de voir ses autres toiles.

Rachel l'entraîna au fond de la galerie, où étaient exposés quatre paysages, puis dans son salon particulier et dans sa chambre où figuraient six autres œuvres. Les pièces étaient spacieuses et joliment meublées, mais Miranda n'avait d'yeux que pour les tableaux. L'un d'eux représentait une immense demeure en forme de E, gracieuse en dépit de sa taille. Les murs de pierre blanche ruisselaient de soleil, les fenêtres aux panneaux sertis de plomb étincelaient.

— Est-ce Darkwater ? demanda la jeune fille. J'imaginais quelque chose de beaucoup plus sombre et ténébreux.

— Non, répondit Rachel. Le nom du manoir lui vient d'un étang voisin, aux eaux très noires. Mais la maison est très lumineuse et très claire. Assez décrépie par endroits, car le calcaire est une pierre fragile, mais de loin elle fait encore beaucoup d'effet. Dev l'a peinte de mémoire, après son départ. Et ici, vous avez l'étang.

Elle désigna une toile plus petite et plus sombre, à l'atmosphère beaucoup plus ténébreuse. Un étang d'un noir d'encre brillait entre des rochers gris. Le ciel était couvert de nuages, mais un rayon de soleil en sortait, étincelant, pour venir se perdre dans les profondeurs mystérieuses de la pièce d'eau. Un frisson parcourut Miranda, tant ce paysage à l'inquiétante tranquillité était prenant.

Les tableaux restants représentaient des intérieurs. Ils étaient plus contrastés, dotés d'une puissance d'évocation également surprenante. Un grand lit à baldaquin près d'une fenêtre, une robe de velours carmin jetée sur la blancheur des draps froissés. Un nécessaire de toilette en porcelaine blanche posé sur une table de bois sombre, et rehaussé par la touche vive d'une rose rouge. De toutes ces toiles émanaient la même sûreté, la même précision, le même regard singulier... et profondément sensuel.

— Pourrai-je revenir les voir à la lumière du jour ? s'enquit Miranda, la voix vibrante d'exaltation.

— Certainement. Ils vous plaisent donc ?

— Plus que cela, avoua la jeune fille. Ils me touchent d'une manière... je ne sais comment dire. Intime. Essentielle. Quel dommage que votre frère ne peigne plus ! C'est un crime ! Savez-vous pourquoi il s'est arrêté ?

— Non, répondit Rachel.

Son beau visage s'était rembruni.

— Je lui ai posé la question une ou deux fois. Il s'est contenté de hausser les épaules, de dire que tout cela ne l'intéressait plus. Une autre conséquence de la vie qu'il mène, je suppose...

Des larmes brillèrent dans ses yeux.

— S'il pouvait avoir conscience de la valeur de son talent ! De la beauté qu'il renferme en lui-même, au lieu de se perdre comme il le fait...

Elles regagnèrent le rez-de-chaussée, où le bal touchait à sa fin. Peu après, Miranda et son père s'en allèrent. Durant tout le trajet de retour, la jeune fille resta plongée dans ses pensées. L'émotion qui l'avait saisie devant les tableaux de lord Ravenscar ne la quittait pas. Etait-il possible, se demandait-elle, de tomber amoureuse d'un homme à cause de sa peinture ? Une peinture qui lui remuait l'âme aussi profondément que ses baisers chaviraient ses sens. Cela semblait absurde. Pourtant, elle ne pouvait dénier qu'un sentiment neuf l'habitait. Quelque chose de doux et de fort à la fois, qui semblait l'illuminer de l'intérieur.

Bien sûr, elle ne souffla mot de sa découverte à son père. Il serait trop heureux de la pousser dans la direction qui l'obsédait, et elle voulait d'abord voir un peu plus clair en elle-même.

*
* *

Le lendemain, Joseph Upshaw tint à lui montrer les documents comptables qu'il avait reçus du fondé de pouvoir de Ravenscar, son oncle Rupert. Il en ressortait un délabrement pitoyable de ses finances, et le rapport détaillé qui mentionnait les innombrables réparations à effectuer dans le manoir et dans le domaine aurait suffi à faire fuir n'importe quel individu sensé. Mais le père de Miranda connaissait sa fille : il savait que rien ne pourrait l'exciter davantage qu'une tâche de cette envergure. De fait, sans être dupe de son manège, l'intéressée voulut bien admettre que l'entreprise était tentante. Néanmoins, si elle était assurée d'avance de ne jamais connaître l'ennui auprès du beau Devin Aincourt, cet argument ne pouvait la pousser à commettre l'irrémédiable.

Dans l'après-midi, quand elle retourna voir les toiles du comte, sa conclusion fut la même. Les tableaux lui parurent encore plus beaux que la veille. Elle fut plus touchée encore, peut-être, par cette impression de découvrir le revers caché de son âme. Plus triste aussi et plus désemparée qu'il ait pu renoncer à son art. Mais elle savait bien que ce n'étaient pas les seules raisons qui faisaient battre son cœur. Il y avait tout le reste, ce vertige qui la saisissait quand il la prenait dans ses bras, cette fascination qui s'emparait d'elle quand elle plongeait son regard dans le sien. C'était comme si elle se trouvait au bord d'un précipice — et qu'elle brûlait de s'y jeter malgré les périls évidents.

Or, si elle avait coutume de suivre ses instincts — sa première intuition la trompait rarement — elle connaissait mal le domaine des sentiments et préférait s'y aventurer avec prudence. Pour étonnant que cela puisse paraître, elle n'avait jamais été amoureuse. A l'époque où ses amies s'éprenaient tous les quinze jours d'un nouveau prétendant, elle était trop occupée par ses opérations immobilières dans l'île de Manhattan pour rêvasser en contemplant les étoiles.

Ses activités, certes, ne l'avaient pas empêchée de mener une vie sociale normale, ni de prendre un plaisir certain à badiner avec bon nombre de jeunes gens. Elle aimait danser, trouvait plaisant de se laisser courtiser. Mais elle n'avait jamais connu les affres et les bonheurs de la passion.

Ces drôles de pincements au cœur quand elle pensait à Devin Aincourt signifiaient-ils qu'elle l'aimait ? Le fait qu'elle ne cessait de voir son beau visage devant elle voulait-il dire qu'elle était prête à se lier à lui pour la vie ?

Elle l'ignorait. Ce qu'elle savait, c'était que cet état lui semblait délicieux. Et qu'elle brûlait de revoir le séduisant lord Ravenscar.

L'occasion lui en fut donnée deux soirs plus tard, à l'Opéra. Son père avait loué une loge pour la saison, puisqu'ils devaient passer plusieurs semaines à Londres, mais c'était la première fois qu'ils s'y rendaient. Elizabeth était rose de plaisir, en prenant place dans la luxueuse alcôve capitonnée. Hiram lui-même, d'ordinaire fort stoïque, ne cachait pas son excitation.

Assise près du jeune homme, Miranda s'empressa de porter ses lorgnettes de soirée à ses yeux et de parcourir l'assistance. Elle repéra très vite lady Ravenscar, qui partageait une loge avec Rachel, deux dames d'âge mûr et deux messieurs à l'air passablement ennuyé. Lord

Ravenscar n'était pas là. Peut-être n'avait-il aucun goût pour l'Opéra ; et il ne semblait pas du genre à s'imposer une corvée pour complaire à sa mère et à sa sœur.

Rachel aperçut la jeune fille et lui sourit. Miranda abaissa un instant ses lorgnettes pour lui répondre, puis elle reprit son observation. Soudain, face à elle et légèrement plus près de la scène, un groupe prit possession d'une loge vide. Une femme entra la première, vêtue de vert émeraude. Trois hommes en frac noir et chemise blanche la suivaient. L'un d'eux tournait le dos à la salle, mais Miranda reconnut immédiatement Devin.

Elle retint son souffle, saisie. Comme si le comte avait pu percevoir sa réaction, il pivota et parcourut l'assistance du regard. Ses yeux verts s'arrêtèrent sur la loge des Upshaw, se rivèrent sur Miranda. Il ne s'inclina pas, mais se contenta de hausser légèrement les sourcils et de tourner la tête. La jeune fille sourit en elle-même, plus ravie que blessée par ce dédain glacé. Cela prouvait à quel point elle l'avait heurté, le soir du bal ; et elle appréciait un homme qui refusait de s'abaisser à un mariage d'intérêt.

Mais qui était la femme qui l'accompagnait ? Pour la première fois de sa vie, Miranda connut la jalousie. Repoussant sa chaise dans un angle de la loge, afin de se dissimuler dans l'ombre, elle reprit ses lorgnettes et examina sa rivale. Sa poitrine se contracta, ses doigts se crispèrent sur les jumelles. Elle était superbe. Avec ses cheveux d'un blond fauve, ses magnifiques yeux ambrés et sa peau ivoire, elle paraissait nimbée d'or. Elle était vêtue à la pointe de la mode — et peut-être même un peu plus, constata la jeune fille en évaluant la profondeur vertigineuse de son décolleté. Un lourd pendentif en émeraudes, assorti à ses boucles d'oreilles et à son bracelet, attirait l'attention sur une gorge magnifique. Un large ruban de satin vert retenait ses boucles au sommet de sa tête, d'où elles retombaient gracieusement pour encadrer un visage quasi parfait, nanti d'une bouche éminemment sensuelle.

A cet instant, la belle inconnue se tourna légèrement vers Ravenscar et lui sourit. C'était un sourire intime, complice et provocateur. Il suffit à Miranda pour comprendre qu'ils n'étaient pas de simples amis. Etait-elle sa maîtresse ? L'aimait-il ? Son cœur s'emballa, tandis que ces questions lui mettaient l'esprit en ébullition. Quand le spectacle commença, elle passa autant de temps à espionner la loge de Ravenscar qu'à suivre le déroulement de l'Opéra.

Lors de l'entracte, lady Ravenscar et son frère vinrent rendre visite aux Upshaw dans leur loge. Sir Rupert Dalrymple était toujours aussi cordial et divertissant, mais Miranda eut un certain mal à lui prêter attention. Elle ne cessait de jeter des coups d'œil vers la porte ouverte, n'osant espérer que lord Ravenscar daignerait se montrer.

Quand lady Westhampton apparut un moment plus tard, suivi du gentleman tant attendu, Miranda en éprouva un tel choc que son estomac se souleva et qu'elle en lâcha son éventail.

— Bonsoir, mère. Oncle Rupert…

Les yeux verts de Devin Aincourt n'effleurèrent que brièvement Miranda et Hiram, prouvant une nouvelle fois à la jeune fille qu'elle gardait le pouvoir de l'irriter. Il salua M. Upshaw, puis Elizabeth qui se rendit ridicule au possible en gloussant derrière son éventail, les joues curieusement enflammées. Pour quelqu'un qui prisait si peu Ravenscar, pensa Miranda avec une pointe d'aigreur, sa belle-mère semblait fort sensible à son charme !

Enfin, le comte daigna la saluer, avant de poser un regard interrogateur sur Hiram. Joseph Upshaw s'empressa de réparer son oubli.

— Oh, je vous présente M. Hiram Baldwin, mon secrétaire. Vous avez dû le croiser à la maison le jour où…

Il s'interrompit, penaud.

— Je doute que lord Ravenscar s'en souvienne, papa, intervint Miranda. Il n'a quasiment vu personne, ce jour-là.

Devin se tourna vers elle.

— Je me souviens certainement de vous, miss Upshaw.

— Je me le demandais, puisque vous ne m'avez pas saluée en entrant.

Rupert partit d'un rire jovial.

— Ce garçon n'a point de manières, miss Upshaw. Oubliez-le.

— Vraiment ? répliqua la jeune fille d'un ton léger.

Elle regardait le comte, qui ne la quittait pas des yeux.

— Soyez tranquille, mon oncle. Miss Upshaw sait tout à fait quel barbare je suis.

Là-dessus, il tourna les talons et prit abruptement congé de tout le monde, annonçant qu'il devait partir. La brève courbette qu'il dédia à Miranda était un sarcasme à elle seule. Elle lui répondit par un sourire suave.

— C'est toujours un plaisir de vous voir, milord.

Il serra si fort les mâchoires qu'elle vit un muscle tressaillir le long de sa joue. Puis il quitta la loge en trombe, ignorant le regard réprobateur de sa sœur.

Rachel s'approcha de Miranda, l'air désolé.

— Je ne sais quelle mouche a piqué Devin ce soir, murmura-t-elle. Il est d'une humeur noire. C'est lui qui a insisté pour m'accompagner jusqu'à vous, et voilà qu'il se comporte comme un rustre !

— Ne vous tourmentez pas, répondit la jeune fille d'un ton placide. Cela n'a aucune importance.

De fait, ce bref échange l'avait grandement revigorée. Et elle savait à présent que la visite du comte n'avait eu qu'un objet : découvrir qui était le jeune homme assis près d'elle. De quoi être amplement satisfaite.

Glissant une main sous le bras de sa compagne, elle déclara :

— J'aimerais bavarder un moment avec vous, lady Westhampton.

— Rachel, je vous en prie.

— Rachel, donc. Voulez-vous que nous allions marcher un peu dans le vestibule ?

— Volontiers.

Un instant plus tard, dans un endroit relativement retiré du grand hall, Miranda se pencha vers la jeune femme et lui déclara à mi-voix :

— Je veux savoir qui est la femme qui accompagne votre frère, ce soir.

7.

— Qui ?

Rachel tourna vers Miranda un visage que le désarroi rendait presque comique.

— Vous savez bien : la blonde sculpturale qui partage la loge de Ravenscar.

— Oh… Ce n'est pas une personne qui compte, vraiment. Elle se nomme lady Vesey.

— Est-elle sa maîtresse ?

— Miranda ! s'exclama lady Westhampton d'un air profondément choqué.

La jeune fille riva sur elle un regard espiègle, mais déterminé.

— Vous ne me connaissez pas très bien encore, sans quoi vous sauriez que je ne lâche jamais prise. Puisque je parviendrai de toute façon à vous extorquer la vérité, vous feriez mieux d'épargner vos efforts pour me la masquer.

Rachel la considéra avec embarras.

— C'est qu'il y a des choses… Sincèrement, vous ne devriez pas…

— Si vous pensez que me parler d'elle m'éloignera définitivement de votre frère, vous vous inquiétez à tort.

Ce n'est pas cela qui pourra m'empêcher de l'épouser, si d'aventure je m'y résignais. Mais quand je dois prendre une décision, quelle qu'elle soit, j'ai pour habitude d'étudier le terrain sous tous ses aspects — des meilleurs aux pires, en passant par le milieu. Faute de tout savoir, je ne puis trancher en connaissance de cause. Cela étant, je me vois mal accorder ma main à Ravenscar sans être fixée précisément sur ses relations avec lady Vesey.

La jeune femme émit un son contrarié.

— Soyez sans crainte, insista Miranda, je ne suis pas une oie blanche. Bien que vos compatriotes nous prennent souvent pour des gens rustres et attardés, je puis vous assurer que les Américains sont aussi au fait de certains scandales que les Européens. Je sais fort bien que beaucoup d'hommes — mariés ou non — ont des maîtresses. Figurez-vous que le président Jackson a dû renvoyer plusieurs membres de son cabinet, il y a quelques années, pour mettre un terme à une guerre des jupons orchestrée par des épouses de hauts politiciens à cause d'une affaire de ce genre. Le Tout-Washington ne parlait que de cela !

Elle sourit.

— Je ne m'attendais nullement à ce que votre frère, avec son charme et son allure, n'ait pas eu quelques... affaires de cœur, dirons-nous. Le problème pour moi est de savoir où je mets les pieds. Vous ne voudriez tout de même pas que je m'engage dans le mariage avec des œillères ! Ce serait... inamical.

Sa compagne semblait à la torture.

— Vous avez raison, admit-elle. Je n'ai pas le droit de vous égarer sciemment. Mais je vous en prie, ne retenez pas cette histoire contre Dev. Il est plus victime que coupable.

Elle pinça les lèvres, la mine réprobatrice.

— Lady Vesey — Leona de son prénom — a mis la patte sur lui alors qu'il était très jeune. Elle est plus âgée que lui et passait à l'époque déjà pour l'une des femmes les plus attrayantes de la haute société. Depuis, elle n'a eu de cesse de le garder jalousement entre ses griffes.

Poussant un soupir, elle poursuivit :

— Devin l'a rencontrée par hasard à Darkwater, alors qu'elle rendait l'une de ses rares visites à la propriété voisine de son mari, Vesey Park. Le malheur a voulu qu'il se lie d'amitié avec son frère, Stuart. Lorsqu'il est parti pour Londres un peu plus tard, il a revu Leona et en est tombé follement amoureux.

Elle marqua une pause.

— Eût-elle été plus convenable, ou plus généreuse, elle l'aurait découragé. Mais Leona n'a ni cœur, ni morale. C'est une créature perverse et malfaisante, qui a entraîné Dev dans sa vie de débauche.

— Est-ce à cause d'elle que votre père a rompu avec lui ?

— Non, je ne le pense pas. Papa a eu vent de cette liaison, bien sûr, et elle lui inspirait une franche révulsion. Mais le véritable drame s'est produit à propos d'une affaire légèrement antérieure, je crois. Dev connaissait déjà Leona, mais n'était pas encore... intime avec elle. De violentes disputes ont eu lieu à la maison. Caroline et moi étions jeunes, nos parents ont refusé de nous éclairer. Il s'agissait d'une chose terriblement scandaleuse, à ce que nous avions compris. C'est après cet épisode que mon frère s'est laissé entraîner par Leona et ses amis — une situation regrettable qui dure depuis près de quinze ans.

Rachel dédia un petit sourire crispé à sa compagne.

— Je ne connais pas toutes leurs extravagances. Mes amis essaient de m'épargner... et j'avoue que je préfère ne pas tout savoir. Je suis moins courageuse que vous.

— J'agirais peut-être ainsi s'il s'agissait de mon frère, déclara Miranda par pure gentillesse.

De fait, elle savait bien qu'à sa place elle eût remué ciel et terre pour extirper le frère en question d'un bourbier aussi nauséabond. Et que son père ne serait pas resté inactif non plus. Il aurait tout tenté pour sauver son fils, au lieu de le répudier comme avait fait l'ancien comte de Ravenscar.

— C'est triste à dire, mais je crois que Devin est toujours épris de Leona, reprit Rachel d'un ton las. Ou du moins qu'il lui est assez attaché pour lui rester fidèle... à sa façon. C'est un être profondément loyal, bien que peu de gens le voient ainsi. Il ferait n'importe quoi pour moi, ou toute personne ayant son affection, et je sais qu'il s'en veut, au fond, de ne pas mieux assumer ses devoirs envers nous. Mais il se sent aussi des obligations envers Leona, je suppose, bien que cette loyauté mal placée le détruise.

De nouveau, elle s'interrompit un instant, plongée dans des souvenirs douloureux.

— Quand je suis venue vivre à Londres après mon mariage, Dev passait déjà pour un redoutable débauché. Les personnes de bon ton ne le recevaient pas et l'évitaient. Il m'a été très cruel de découvrir que l'on refusait mes invitations parce que j'invitais aussi mon propre frère. Je ne me serais jamais résignée à l'exclure de mes soirées, cependant. C'est lui qui a cessé de lui-même de paraître à mes réceptions ou mes dîners, pour ne pas me porter préjudice.

— Cette épreuve a dû vous être fort dure, murmura Miranda avec sympathie.

D'un geste impatient, Rachel chassa les larmes qui lui montaient aux yeux.

— J'en ai eu le cœur brisé. J'aurais mille fois préféré la compagnie de Dev à celle de ces gens sans pitié. Mais il avait agi sagement, et Michael — en dépit de ma colère — a su me montrer la voie de la raison. Depuis, Dev me rend visite dans la journée, ou assiste à de petits dîners plus intimes. Même la matrone la plus confite dans ses préjugés ne peut exiger de moi que je ne voie plus mon frère.

Un demi-sourire passa sur ses lèvres.

— Bien sûr, il se peut aussi que Devin ait trouvé mes raouts terriblement ennuyeux... Il était sans doute habitué à des divertissements plus relevés.

D'un commun accord, elles regagnèrent lentement la loge des Upshaw. Après un moment de silence, Rachel reprit :

— Leona est une femme exclusive et possessive, qui s'entend à retenir mon frère dans ses filets. De fait, c'est elle qui l'a poussé à abandonner la peinture, je le sais ; elle ne pouvait tolérer qu'il se voue aussi totalement à son art. Si vous la rencontriez, vous verriez tout de suite qu'il s'agit d'une personne perfide et manipulatrice.

— Peut-être devrais-je faire sa connaissance ? suggéra Miranda.

Rachel tourna vers elle un visage épouvanté.

— Vous n'y songez pas ! Elle serait capable de tout pour vous blesser, j'en suis sûre. Elle craindra certainement de perdre Dev, s'il vous épouse — à moins qu'un orgueil démesuré la pousse à croire qu'il ne pourra jamais aimer qu'elle.

— Après tout, je ne suis qu'une vulgaire petite Américaine, nota Miranda avec malice. Elle ne devrait pas me redouter à ce point.

— Je souhaite qu'elle voie les choses sous cet angle, commenta Rachel. Sinon, si elle se sent menacée, nous aurions à craindre le pire.

— Ne vous inquiétez pas, la rassura Miranda. Quoi qu'il arrive, je gage que lady Vesey trouverait en moi une adversaire beaucoup plus retorse qu'elle ne s'y attend. Si je devais épouser votre frère, bien entendu.

Cette fois, lady Westhampton darda sur elle un regard brillant d'espoir.

— Y songeriez-vous ?

Elle haussa les épaules.

— Je n'y suis plus totalement opposée.

Une joie éclatante se peignit sur les traits de Rachel.

— Oh, Miranda ! Poursuivez dans ce sens, je vous en prie ! Plus je vous connais, plus je suis convaincue que vous pourriez transformer l'existence de Dev. S'il vous épousait, s'il s'éprenait de vous, il aurait le courage de s'arracher à cette femme, j'en suis sûre. Vous l'amèneriez à comprendre que le vrai bonheur existe, et qu'il peut y prétendre. Leona ne le rend pas heureux. Elle l'aguiche, le tourmente, cela fait partie de l'ascendant qu'elle a sur lui. Mais avec vous… tout serait différent. J'aimerais tant que Dev soit enfin apaisé !

— Je sais.

— Et je suis moins égoïste que j'en ai l'air, ajouta la jeune femme. Je pense que Dev pourrait vous rendre heureuse aussi. S'il avait un foyer, une vie moins agitée, il serait un autre homme.

— Celui qu'il est pour l'instant me paraît déjà plein de charme, avoua Miranda.

Rachel gloussa, ravie.

— Il l'est.

— Ne lui répétez surtout pas ce que je viens de vous dire.

— N'ayez crainte. Je saurai rester discrète, promit lady Westhampton dans un sourire. Je suis si heureuse que vous pensiez cela de lui !

Devin regagna la loge de Leona de fort méchante humeur. Il soupçonnait cette petite Upshaw de s'être gaussée de lui, ce qui lui déplaisait au plus haut point. De fait, il s'était senti nerveux et irrité toute la soirée — n'ayant nulle envie de paraître à l'Opéra — et même bien avant. Depuis cette maudite soirée où miss Miranda Upshaw lui avait fait observer avec une morgue sans pareille qu'il était à vendre, comme un cheval ou une pièce d'ameublement. Depuis lors, il avait passé son temps à se répéter qu'il préférerait se damner plutôt que d'épouser cette parvenue... quand il n'était pas obsédé par le souvenir de leur baiser.

Malgré lui, il ne cessait d'imaginer ce qui aurait pu arriver, s'il avait pu prolonger ce moment de fièvre. Ce n'était pas que cette jeune dinde lui plaisait, ni qu'elle l'intéressait. Néanmoins, il eût éprouvé un vif plaisir à la plier à sa volonté, à lui faire perdre la tête au point qu'elle le supplie de la faire sienne. Ce qu'il lui eût accordé, bien sûr, mais pas avant de l'avoir rendue folle de désir pour lui, plus brûlante et plus pantelante qu'elle ne le serait jamais avec aucun homme.

Chaque fois qu'il se représentait cette scène, les dentelles, les rubans et les volants de miss Upshaw s'éparpillant sur le gazon pour révéler des courbes exquises, il en suffoquait presque — et s'en trouvait plus frustré que jamais. Sa rancœur envers cette moins que rien d'Américaine en était décuplée. Il détestait jusqu'à l'idée de son prénom. Miranda ! Quelle vanité ridicule, de l'avoir baptisée d'après la délicieuse héroïne de Shakespeare si éloignée de ce qu'elle était !

Il était dans cet état de tension quand le billet de Leona lui était parvenu — et le ton impérieux de sa maîtresse n'avait fait qu'accroître sa fureur. Arrivé chez elle, il avait subi un interrogatoire en règle sur l'avancement des tractations avec miss Upshaw, et toutes sortes de bouderies, de cris et de protestations indignées lorsqu'il avait annoncé qu'il n'y aurait jamais de mariage. A bout, il avait accepté d'accompagner Leona à l'Opéra dans le seul but de la calmer — tout en sachant qu'elle passerait la soirée à user de ses charmes pour le faire céder.

Dans ce contexte, la vision de Miranda le jaugeant à travers ses lorgnettes lui avait fait l'effet d'un sac de briques s'écroulant sur sa tête. C'était bien sa chance, qu'elle se trouve là alors qu'il était en compagnie de Leona ! Il ne lui devait rien, certes, mais la savoir à proximité de sa maîtresse lui compliquait bigrement une soirée déjà fort mal engagée.

Puis il avait aperçu l'homme assis près d'elle, et son déplaisir avait atteint des sommets. L'horrible petite intrigante avait-elle déjà jeté son dévolu sur une autre victime ? Il s'était ostensiblement détourné, feignant de l'ignorer, mais durant tout le premier acte son esprit échauffé avait cherché en vain qui pouvait bien être ce coureur de dot qu'il n'avait pas reconnu. Etait-ce un obscur petit marquis, ou un habile imposteur qui se faisait passer pour un membre de l'aristocratie ? Il fallait qu'il en ait le cœur net.

A l'entracte, sa curiosité l'avait poussé à abandonner Leona stupéfaite pour se rendre dans la loge de sa mère et quérir l'assistance de Rachel. Sa sœur l'avait accompagné avec grand plaisir auprès des Upshaw, et là les choses n'avaient fait qu'empirer. Il s'était senti parfaitement ridicule. D'abord, le pénétrant regard gris de Miranda lui avait laissé penser qu'elle le croyait venu pour elle — ce qui bien sûr était inexact. Au moins en partie. Ensuite, quand il avait appris que le mystérieux inconnu n'était que le secrétaire de M. Upshaw, un soulagement incongru l'avait envahi. Comme s'il pouvait accorder la moindre importance aux fréquentations de cette péronnelle ! Mais ce qui avait mis un comble à son irritation, c'était que durant cette pénible petite comédie où il avait failli perdre ses moyens, miss Upshaw était restée parfaitement maîtresse d'elle-même. Elle s'était contentée de le considérer d'un petit air détaché, vaguement amusé.

Il en grinçait encore des dents.

Quand il reprit sa place auprès de Leona, il comprit vite que son pensum n'était pas terminé.

— Ravenscar... , susurra-t-elle avec un sourire de chatte. M. Wyndham me dit que vous vous êtes rendu dans la loge de cette petite Américaine. Est-ce vrai ?

— En effet. Rachel m'a prié de l'accompagner.

Sa maîtresse affecta une moue dépitée.

— Vilain garçon ! Et moi qui pensais que vous aviez décidé de vous montrer entreprenant…

Elle prit ses lorgnettes et les riva sur la loge des Upshaw, comme elle l'avait fait depuis que Wyndham l'avait si aimablement renseignée.

— Leona ! Ne soyez pas ridicule !

— Peste soit de cette rustaude. Elle se dissimule dans l'ombre. Ne peut-elle s'avancer un peu ? Oh, et voilà qu'on éteint les lumières !

Devin se crut sauvé, mais Leona ne s'en tint pas là. Elle rapprocha sa chaise de la sienne, se frotta langoureusement à lui.

— Vous auriez dû saisir cette occasion, mon chéri.

— Chut ! La musique commence.

— Quelle importance ? Nul ne vient à l'Opéra pour le spectacle, c'est bien connu.

Une jambe se pressa contre celle de Devin. Une main aguicheuse remonta le long de sa cuisse. Il s'écarta avec impatience.

— Je vous en prie. Cessez ce jeu, Leona.

— Pourquoi, Dev ? Qu'est-ce qui vous rend si furieux ? Que cette riche héritière vous ait repoussé ? Vous pourrez la regagner quand vous voudrez. Usez donc de votre charme…

— Je ne veux pas d'elle, coupa Devin d'un ton sec. Et vous vous montreriez moins insistante, si vous l'aviez vue.

Un petit rire de gorge lui répondit.

— Ravenscar ! Insinueriez-vous que je devrais être jalouse d'une petite oie des colonies ? Sincèrement, je ne pense pas être en danger.

Leona reprit ses caresses.

— Songez à ce nous pourrions faire de tout cet argent, mon chéri... A tous les plaisirs que nous pourrions nous offrir...

Ses doigts rampèrent vers l'entrejambe de Devin. N'y tenant plus, il bondit sur ses pieds.

— Assez ! gronda-t-il d'un ton sourd.

Et il quitta la loge en trombe, sous le regard ahuri de leurs compagnons.

Miranda vit Ravenscar quitter abruptement la loge de lady Vesey. Intriguée, elle murmura une excuse et sortit à son tour. Elle l'aperçut en train de descendre à vive allure le grand escalier d'apparat et le suivit discrètement, poussée par elle ne savait quelle impulsion bizarre. Peut-être le désir de l'observer à son insu, de glaner sur lui quelque information inédite, de deviner ce qui avait pu motiver un départ aussi impromptu...

Lorsqu'il traversa le hall et franchit la grande porte pour quitter le bâtiment, elle attendit un peu et l'imita. La nuit était tiède, la rue presque déserte au bas du large perron de pierre. Un instant, Miranda brûla d'interpeller le comte, de le ramener à elle afin de partager quelques minutes avec lui. Elle se retint à grand-peine.

Sur ces entrefaites, Ravenscar s'arrêta auprès d'une petite marchande de fleurs qui attendait la sortie du spectacle, assise sur la dernière marche. Flanquée de deux paniers qui contenaient des bouquets, elle n'avait que dix ou douze ans et sa maigreur faisait pitié. Comme toujours à la vue de ces enfants des rues, souvent exploités par des adultes sans scrupules, le cœur de Miranda se serra. Puis un autre sentiment s'empara d'elle quand elle vit le comte tirer quelques pièces de son gousset :

de l'aigreur — ou de la jalousie. Ne serait-il sorti que pour venir acheter un bouquet à sa maîtresse ? Mais non. Il se contenta de jeter les pièces sur les genoux de l'enfant et poursuivit son chemin. Miranda sourit, heureuse de ce geste de générosité.

Peu après, un *gentleman* élégamment vêtu sortit à son tour de l'Opéra, visiblement éméché. Il descendit les marches d'une démarche vacillante, heurta les paniers au passage et les renversa. Indifférent aux dégâts qu'il venait de causer, il aggrava encore son cas en piétinant les bouquets éparpillés. La petite fille poussa un cri désolé. Miranda s'apprêtait à bondir en avant pour rattraper ce butor et lui dire ce qu'elle pensait de sa conduite, quand Devin se détourna, évalua la situation d'un coup d'œil et revint aussitôt en arrière.

Les mâchoires crispées, il empoigna l'homme par les revers de sa jaquette, le secoua et l'obligea à contempler son œuvre. Le *gentleman* ricana. Alors Ravenscar, d'un solide coup de poing dans l'estomac, le fit se plier en deux ; puis il l'attrapa de nouveau par le col de son habit, le sermonna vertement… et obtint de l'ivrogne qu'il tire un billet de sa poche et le donne à la petite marchande. Après quoi il le relâcha. Tandis qu'il filait sans demander son reste, l'enfant se répandit en remerciements ; son bienfaiteur lui sourit brièvement et s'éloigna à son tour.

Le cœur gonflé de joie, Miranda le suivit des yeux jusqu'à ce qu'il disparaisse au coin de la rue. Elle avait fort bien fait de le suivre, pensa-t-elle en regagnant sa loge, un sourire rêveur sur les lèvres.

8.

L'exaspération propulsa Devin à plusieurs pâtés de maisons de l'Opéra avant qu'il songeât à s'interroger sur sa direction. Où aller ? Il n'avait aucune envie de rentrer chez lui. Stuart était avec Leona. D'ailleurs, son ami eût-il été libre, il n'aurait pas souhaité le voir. Bonté divine, pensa-t-il sombrement. Il allait payer cher cette sortie en fanfare.

Ses lieux de débauche habituels, tavernes, tripots et autres maisons de plaisir, ne le tentaient pas. Il n'était pas d'humeur à se divertir, fût-ce pour fuir ses démons. Et quels démons ! Le spectre de la ruine et de l'infamie ou la menace d'un mariage sans amour avec une femme qui le méprisait. Plaisantes perspectives ! D'une manière ou d'une autre, il se voyait condamné à traîner lamentablement une vie inutile jusqu'à la fin de ses jours.

Ces lugubres pensées le poussèrent à s'orienter vers la fastueuse résidence ducale de son beau-frère Richard. L'imposante demeure, plantée au milieu d'un parc et ceinte d'un haut mur de pierre, n'était plus gardée par les soldats du duc de Cleybourne, comme jadis. Mais un valet de pied était toujours en faction dans une guérite, juste derrière le grand portail. Quand Devin se présenta à la grille, le domestique s'avança et jeta un coup d'œil à travers les lourds barreaux de fer.

— Oh, c'est vous, milord ! Un instant, je vous prie.

L'homme tira un trousseau de clés, fit jouer la serrure et introduisit le visiteur.

— Sa Grâce sera enchantée de vous voir, déclara-t-il d'un ton enjoué. Vos visites se faisaient rares, ces derniers temps.

Les serviteurs de Richard étaient réputés pour vouer une profonde affection à leur maître. Lady Ravenscar réprouvait une telle familiarité, mais Devin la trouvait agréable et rafraîchissante dans le monde confiné des pairs du royaume.

Le deuxième valet qui le reçut à la porte d'entrée fit preuve d'une amabilité encore plus grande et le conduisit avec empressement jusqu'à la bibliothèque où le duc passait sa soirée. Richard était assis face à la cheminée, le visage sombre, le regard rivé sur les flammes qui constituaient la seule source de lumière. En entendant quelqu'un entrer, il se retourna vivement, l'air contrarié.

— Qui donc...

Dès qu'il reconnut son beau-frère, il s'interrompit et un grand sourire éclaira son visage. Il quitta son fauteuil.

— Dev ! Quelle bonne surprise ! Entrez, mon cher, entrez ! Harper, allumez quelques lampes, je vous prie.

— Tout de suite, Votre Grâce.

Le valet s'exécuta avec un plaisir évident. Manifestement, Richard traversait une de ses périodes mélancoliques et ses domestiques étaient heureux et soulagés que quelqu'un vînt l'en tirer. Depuis la mort de sa femme et de sa fille, quatre ans plus tôt, le duc menait une existence recluse. Il sortait rarement, ne recevait que quelques familiers ou proches parents. Parfois même, il interdisait sa porte à tout visiteur, ce qui inquiétait grandement ses serviteurs. Le temps, loin d'atténuer son chagrin, semblait l'accroître.

Machinalement, Devin leva les yeux vers le portrait de sa sœur accroché au-dessus de la cheminée. Il l'avait peint quelques semaines avant son mariage, et le bonheur de la jeune fille éclatait dans son sourire et dans ses yeux. Attendant le meilleur de la vie, elle semblait prête à laisser échapper ce joli rire cristallin qui la caractérisait.

— C'est le plus beau portrait que j'ai d'elle, déclara le duc qui avait suivi le regard de son beau-frère. Il me plaît de l'avoir ici, où je puis le contempler à loisir.

Ses yeux noirs glissèrent vers la toile voisine, plus petite, qui représentait une enfant de trois ou quatre ans figée dans une pose austère, la mine grave.

— Mon plus grand regret est que vous n'ayez pas fait celui d'Alana, aussi. Ce portrait ne restitue nullement le caractère enjoué de ma fille. Ne comptez-vous pas vous remettre à votre art, un jour ou l'autre ?

— Non, répondit le jeune homme avec indifférence. Pour moi, cette époque est révolue. La peinture n'était qu'un hobby de jeunesse.

— Dommage… Prendrez-vous un peu de porto ?

Comme Devin acquiesçait, Richard lui désigna un fauteuil et appela son valet pour lui demander une bouteille et deux verres. Lorsqu'ils furent assis, il poursuivit :

— Si j'avais votre talent, il me semble que j'aurais envie de croquer un visage intéressant, de temps à autre, ou un paysage particulièrement captivant.

Curieusement, les traits de Miranda Upshaw s'imposèrent à l'esprit de Devin. Sa beauté n'était pas conventionnelle — une mâchoire un peu trop marquée, une bouche un peu trop large pour cela —, mais son extraordinaire regard gris et son menton déterminé accrochaient l'attention. Saurait-il rendre l'expression de ses yeux ? Il en doutait.

Il haussa les épaules.

— Je crains d'en avoir perdu le goût. Et le talent aussi, après tant d'années. Comme disait mon père, la peinture n'est pas une occupation pour un *gentleman.*

Richard sourit à demi.

— Alors que le jeu, la boisson et les femmes sont des activités unanimement admises, c'est bien connu.

Devin secoua la tête.

— Mon père ne les admettait pas non plus. Il ne jurait que par la prière, le châtiment des pécheurs et trois copieux repas quotidiens.

— Oui, murmura le duc. Je n'ai pas oublié ce vieux tyran. Il m'a dit un jour qu'il me jugeait trop mondain pour épouser sa fille. Par bonheur, j'étais sur le point d'hériter de mon père malade, ce qui m'a tenu lieu d'absolution.

— Un titre et des coffres pleins ne se refusent pas, approuva Devin.

Harper revint et les servit. Quand il eut posé la bouteille sur une table basse, son maître lui lança sur le ton de la boutade :

— Ce soir, mon vieux, vous pourrez aller vous coucher la conscience en paix, au lieu de monter la garde devant ma porte. Je ne tenterai pas de mettre fin à mes jours, au moins tant que Ravenscar sera là.

— Vous m'en voyez rassuré, Votre Grâce.

Le valet s'inclina et sortit. Devin haussa les sourcils.

— Etait-ce une plaisanterie ?

— A peine. Ces malheureux manquent d'occupations, vu la vie monacale que je mène ; ils se mettent en tête des idées ridicules. Et je crains que Baldock, mon majordome, ne les ait transmises à votre sœur. Elle est venue me voir trois fois en quinze jours.

Devin absorba une gorgée de porto.

— J'espère sincèrement qu'ils se trompent, rétorqua-t-il avec un humour un peu forcé. Devoir assister prochainement à des funérailles dérangerait mon emploi du temps.

Le duc lui dédia un petit sourire.

— Soyez tranquille, je ne vous imposerai pas cette corvée. D'autant que vous allez vous marier, à ce que j'ai ouï-dire.

Il leva son verre.

— Mes félicitations, Dev. C'est une grande nouvelle.

Devin le dévisagea un instant, l'air ahuri.

— De qui tenez-vous cela ? Ah, oui. De Rachel, bien sûr.

— En effet. Elle était ici lundi et m'a tout dit de l'estimable miss Upshaw.

— Eh bien… navré de vous décevoir, Richard, mais ce mariage n'aura pas lieu.

— Comment cela ? Rachel semblait pleine d'espoir !

— Elle l'est, et ma mère aussi. Ce qui signifie qu'elles seront déçues.

— Pourquoi ? Cette jeune personne me paraissait fort bien vous convenir ! Et je ne parle pas seulement de sa fortune. D'après Rachel, elle possède des qualités…

— Ce n'est pas Rachel qui doit l'épouser. Miss Upshaw est une jeune harpie froide et calculatrice, qui se pique en outre de ne dire que la vérité. Elle n'a aucun égard pour autrui.

— Vraiment ?

Le duc porta son verre à ses lèvres, une lueur d'intérêt dans les yeux.

— Elle semble avoir produit sur vous une impression fâcheuse, mon cher.

Devin poussa un soupir excédé.

— Ce mariage n'a pas l'heur de lui plaire. Et je déteste être rejeté comme une marchandise défectueuse.

Il baissa les yeux sur son verre, l'air sombre.

— Malheureusement, je suis pris à la gorge. Si je l'épousais, ce serait uniquement afin de conserver le train de vie auquel je suis habitué — et éviter la prison pour dettes.

— Je vous l'éviterais de toute façon, Dev, vous le savez bien. Si vous avez besoin de fonds…

— Je connais votre générosité et vous en remercie, Richard. Mais cette fois, j'ai atteint le point de non-retour. Un renflouement temporaire ne saurait suffire.

Il soupira de nouveau.

— Oncle Rupert m'affirme que Darkwater perd un peu plus d'argent chaque année. Il faudrait investir une fortune pour que le domaine redevienne rentable. Le manoir tombe en ruine, les terres disparaissent sous les ronces et les mauvaises herbes.

— Vous ne pensez donc pas seulement à regarnir votre bourse personnelle, observa le duc.

Devin pinça les lèvres.

— Je me moque éperdument de cette maudite propriété. Mais ma mère ne me lâchera pas tant que je n'aurai pas fait le nécessaire pour la sauver.

— Dans ce cas, arrangez-vous pour ramener cette petite Américaine à de meilleurs sentiments. Vous auriez votre argent et lady Ravenscar vous laisserait en paix. A moins que vous n'ayez un autre parti en vue, bien sûr.

— Non. Vous n'ignorez pas que ma réputation restreint sérieusement mon choix, ainsi que la comtesse se plaît à me le répéter.

— Cette miss Upshaw est plaisante à regarder, à ce qu'il paraît.

— Plaisante ou non, elle a un caractère impossible. Et sincèrement, je me vois mal exiler mon épouse à Darkwater pour dépenser son argent en paix à Londres. Bien que je ne sois pas un saint, ce procédé me répugnerait.

Le duc cacha un sourire derrière son verre.

— Auriez-vous des scrupules à son égard ?

Devin haussa les épaules.

— Disons qu'il me reste quelques principes.

— Si elle vous irrite à ce point, nul ne vous forcerait à visiter son lit trop fréquemment.

Cette suggestion accrut l'embarras du jeune homme, d'autant qu'elle fit naître en lui un trouble indubitable.

— Ce n'est pas ce qui me coûterait le plus, admit-il à contrecœur. Mais pour le reste… elle ne cesse de me désarçonner, avec ses façons. Chaque fois que nous nous voyons, cela se termine par une querelle. Imaginez-vous qu'elle a repoussé ma demande en mariage parce que je m'étais montré grossier, d'après elle ! Ensuite, elle m'a laissé entendre que la perspective de restaurer Darkwater ou celle d'introduire sa jeune belle-sœur dans la haute société ne lui déplairaient pas, mais qu'elle ne saurait se lier pour cela à un débauché de mon espèce, fût-elle américaine !

Le duc faillit s'étrangler avec son porto. Il toussota poliment.

— Vous a-t-elle vraiment parlé en ces termes ?

— Elle n'a aucune retenue, vous dis-je ! Si je l'épousais, ma mère passerait son temps à se pâmer, j'en suis sûr. Ce qui pourrait être assez divertissant, par ailleurs.

Richard gloussa.

— Nul doute qu'avec quelqu'un comme elle, les soirées collet monté de chez Almack's prendraient un certain relief !

Devin rit à son tour, puis ils burent un moment en silence.

— Vous savez, Dev, reprit le duc d'un ton songeur, le mariage vous pèserait peut-être moins que vous ne le pensez. Même avec cette miss Upshaw. Vous verriez la vie sous un autre angle.

— En devenant un homme respectable, comme Rachel me l'a laissé entendre à demi-mot ?

— Vous êtes respectable, malgré vos efforts pour paraître le contraire. Cela vous donnerait un but dans l'existence.

— Vous jugez donc que je devrais céder aux pressions de ma mère et de ma sœur, en dépit de ce que je viens de vous exposer ?

— A vous de trancher au mieux de vos intérêts. Toutefois, si cette jeune personne vous a repoussé aussi crûment...

Devin lui jeta une œillade à la dérobée.

— Ce n'est pas un refus qui pourrait m'arrêter, si je le décidais.

Son beau-frère s'esclaffa.

— Je n'ai jamais douté du pouvoir de votre charme, mon cher. Si nous faisions quelques parties d'écarté, pour nous changer les idées ? Cela pourrait vous renflouer plus vite que vous ne l'espérez.

Devin acquiesça et ils se levèrent pour gagner le salon de jeu, prenant soin d'emporter avec eux la bouteille de porto.

En rentrant de l'Opéra, Miranda eut la surprise de trouver Veronica endormie dans sa chambre, pelotonnée au creux d'un fauteuil. Elle lui tapota l'épaule pour la réveiller.

— Hello, jeune fille ! Que faites-vous ici à une heure pareille ? s'enquit-elle d'un ton amusé.

Sa belle-sœur sursauta, battit des paupières et s'étira.

— Oh ! Je t'attendais, Miranda. Je veux tout savoir sur ta soirée à l'Opéra !

Elle massa sa nuque raidie.

— Je m'ennuie tellement, ici... Maman refuse que je sorte avant ma présentation officielle. Te rends-tu compte ? Je n'ai encore jamais vu le fameux lord Ravenscar ! Etait-il là, ce soir ?

— Oui, il était là, répondit Miranda, le regard espiègle.

— Décris-le moi, je t'en prie ! Est-il vraiment aussi beau qu'on le dit ?

— Il a de l'allure et du charme.

— Mais encore ? S'il te plaît, ne me laisse pas griller de curiosité !

Miranda sourit.

— Eh bien... il a les yeux verts, d'un vert aussi brillant qu'un éclat de verre étincelant au soleil. Ses cheveux sont d'un noir de jais. Il a une petite cicatrice ici, au coin de l'œil. Il est grand, a la taille bien prise et de larges épaules — sans aucun rembourrage, je peux te le garantir. En résumé, il est dangereusement séduisant — et pas du tout le genre d'homme auquel une jeune personne de ton âge doit rêvasser.

— Vas-tu l'épouser, oui ou non ? insista Veronica.

Miranda prit un air songeur.

— Cela se pourrait, murmura-t-elle.

9.

— Monsieur le comte ! Monsieur le comte !

Cet appel, réitéré plusieurs fois à mi-voix, finit par éveiller Devin. A son habitude, il ouvrit un œil et fronça l'autre, le temps d'évaluer la situation. Son majordome se dressait au-dessus de lui, les mains nouées, l'air fort nerveux.

Le jeune homme se redressa en grognant… et constata aussitôt deux choses : primo, il était affreusement raide ; secundo, il avait encore une de ces atroces migraines qui suivaient toujours une soirée bien arrosée. Enfin, troisième constatation qui le laissa perplexe, il semblait qu'il ait dormi assis à sa table, dans son cabinet de travail, la tête posée sur son bras replié. Et ce bras était tellement engourdi qu'il n'existait quasiment plus.

— Milord…, reprit le majordome d'un ton insistant. Il y a…

Devin l'interrompit d'un geste autoritaire.

— Non ! Taisez-vous, Carson. Je ne veux rien entendre tant que je n'aurais pas avalé un grand verre d'eau fraîche et du café. Corsé.

— Certainement, monsieur le comte. Mais je dois tout de même vous dire…

Devin émit un nouveau grognement. La mémoire lui revenait peu à peu. La soirée à l'Opéra. Leona. Sa visite chez Richard. Bonté divine... Ils avaient vidé une pleine bouteille de porto en jouant aux cartes. Puis ils en avaient ouvert une deuxième et il était parti avec, titubant dans le petit jour qui commençait à poindre. Arrivé chez lui, il était entré dans son cabinet de travail au lieu d'aller se coucher directement... et s'était mis à dessiner, comme un abruti qu'il était.

La remarque de son beau-frère avait ranimé sa flamme, lui avait inculqué l'envie de tester ses talents, ou ce qu'il en restait. Il avait toujours de ces lubies ridicules, quand il avait bu. La bouteille de porto près de lui, il avait dû passer une heure ou deux à griffonner un visage — celui de miss Upshaw, de fait, qui lui revenait de façon si obsédante qu'il avait essayé de s'en vider l'esprit en le jetant sur le papier. Mais il n'avait pas réussi à capter l'expression à la fois pénétrante et railleuse qui caractérisait sa tourmenteuse, la quantité de feuilles froissées jonchant le tapis autour de sa corbeille à papier en attestait amplement. Et le sommeil l'avait saisi au milieu de cette entreprise.

Adossé à son fauteuil, il vrilla un regard meurtrier sur le domestique qui s'incrustait à son côté.

— Du café ! Est-ce clair ? Le reste attendra !

Carson, qui semblait à la torture, se tordit les mains.

— Je ne demanderais pas mieux, milord, mais cette dame...

Devin porta les deux mains à son crâne, si douloureux qu'une armée de farfadets semblait danser la sarabande à l'intérieur.

— Une dame ? tonna-t-il. Quelle dame ?

— Une... une personne de qualité, milord, bredouilla le majordome. Cela se voit à la coupe de sa robe et de sa pelisse, qui viennent manifestement de chez Mme Ferrier. Et elle s'exprime fort bien, mais elle semble aussi... très déterminée à vous voir.

— C'est tout à fait exact, confirma une voix claire venue du seuil de la pièce.

Maître et serviteur se tournèrent d'un bloc dans cette direction, aussi médusés l'un que l'autre.

— Miss Upshaw ! s'exclama le domestique d'un ton choqué. Je... je ne vous ai pas encore annoncée !

Devin ferma les yeux, se prit le visage entre les mains.

— J'aurais dû m'en douter, maugréa-t-il.

— J'en suis désolée, répondit Miranda en s'adressant au majordome, mais je craignais que vous ne parveniez pas à réveiller lord Ravenscar — ou que vous redoutiez de le faire. J'ai pensé que je pourrais peut-être vous aider.

— Seigneur ! gémit le maître de maison. Suis-je condamné à être persécuté par vous jusque sous mon propre toit ?

L'arrivante s'avança dans la pièce, lui dédia un sourire plutôt bienveillant.

— La nuit a été rude, dirait-on. Il lui faudrait du café, monsieur...

— Carson, miss, répondit le majordome. Carson, tout simplement.

— Bien. Apportez une cafetière le plus rapidement possible, Carson. Et vous pourriez peut-être lui faire préparer aussi un verre de mon remède-miracle. Il produit un effet sensationnel sur les pires abus de boisson, j'ai pu le tester maintes fois sur les trappeurs du Grand Nord. Il faut battre un œuf cru, ajouter une pincée de poivre noir, un zeste de...

— Assez, par pitié ! implora Devin d'une voix mourante. Mon cuisinier me rendrait son tablier, si on lui demandait de concocter une mixture aussi barbare. Carson, allez chercher le café. Je me charge de miss Upshaw.

Là-dessus, il se mit debout en s'appuyant des deux mains sur sa table et fit face à Miranda. Quand il eut vaguement lissé ses cheveux et rabattu les manches de sa chemise de batiste, il s'avisa soudain qu'il n'avait ni redingote, ni gilet. Ces pièces d'habillement gisaient en tas sur une chaise avec sa cravate de soie. Pis encore, les pans de sa chemise sortaient à moitié de son pantalon et les premiers boutons en étaient dégrafés. Il n'était vraiment pas en état de recevoir une visite — *a fortiori* celle d'une femme.

— Miss Upshaw, commença-t-il, je crains que cette situation ne soit fort inconvenante. J'ignore les usages en Amérique, mais à Londres une dame ne se rend jamais seule chez un célibataire, à moins qu'elle ne lui soit a...

Il s'interrompit brusquement, ses yeux venant de tomber sur les boules de papier froissé gisant près de la corbeille. Du bout du pied, il s'empressa d'en repousser une partie sous la table.

Miranda n'avait pas perdu une miette de son manège. Il semblait nerveux et vaguement coupable, tout à coup. Elle aurait bien voulu savoir ce que contenaient ces papiers.

— Ce serait tout aussi incorrect aux Etats-Unis, lord Ravenscar. Mais je voulais vous entretenir d'une affaire importante, et nous risquions fort de ne pas nous revoir avant longtemps.

— Pourquoi ne pas m'avoir envoyé un billet ? Je serais passé chez vous.

Elle haussa un sourcil sceptique.

— Vraiment ? Quoi qu'il en soit, quand j'ai pris une décision je déteste en remettre l'exécution à plus tard. Midi et demi est peut-être une heure un peu matinale pour vous, mais je voulais être sûre de vous trouver.

Bien que Devin la considérât d'un œil torve, Miranda ne se départit pas de sa bonne humeur. Il y avait pourtant de quoi réfléchir à deux fois en le voyant dans un tel état, pensa-t-elle. Tant pis. Elle n'allait pas revenir sur un plan qui lui avait coûté une nuit blanche. Elle était tout à fait sûre d'elle-même, ce matin, et n'avait nulle envie de changer d'avis. Son seul problème était de savoir comment aborder la chose ; après, convaincre Ravenscar serait un jeu d'enfant, elle n'en doutait pas.

— Miss Upshaw, reprit son hôte, permettez-moi d'être aussi direct que vous vous plaisez à l'être, semble-t-il.

— Faites, je vous en prie.

— Pourquoi êtes-vous ici ?

— C'est très simple. Je suis venue vous dire que j'acceptais votre proposition, en fin de compte. Je veux bien vous épouser.

Devin la contempla d'un air médusé, se demandant si ses oreilles lui jouaient des tours. Il avait vraiment dû beaucoup boire, la nuit précédente.

— Je vous demande pardon ?

— Après mûre réflexion, répéta Miranda, j'ai décidé d'accepter votre demande en mariage.

Une brusque fureur s'empara du comte.

— Je vous l'ai dit, je n'ai plus l'intention de vous épouser — fût-ce pour échapper à la prison pour dettes.

— Vous avez demandé ma main.

— Vous me l'avez refusée !

— Une femme peut revenir sur sa décision, observa Miranda, mais un *gentleman* ne se dédit pas de la sorte. Ce serait extrêmement grossier.

— Attendez !

Devin contourna le bureau pour venir la toiser, furibond.

— Une demande, une réponse, miss Upshaw. Vous m'avez repoussé, c'est fini.

Le majordome reparut à cet instant... et faillit reculer en apercevant l'expression courroucée de son maître. Miranda le retint d'un geste de la main.

— Ah, le café. Posez ce plateau sur le bureau, Carson. Je servirai, si lord Ravenscar le veut bien.

— Non !

Devin foudroya le domestique du regard.

— Posez votre plateau sur la table basse près du sofa, Carson. Je servirai.

— Bien, milord.

Carson s'empressa d'obéir et de disparaître — non sans laisser la porte légèrement entrouverte. Miranda, à qui rien n'échappait, alla la fermer. Puis, pendant que Ravenscar se penchait pour emplir une tasse, le dos tourné, elle rejoignit sans bruit la table de travail, tendit le pied afin d'amener une boule de papier jusqu'à elle… et se baissa prestement pour la ramasser et la glisser dans sa poche. Quand le comte lui refit face, elle arborait une expression placide, les mains croisées devant elle.

— Prendrez-vous du café, miss Upshaw ?

— Non, merci. Je pense que vous avez grand besoin de toute la cafetière.

Devin avala prudemment une première gorgée, constata avec soulagement que son estomac l'acceptait, en but une deuxième. Lorsqu'il eut vidé la tasse, il se sentit à peu près capable d'affronter sa tortionnaire.

Au prix d'un effort surhumain, vu la tempête qui s'agitait toujours sous son crâne, il tenta d'afficher un sourire aimable.

— Miss Upshaw. J'ignore ce qui a provoqué chez vous ce revirement inattendu, mais réfléchissez un instant : nous ne pouvons rester cinq minutes ensemble sans nous quereller d'une façon ou d'une autre. Cela me paraît tout à fait incompatible avec un mariage.

— Je connais bien des couples mariés qui ne s'entendent pas, ce n'est pas un drame.

— Vous n'avez pour moi que mépris !

— Ai-je dit cela ? releva Miranda d'un ton pensif. Je ne crois pas. Je vous ai trouvé arrogant et déplaisant lors de votre première visite, je le reconnais, mais on peut parfaitement épouser quelqu'un qui n'est pas à son goût. Ce n'est pas un empêchement majeur. Au reste, je suis sûre que je vous déplais tout autant.

— Sur de telles bases, il est à prévoir que l'un de nous deux sera mort avant la fin de notre lune de miel, riposta Devin d'un ton sec.

Miranda sourit finement.

— Soyez sans crainte, milord, je n'ai rien d'une meurtrière. Et je sais fort bien me protéger.

— Ce discours est absurde.

Il reposa sa tasse vide.

— Non, poursuivit posément la jeune fille. Il est le fruit d'une nuit d'intense réflexion, et je puis vous assurer que je me trompe rarement dans mes conclusions.

— Qui parlait d'arrogance ? murmura Devin.

Il s'appuya contre le bord de son bureau, étira ses longues jambes devant lui et croisa les bras sur sa poitrine. Puis il posa des yeux rougis, mais patients, sur Miranda.

— Entendu. Exposez-moi ces conclusions si bien pensées. Je vous écoute.

— Eh bien… ainsi que je vous l'ai dit l'autre soir, il ne m'a pas échappé qu'une telle union pouvait présenter des avantages, commença-t-elle. Bien sûr, ne vous en déplaise, ceux-ci sont plus évidents pour vous que pour moi. J'ai vu l'état de vos comptes et…

— Vous avez vu mes comptes ? coupa Devin abasourdi.

— Votre oncle a été assez aimable pour nous les envoyer.

— Belle générosité de sa part.

— Oui, n'est-ce pas ? En bref, il en ressort que vous devez vous marier richement dans les meilleurs délais. Seule une dot conséquente peut vous sortir de l'ornière où vous vous trouvez, et nous savons tous les deux que je suis la seule à pouvoir vous l'apporter.

— J'admire votre tact, miss Upshaw.

— Le tact est une précaution inutile en affaires et c'est d'affaires que nous discutons, lord Ravenscar. Je reprends donc. Mon père et moi pensons vous attribuer un capital — pas trop important, je le crains, vu votre propension à la dépense. En sus, vous percevrez une confortable allocation mensuelle. Nous paierons vos dettes et j'assumerai l'entretien de votre résidence londonienne, ainsi que la restauration de Darkwater qui sera supervisée par mon père. Je m'occuperai également de remettre votre domaine en état et de le rendre rentable assez vite ; je m'entends fort bien à ce genre de chose. Enfin…

Devin l'interrompit en se redressant, les paupières plissées de dangereuse façon.

— Miss Upshaw. Je vois que vous avez parfaitement planifié mon avenir, mais je crains que vous n'ayez omis un détail. Puis-je vous rappeler que votre fortune tout entière passera sous mon contrôle, quand nous serons mariés ? Plus rien ne vous appartiendra en propre. C'est moi qui déciderai des capitaux à verser et des rentes à attribuer.

Il la toisa de plus près, la mine revêche.

— Vous serez en mon pouvoir, ma chère. C'est le mari qui commande, en Angleterre, et vous devrez m'obéir. Je peux même décider de vous enfermer à Darkwater et de partir dépenser votre argent à Londres pour mon plaisir. N'y avez-vous point songé ?

Ses yeux verts brillaient férocement, sa posture était menaçante, mais Miranda ne fléchit pas.

— Sachez, lord Ravenscar, que je me suis trouvée face à un ours brun de belle taille, une fois. A côté, votre tentative d'intimidation fait pâle figure.

Elle fit un pas de côté et prit du champ avant de se retourner vers lui, toujours aussi calme.

— Quoi que vous en pensiez, milord, je ne suis pas stupide et mon père non plus. Tout d'abord, le plus gros de ma fortune lui appartient encore et il en disposera comme il voudra, pour ce qu'il voudra. Si ses manières affables vous ont abusé, détrompez-vous : c'est un homme d'affaires redoutable. Quant à mon argent personnel, fruit de mes transactions, je ne l'ai pas patiemment gagné et épargné durant dix ans pour vous en faire cadeau ; ce serait folie que de croire cela. Placé dans un fonds de garantie avant mon mariage, il sera géré par mon père, mon avoué et Hiram Baldwin. Qui l'investiront et en distribueront les bénéfices selon mes propres décisions, bien entendu. Feriez-vous la bêtise de vouloir m'enfermer n'importe où — encore faudrait-il que vous y parveniez — vous vous retrouveriez très vite sans un penny.

Les yeux de Devin lancèrent des éclairs. Il était roide de fureur.

— Croyez-vous vraiment que vous pourrez m'imposer toutes vos volontés ? Que j'accepterai tous vos caprices pour avoir votre argent ?

Franchissant en deux enjambées la distance qui les séparait, il la saisit brutalement par les bras.

— Je ne suis la propriété de personne, miss Upshaw. Et surtout pas la vôtre.

Un frisson d'excitation parcourut Miranda. Il la tenait captive de son regard brûlant, son souffle furieux balayait son visage. La colère qui le faisait frémir était presque tangible. D'ordinaire, elle intimidait les hommes. Affronter un adversaire qui n'avait pas peur d'elle était un vrai plaisir, découvrit-elle. Elle soutint son regard, tendue par le désir de lui résister.

— Autant vous prévenir, reprit Devin d'une voix crispée. Vos fameux fonds et tous ces beaux messieurs à votre solde ne suffiront peut-être pas à vous protéger. Malgré mon dénuement, il me reste tout de même quelques ressources : je suis très habile au maniement du pistolet.

Cette déclaration n'émut nullement Miranda.

— Serait-ce une menace, lord Ravenscar ? Dans ce cas, peut-être pourrons-nous organiser un duel. J'ai moi-même appris à me servir d'un fusil, pour accompagner mon père dans ses tournées. Et j'ai eu pour professeur l'un des meilleurs tireurs de l'Ouest américain.

Devin la dévisagea un instant, pris de court. Puis, subitement, il se mit à rire et la lâcha.

— Voilà qui ne m'étonne pas de vous, miss Upshaw. Seriez-vous également apte au pugilat ?

— Non, je ne suis ni assez grande ni assez forte pour cela, répondit-elle avec le plus grand sérieux. Mais je me sers fort bien d'un couteau ; je sais trancher, tuer et dépecer.

Devin secoua la tête, vaincu.

— Touché, miss Upshaw. Vous êtes sans nul doute la femme la plus surprenante que j'aie jamais rencontrée.

— Je prendrai cela comme un compliment, déclara Miranda, plus troublée qu'elle ne l'aurait voulu par l'intensité de cette passe d'armes. Comprenez-moi bien, milord : je ne souhaite en aucune manière entraver votre liberté, mais seulement éviter que vous dépensiez mon argent à tort et à travers. Ce sera beaucoup moins contraignant que vous semblez le penser, j'en suis sûre. En règle générale, je n'oblige jamais les gens à se plier à ma volonté ; il me suffit de les convaincre par un sain raisonnement.

Devin gloussa.

— Et vous atteignez pareillement votre but.

— Souvent, oui. Toutefois, je sais aussi ne pas insister. A dire vrai, je n'aimerais guère user d'autorité au sein de mon mariage. Mais comme je n'ai pas plus envie que vous d'être régentée par une autre personne, je préfère prendre mes précautions, voilà tout.

Devin hocha la tête.

— Je vois.

— Vous sentez-vous offensé ?

— A peine, répondit-il avec un brin d'amusement. La leçon est cuisante, mais il est manifeste que je n'ai rien d'un homme d'affaires.

— Vous êtes un artiste.

— Un artiste, moi ? persifla Devin. Non. Je ne suis qu'un *gentleman* oisif qui aime à s'adonner à des plaisirs de *gentleman* : l'équitation, la chasse, les cartes — entre autres divertissements.

— Cela est bien vu dans certains cercles, observa Miranda. Alors, milord ? Tenez-vous toujours à retirer votre demande, ou acceptez-vous mon *contrat* ?

Non sans ironie, Devin songea à la surprise de Leona, quand elle découvrirait le répondant de la petite « oie des colonies ».

— Vous dites qu'il n'y aurait nulle domination, ni d'un côté ni de l'autre ?

— J'y tiens.

— Dans ce cas, la proposition me paraît... plutôt acceptable.

Il n'était pas assez riche pour se permettre d'être fier. Et puisqu'il devait se marier, autant choisir une épouse avec laquelle il ne s'ennuierait pas, comme l'avait mentionné Richard. Miss Upshaw était peut-être agaçante au possible, mais elle était distrayante. Et concevoir un héritier avec elle n'aurait rien d'une corvée, loin de là.

— Parfait. Il me déplairait fort d'avoir à me remettre en quête d'un autre parti, conclut platement Miranda.

Cette idée eut le don d'irriter Devin.

— Vous n'aurez pas à vous donner cette peine, déclara-t-il vivement. J'ai l'honneur de vous demander votre main, miss Upshaw. Acceptez-vous de m'épouser ?

— J'accepte, milord, répondit-elle sans hésiter. Et je pense que nous devrions agir rondement. Il est urgent de régler vos dettes et d'entreprendre la remise en état du domaine. De courtes fiançailles me sembleraient judicieuses.

— Je n'y vois pas d'inconvénient, acquiesça le comte, un peu décontenancé tout de même par cette façon énergique de liquider l'affaire.

Un engagement de ce genre lui semblait mériter un brin de célébration. Un baiser, au moins ! Il s'avança vers elle, la main tendue, mais elle pivota gracieusement sur elle-même et s'éloigna de quelques pas, comme si elle n'avait rien vu.

— Les détails, maintenant. Que diriez-vous d'un mariage loin de Londres ? Notre arrangement va faire suffisamment jaser comme cela, il me semble inutile de donner lieu à des ragots sans fin.

Devin alla se rasseoir à sa table, perplexe. Avait-elle évité son baiser sciemment ? Il l'étudia un instant, cherchant à comprendre ce qu'elle avait derrière la tête.

— Sincèrement, miss Upshaw, un tel empressement me surprend, déclara-t-il enfin. Je suppose que vous ne m'épousez pas par pure charité. Quelles sont vos raisons ?

Miranda vint s'asseoir face à lui.

— La principale est que je trouve fort attrayante, en fin de compte, l'idée d'un mariage d'intérêt, lord Ravenscar. Une telle transaction me rebutait un peu au départ, comme vous le savez, mais à présent... cette solution me paraît excellente. Il est tellement plus simple de se marier pour des raisons pratiques, sans s'encombrer de sentiments inutiles ! Restaurer Darkwater et gérer votre domaine suffira à me combler, je le sais.

— Vraiment ? demanda Devin, sceptique.

— Mais oui ! affirma Miranda en riant. J'ai la passion de faire fructifier mes acquisitions.

— Vous n'avez nul besoin de vous marier pour cela, me semble-t-il. Vous pourriez vous contenter d'acheter une propriété en mauvais état.

— Ce ne serait pas la même chose. Cela aurait quelque chose... d'artificiel, sans signification profonde. En vous épousant, Darkwater deviendra réellement le but de mon existence, comprenez-vous ? Sans oublier votre statut social, qui rejaillira sur ma belle-sœur pour la plus grande joie de sa mère. Mais surtout, en y réfléchissant, j'ai découvert que ce mariage sera merveilleusement libérateur pour moi.

— Libérateur ? répéta Devin stupéfait.

— Parfaitement. Depuis des années, je suis poursuivie par des coureurs de dot. Chaque fois qu'un homme me courtise, je me demande s'il est épris de moi ou s'il ne pense qu'à mon argent. C'est terriblement perturbant. Au moins, avec vous, je suis fixée ; c'est beaucoup plus confortable.

— Vous préférez vous passer d'amour ?

— Je préfère savoir où j'en suis. Je ne supporte pas les mensonges et l'hypocrisie. En épousant un homme qui ne me trouve pas à son goût, je ne pourrai pas être déçue, ni souffrir d'avoir été dupée. Et je n'ai pas l'intention de me passer d'amour. Simplement, dans un mariage arrangé, l'amour se trouve ailleurs.

— Je vous demande pardon ?

— Vous aurez vos maîtresses, j'aurai mes amants, voilà tout. Notre vie sentimentale ne nuira en rien à nos intérêts respectifs, et chacun sera satisfait, sans avoir à subir la jalousie ou la mesquinerie qui infectent si souvent les mariages d'amour.

— Quoi ?

Devin se redressa d'un bond, les traits contractés.

— Vous comptez avoir des amants ?

Miranda haussa une épaule.

— Pourquoi pas ? Sachant qu'il s'agit d'un mariage arrangé, il me semblait clair que vous conserveriez une maîtresse, pour le plaisir... ou pour les sentiments. N'est-ce pas ce que vous aviez prévu ?

— Si, bien sûr, mais...

Devin s'interrompit, mesurant brusquement la portée de cet aveu involontaire. Miranda haussa un sourcil.

— Vous voudriez que je me conduise autrement que vous ?

— Eh bien... De fait, les choses sont différentes pour un homme et pour une femme, répondit-il avec embarras.

— Pourquoi ?

— Une femme mariée n'a pas d'aventures, cela ne se fait pas.

— Vraiment ? Je croyais pourtant que lady Vesey était mariée...

Devin faillit s'étrangler.

— Que vient faire lady Vesey dans cette affaire ?

— N'est-elle pas votre maîtresse ?

Cette fois, Ravenscar parut totalement désarçonné.

— Comment... Qui vous a dit cela ?

— Lady Westhampton.

— Rachel ? Ma propre sœur ? Juste ciel ! Quelle mouche l'a piquée, pour vous conter pareille...

— Oh, elle ne me l'a pas confié d'elle-même, rassurez-vous. Après vous avoir vu en compagnie de lady Vesey, je l'ai mise au pied du mur et elle n'a pu nier l'évidence.

— Bonté divine ! Rachel sait pourtant que de telles choses ne se disent pas en société ! Comment pouvez-vous aborder ce sujet avec elle — et avec moi ?

Miranda feignit l'étonnement le plus complet.

— En quoi cela vous fâche-t-il, milord ? Nous sommes de simples partenaires. Je ne vois pas l'utilité de nier des faits qui sont connus de tous. Franchement, je pensais que nous pouvions être sincères et honnêtes l'un avec l'autre.

— Le problème n'est pas là, grommela Devin.

— Où est-il ? insista posément Miranda.

— Vous ne pouvez entretenir des liaisons ! Lady Ravenscar se doit d'honorer son rang. Je n'accepterai pas que vous entachiez le nom des Aincourt !

— J'avais l'intention de rester discrète, précisa Miranda, perfide. Je sais quel prix vous accordez à la réputation de votre famille.

— Epargnez-moi vos sarcasmes, miss Upshaw. Un homme a certains droits qu'une femme ne peut s'accorder.

— Pourquoi ? Serions-nous plus morales ? Plus fidèles ?

Il pinça les lèvres et serra les dents, ulcéré, avant d'exploser :

— Les aventures d'un homme sont sans conséquences. Celles d'une femme mariée... mettent la filiation de son époux en péril !

Miranda gloussa.

— A vous entendre, on croirait que l'avenir du royaume est en jeu.

— Vous savez parfaitement ce que je veux dire. Quand une épouse est infidèle, nul ne peut être sûr... qu'un héritier est bien un héritier.

— Soyez tranquille. Le cas échéant, je serai prudente. En outre, milord, vous ne pouvez tout de même pas exiger de moi que je reste chaste après mon mariage.

— Chaste ? Grands dieux non ! D'où vous vient cette idée ?

— Eh bien... dans un mariage arrangé où les époux n'éprouvent nul attachement l'un pour l'autre, je vois mal comment une femme peut éviter la chasteté si elle ne va pas chercher quelque plaisir ailleurs. N'est-ce pas votre avis ?

Devin la dévisagea comme si elle tombait d'une autre planète.

— Mon avis ? Vous me demandez mon avis ?

Il se passa les mains dans les cheveux, les décoiffant plus encore.

— Voulez-vous dire que vous ne comptez pas... Que vous et moi... Que nous..

— Que nous ne consommerons pas ce mariage ? suggéra aimablement Miranda. Cela me semble évident, milord. N'est-ce pas l'un des grands avantages de ce genre d'arrangement ? Ne pas avoir à feindre des transports que l'on ne ressent pas pour remplir un devoir conjugal qui ne vous inspire que du déplaisir ? Une telle comédie doit être insoutenable.

Ravenscar la considéra un instant, l'air égaré.

— Oui, certainement, murmura-t-il enfin.

— Eh bien, vous voyez ? Nous sommes d'accord. Vies séparées, lits séparés, nous n'aurons aucun problème.

— Attendez.

Devin parut se ressaisir.

— Et mon héritier ? Si je me marie, l'un de mes premiers devoirs sera d'assurer la continuité de mon lignage.

— Oui, bien sûr...

Miranda réfléchit.

— Nous y songerons en temps voulu, s'il le faut absolument. Mais rien ne presse, n'est-ce pas ?

— Non, rien ne presse.

Devin se laissa retomber contre le dossier de son fauteuil, l'esprit en déroute. Il lui semblait avoir été pris dans un tourbillon. Ou plus justement encore, avoir été dupé de la plus habile manière par un charlatan expérimenté. Il n'aurait su dire à quel moment les choses avaient dérapé.

— Bon. Tout est donc réglé, déclara Miranda en se levant. Mon père va être enchanté, tout comme votre mère, j'en suis sûre. Il ne nous reste plus qu'à mettre la procédure en route. Tout se passera rapidement et en douceur, vous verrez. Pour l'heure, vous devriez vous allonger avec un mouchoir imbibé de lavande sur le front. Vous ne semblez pas très bien.

Elle sortit d'un pas léger, laissant derrière elle un Ravenscar hébété. Ce fut seulement quand elle fut dans sa calèche, confortablement installée sur le siège capitonné, qu'elle laissa éclater le large sourire qu'elle retenait depuis si longtemps.

Elle avait obtenu ce qu'elle voulait : elle allait épouser l'homme qui lui plaisait et qui était fait pour elle, elle en avait la conviction. Mieux encore, elle n'avait nulle intention de le partager avec lady Vesey. Il la désirait, elle le savait. Elle l'avait laissé désorienté, jaloux et frustré. Il ne lui resterait plus qu'à le rendre amoureux d'elle quand ils seraient mariés.

D'ici là, elle l'enverrait à Darkwater pour y préparer leurs noces, hors d'atteinte de la féroce Leona. Son père et lady Ravenscar seraient trop heureux de l'y aider.

Ravie, elle tira de sa poche la boule de papier qui n'avait cessé de l'intriguer pendant tout l'entretien. Quel vilain petit secret Ravenscar avait-il cherché à lui cacher ? Quand elle déplia la feuille, la lissa… et reconnut l'esquisse de son propre visage, son sourire s'élargit encore.

Devin Aincourt s'était endormi sur son bureau en essayant de reproduire ses traits. Une entreprise qui lui avait donné du mal, à en juger par le nombre de ses essais. Elle n'avait plus rien à craindre. Tout allait encore mieux qu'elle ne l'espérait.

10.

De façon fort prévisible, Joseph Upshaw fut enchanté d'apprendre que sa fille avait finalement décidé d'épouser lord Ravenscar. Veronica, elle aussi, se montra transportée par la nouvelle. Seule Elizabeth, malgré les affectueuses congratulations qui s'imposaient, en parut moins heureuse. Elle prit les mains de sa belle-fille dans les siennes, l'air soucieux, et lui demanda gravement :

— Etes-vous bien certaine que c'est ce que vous souhaitez, Miranda ? Votre père pourrait vous trouver un autre parti, j'en suis sûre.

— Ne vous tourmentez pas à mon sujet, Elizabeth, répondit la jeune fille avec un petit sourire secret. J'apprécie votre sollicitude, mais je suis tout à fait certaine de mon choix. M'avez-vous déjà vu regretter une décision ?

— Non, admit sa belle-mère. Toutefois, lord Ravenscar est tellement plus… expérimenté que vous ! Sept ou huit ans de différence comptent beaucoup, quand on a mené une vie aussi tumultueuse que la sienne. J'ai grand-peur qu'il ne se soit pas montré à vous sous son vrai jour, et que vous ayez tôt ou tard à en souffrir.

Miranda l'étreignit avec tendresse.

— Ma chère Elizabeth… Encore une fois, cessez de vous inquiéter. Je ne m'engage pas dans ce mariage les yeux fermés. Je pense avoir parfaitement cerné la personnalité du comte et je n'agis pas non plus pour complaire à papa. Faites-moi confiance et tranquillisez-vous.

Elizabeth acquiesça, sans paraître rassurée pour autant.

Ainsi que Miranda s'y attendait également, son père prit aussitôt en main les négociations relatives au contrat de mariage. Il mandata son avoué londonien, organisa un rendez-vous avec celui de Devin. Pour une fois, la jeune fille lui abandonna volontiers ces démarches : elle avait trop à faire de son côté pour vaquer aux mille et un détails de ses noces, fussent-elles aussi intimes et discrètes qu'elle l'avait souhaité. Il lui fallait songer à son trousseau et à sa robe de mariée, ainsi qu'aux diverses toilettes qui lui semblaient absolument indispensables pour paraître à son avantage les premières semaines de son mariage. Sa garde-robe était déjà fort bien garnie — elle avait couru les meilleurs couturiers de Paris et de Londres, ces derniers mois — mais cela ne lui paraissait pas encore suffisant pour séduire son mari en toute occasion.

Rachel fut plus qu'heureuse de l'accompagner dans ses emplettes, ainsi que Veronica. Elizabeth elle-même oublia ses inquiétudes, emportée par le plaisir de choisir coupes, étoffes et accessoires pour la fiancée, mais aussi pour elle et pour sa fille. Elles passèrent des heures chez une Mme Ferrier extatique, qui mit aussitôt toutes ses cousettes au travail afin de satisfaire ces clientes exceptionnelles. Une fois choisis tulles, linons, percales, mousselines, soies, reps, louisines et bayadères pour chaque moment du jour ou de la nuit, il leur fallut encore courir modistes et chausseurs pour trouver rubans, pantoufles, mules, réticules, châles, écharpes, ombrelles et chapeaux assortis. La liste semblait sans fin.

Deux jours après la visite de Miranda chez Devin, lady Ravenscar organisa chez elle une *petite soirée* destinée à annoncer les fiançailles à ses amis et connaissances les plus proches. Non seulement le temps manquait pour lancer de plus larges invitations, mais la comtesse, prudemment, préférait limiter les répercussions d'une telle nouvelle dans la haute société. Les gens de bon ton jaseraient, c'était inévitable ; elle espérait toutefois, de cette manière, maintenir ragots et potins à un seuil acceptable.

La réception fut donc réduite, élégante et terriblement ennuyeuse. Coincée entre lady Ravenscar et son fils, qui semblait se morfondre encore plus qu'elle, Miranda dut sourire poliment durant une bonne heure à toutes les personnes bien nées auxquelles la comtesse la présenta, tout en souhaitant être ailleurs. Aussi, dès que tous les convives furent arrivés et que lady Ravenscar libéra enfin les fiancés, elle se tourna vers Devin et lui chuchota derrière son éventail :

— Pensez-vous que notre absence serait remarquée, si nous nous éclipsions ?

Pour la première fois de la soirée, une lueur d'intérêt s'alluma dans les yeux verts du comte.

— On croira sans doute que nous avons défailli d'ennui. Avez-vous une idée en tête ?

Miranda glissa une main au creux de son coude et ils s'écartèrent à pas lents du gros des invités.

— J'ai beaucoup entendu parler des jardins de Vauxhall, depuis que je suis à Londres. Il paraît que c'est à voir, mais qu'une personne convenable ne saurait s'y rendre sans escorte.

— Certes ! confirma Devin avec un sourire amusé. Toutefois une telle chose est possible avec un parent... ou un fiancé.

— C'est ce que j'espérais, murmura Miranda, levant vers lui un regard pétillant.

D'un coup d'œil circulaire, Devin s'assura que nul ne leur prêtait attention. Puis, promptement, il entraîna sa compagne vers la sortie et dans le vestibule. Le valet de pied posté à l'entrée, accoutumé aux foucades du comte, leur ouvrit la grande porte d'un air impassible. Riant comme des enfants échappant à leurs devoirs, les jeunes gens dévalèrent les marches du perron. Une fois dans la rue, Devin héla un cab qui passait.

— Il vous faut un masque et un domino, déclara-t-il. Nous allons les prendre chez moi.

Ce détour fait, ils arrivèrent peu après dans le célèbre lieu de divertissement qui piquait si fort la curiosité de Miranda. Elle ne fut pas déçue : une foule rieuse et colorée se pressait dans les allées, dont la principale était bordée de tonnelles et de sortes de loges de verdure où s'égayaient des gens en goguette, pour la plupart masqués comme ils l'étaient. Des demoiselles d'abord facile, apparemment, se pavanaient le long de la promenade et répondaient par des rires et des clins d'œil aguicheurs aux jeunes gens qui les hélaient. Assez souvent, elles se laissaient attirer dans une loge et embrasser effrontément.

Fascinée, Miranda vit également plus d'un couple disparaître furtivement dans les allées les plus sombres. Ces jardins, manifestement, étaient le haut lieu des rendez-vous galants.

Quand Devin la guida vers une loge d'où ils pourraient observer les passants et admirer les fameux feux d'artifice de minuit, elle commença à lui poser mille questions dont la franchise et la candeur provoquèrent vite son hilarité. Il se tourna vers elle, la couvant d'un regard amusé.

— Vous parvenez encore à me surprendre, miss Upshaw.

— Vous pouvez user de mon prénom, me semble-t-il. Après tout, nous serons bientôt mariés.

— Volontiers, Miranda. Je disais donc que vous m'avez déconcerté, ce soir. Ce genre de raout mondain n'est-il pas ce que vous rêviez de connaître, en m'épousant ?

Miranda se mit à rire.

— Certainement pas ! J'ai amplement fréquenté de tels cercles à New York et ils m'ennuient à mourir. Je vous l'ai dit, c'est avant tout la liberté que je recherche dans le mariage.

Il la considéra d'un œil intéressé, puis se pencha vers elle et l'embrassa.

— Et ceci ? Avez-vous prévu de l'inclure dans vos projets ?

Miranda lui dédia un sourire suave, cachant de son mieux les tressaillements de plaisir que ce baiser lui avait prodigués.

— Le devrais-je, milord ?

Elle se leva, l'air aérien.

— J'aimerais continuer notre promenade. Venez-vous ?

— Certes, concéda Devin, frustré une fois de plus par sa façon d'éluder tout intermède romantique.

Ils poursuivirent leur chemin jusqu'au terme de la grande allée. Et soudain, alors qu'ils s'apprêtaient à faire demi-tour, un homme surgit de l'ombre pour se porter vers eux. Il n'était pas masqué. Miranda eut le temps de distinguer ses traits à la lueur des lampions, mais ce qu'elle aperçut tout de suite après lui tira un cri alarmé : il tenait un couteau à la main !

Devin s'en rendit compte en même temps qu'elle. D'un geste vif, il s'écarta pour éviter la lame et rabattit la jeune fille derrière lui. Le couteau s'engouffra sans dommages dans les plis de sa cape. Rapide comme l'éclair, il saisit son agresseur par le poignet. Mais l'individu se débattit, parvint à se dégager et disparut en courant.

Un instant, Ravenscar parut prêt à le poursuivre. Puis il jeta un coup d'œil à Miranda et s'abstint de le faire, visiblement fort contrarié.

— Je crois qu'il est temps de rentrer, déclara-t-il d'un ton bref en la prenant par la main pour l'entraîner vers la sortie.

Peu après, alors qu'ils venaient de prendre place dans un autre cab, la jeune fille s'enquit d'une voix curieuse :

— Ce genre d'incident vous arrive-t-il souvent ?

Devin lui lança une œillade incrédule et se mit à rire.

— N'importe quelle autre femme de ma connaissance serait en pleine crise d'hystérie, à votre place.

— Aurais-je dû manifester de l'effroi ?

— Non. Je préfère nettement votre calme, croyez-moi.

— Vous n'avez pas répondu à ma question, insista-t-elle. Avez-vous coutume d'être agressé de la sorte ?

— Non. De fait, c'est assez récent. Peut-être cela tient-il à votre présence ? rétorqua-t-il avec un brin d'ironie.

Miranda haussa un sourcil agacé.

— Ne vous éloignez pas du sujet. Se peut-il qu'il s'agisse d'un de vos créanciers ? Dans ce cas, il faudrait le régler au premier chef.

Devant une remarque aussi terre à terre, Devin partit d'un nouvel éclat de rire.

— Pardonnez-moi, ma chère, mais j'ai omis de lui demander son nom ou celui de son commanditaire. Je n'ai pas la moindre idée de son identité.

— Quoi qu'il en soit, c'est une bonne chose que vous quittiez Londres dans quelques jours.

— Oui.

Ravenscar la dévisagea un instant.

— Pensez-vous que vous saurez éviter ce genre de désagrément, en mon absence ?

Il s'attira un sourire railleur.

— Certainement, milord, puisqu'ils ne m'arrivent qu'en votre compagnie.

Les Aincourt partirent deux jours plus tard pour Darkwater. Rachel et la comtesse avaient fort à faire pour rendre le manoir présentable avant le mariage, et Miranda avait discrètement prié lady Westhampton de veiller à ce que son frère les accompagnât. Non seulement elle tenait à l'éloigner de Leona, mais elle avait besoin de garder l'esprit clair pour régler tous les problèmes en suspens — une chose qui semblait impossible quand Ravenscar se trouvait dans les parages. Au demeurant, elle pensait déjà trop souvent à lui, même quand il n'était pas là.

Les deux semaines qui suivirent passèrent dans un tourbillon d'obligations diverses — des dernières retouches à apporter aux toilettes et emplettes complémentaires aux tâches quotidiennes, courrier et tenue des comptes. Hiram prenait beaucoup de choses en charge, mais Miranda devait remplacer son père occupé à parachever le contrat de mariage. Il lui fallait aussi superviser les préparatifs du départ familial, sans oublier les présents qu'elle destinait à son futur époux : le cadeau traditionnel, assez impersonnel, et une petite surprise beaucoup plus intime qu'elle lui réservait.

L'avant-veille du voyage, alors que Miranda, assise à son secrétaire, vérifiait la liste des bagages avec le majordome, un valet vint lui apporter un bristol sur un petit plateau d'argent.

— Un *gentleman* souhaite vous voir, miss.

Miranda prit la carte, la déchiffra avec un froncement de sourcils.

— Ce nom ne me dit rien. Mon père ou ma belle-mère ne peuvent-ils recevoir ce monsieur ?

— Non, miss. M. Upshaw est sorti et madame se repose à l'étage. Elle est légèrement indisposée.

Le domestique marqua une pause, puis ajouta :

— Le monsieur en question insiste sur l'importance de sa visite, miss. Je lui ai dit que vous étiez très occupée, mais il a déclaré qu'il attendrait tout l'après-midi, s'il le fallait.

— C'est bien ma chance, pesta la jeune fille. Entendu, Peter. Faites-le entrer dans le salon.

Elle s'y rendit elle-même, abaissant les amples manches gigot de sa robe de cotonnade imprimée et fermant les boutons des poignets. Elle arrangeait le drapé de son corsage, dont les deux pans croisés se recouvraient sous une large ceinture de tissu assorti, quand le valet introduisit son visiteur.

— Monsieur Caulfield, annonça-t-il avant de s'éclipser.

Surprise, Miranda découvrit un vieillard aux cheveux blancs, vêtu très convenablement, dont les mains tremblaient sur le rebord de son gibus et sa canne à pommeau doré. Il se tenait très droit, et l'expression farouche de son regard bleu avait quelque chose d'un peu inquiétant.

— Miss Upshaw, déclara-t-il d'une voix étonnamment ferme pour son âge, je suis venu vous mettre en garde.

— Me mettre en garde ? A quel propos ? Je suis désolée, monsieur Caulfield, mais je crains d'ignorer qui vous êtes.

— Vous ne me connaissez pas, en effet. Ma visite peut vous paraître téméraire, néanmoins j'ai jugé de mon devoir de vous avertir. Il ne faut pas que vous épousiez ce démon.

Miranda retint son souffle, interdite.

— Je vous demande pardon ?

— Lord Ravenscar. La rumeur de son prochain mariage avec vous est arrivée jusqu'à Brighton, où je demeure. Il m'a paru de la plus haute importance de vous prévenir que cet homme est un vaurien sans scrupule.

Sous l'effet de la colère, la jeune fille se ressaisit.

— J'apprécie votre démarche, monsieur Caulfield, mais vous comprendrez que je ne puis laisser insulter mon fiancé de la sorte, surtout par un inconnu !

Très rouge, le vieillard frappa le parquet de sa canne. Ses yeux bleus étincelaient de haine.

— Ravenscar est un assassin !

Anéantie, Miranda se laissa choir sur la chaise la plus proche. Elle resta un moment sans voix. Quand elle recouvra l'usage de la parole, ce fut pour déclarer d'un ton altéré :

— Pardonnez-moi, mais il s'agit là d'une accusation fort sérieuse. Vous prétendez que le comte... a tué quelqu'un ?

Son visiteur lâcha un ricanement grinçant.

— Oh, il ne s'est pas donné cette peine ! Il ne s'est pas sali les mains, il n'y a pas eu d'enquête. Il n'en reste pas moins qu'il a causé la mort de ma petite-fille aussi sûrement que s'il l'avait jetée lui-même dans l'océan où elle s'est noyée.

Miranda se remit debout, plus ulcérée que jamais.

— Monsieur Caulfield ! De quel droit venez-vous me faire un récit aussi outrancier ? En quoi lord Ravenscar était-il responsable de cet... accident ?

— Vous le demandez ? persifla le vieillard. Ce débauché a séduit ma Constance et l'a abandonnée ! Elle n'a pu supporter cette flétrissure. Elle s'est jetée à l'eau pour mettre fin à sa honte.

Il brandit un poing rageur.

— J'ai convoqué ce lâche en duel ! Il n'a même pas daigné me répondre.

La pitié envahit Miranda devant le désarroi du vieil homme. Si son récit était authentique, si la jeune fille en question était enceinte, ce qui semblait être le cas, elle ne pouvait excuser Devin. Mais quelque chose lui disait que les choses n'avaient pas dû se passer de cette manière. Ravenscar était loyal, cette Constance semblait être de bonne famille. Sans des doutes sérieux sur sa paternité éventuelle, il l'eût épousée par devoir, elle en était persuadée. Et s'il avait refusé ce duel avec son grand-père, c'était de toute évidence pour épargner un vieillard. En outre, ajouta-t-elle en elle-même, à moins qu'elle ne se trompât grandement sur ses goûts, le comte était trop libertin pour s'amuser à séduire une jeune vierge rougissante. Les femmes qu'il fréquentait avaient nettement plus d'expérience.

Elle tira ses conclusions personnelles de ce raisonnement : d'abord, miss Caulfield était sans doute moins vertueuse que le supposait son grand-père ; ensuite, si elle en était venue à de telles extrémités, c'était que sa famille ne devait être ni très aimante, ni très tolérante.

Sa bienveillance envers son visiteur en diminua d'autant.

— J'ai de la considération pour votre chagrin, monsieur Caulfield, mais permettez-moi de penser qu'il vous égare, dit-elle d'un ton frais. Le malheur de votre petite-fille ne me concerne nullement.

De nouveau, la canne frappa rageusement le parquet.

— Ah, vous prenez les choses de haut ! s'exclama le vieux monsieur. Vous changerez d'avis, quand votre fringant mari cherchera à se débarrasser d'une épouse devenue encombrante ! Une fois qu'il aura mis la main sur votre fortune, Ravenscar se montrera moins empressé, croyez-moi ! C'est un profiteur, rien d'autre ! Un opportuniste qui ne reculera devant rien pour continuer à vivre dans la débauche ! Si je vous préviens, c'est dans votre intérêt !

Cette fois, une fureur incandescente s'empara de Miranda.

— Il suffit, monsieur Caulfield. Vous avez largement dépassé les bornes de la décence. Et comme je ne vois pas pourquoi vous vous soucieriez de mon sort, puisque je vous suis étrangère, j'en conclus que votre visite n'avait qu'un objet : vous venger de lord Ravenscar de la plus vile manière.

D'un pas furieux, elle alla tirer sur le cordon d'appel des domestiques. Peu après, alors que son visiteur continuait à grommeler et à vociférer, le valet entra. Ses yeux s'élargirent de surprise et d'effroi.

— Veuillez raccompagner monsieur Caulfield, Peter, ordonna sèchement la jeune fille. Et assurez-vous qu'il ne revienne pas.

Le domestique hocha la tête, livide. Empoignant le vieillard par le bras, il l'obligea à quitter la pièce. Miranda les suivit dans le vestibule, tenant à contrôler les choses jusqu'au bout. Quand la porte d'entrée se referma, elle tourna les talons et reprit songeusement la direction du cabinet de travail. Bien qu'elle ne doutât pas de l'innocence de Devin, cette scène pénible l'avait troublée et lui laissait un sentiment de malaise.

C'est alors qu'elle leva les yeux et aperçut Elizabeth debout sur le palier, blême, une main crispée sur la balustrade.

— Qui était cet homme ? demanda sa belle-mère d'un ton épouvanté.

— Un vieillard qui semble avoir plus ou moins perdu l'esprit, répondit Miranda, désireuse de la rassurer.

— Mais que voulait-il ? Qu'est-il venu faire ici ?

— Rien de précis. De fait, ses propos étaient si incohérents que je n'ai pas compris ce qu'il disait. Ne vous inquiétez pas, Elizabeth. J'ai ordonné aux domestiques de ne plus le recevoir.

Elle sourit.

— La dernière livraison est arrivée de chez Mme Ferrier. Voulez-vous venir vérifier ces robes avec moi ?

Elizabeth hocha la tête, heureuse de la diversion, mais elle garda longtemps encore un air préoccupé.

Quand la famille Upshaw atteignit enfin Darkwater après un éprouvant voyage de trois jours, fréquemment interrompu par les malaises d'Elizabeth et ralenti par le lourd chariot qui transportait leurs bagages, la vision féerique du manoir de Darkwater embrasé par le soleil couchant fit oublier cette longue et pénible corvée à Miranda.

Elle avait eu les nerfs à vif durant tout le trajet, brûlant d'impatience de revoir Devin — et contrainte de dissimuler ses sentiments de crainte que ses plans ne fussent éventés par un mot malheureux de son père ou de sa belle-mère. Nul ne devait savoir pour l'instant qu'elle était éprise de son fougueux fiancé, lui le premier.

Son père chevauchait près de la chaise de poste en compagnie de Veronica. Il avait eu la sagesse d'acquérir deux chevaux de selle, ce qui avait permis aux jeunes filles, tour à tour, d'échapper un moment à l'atmosphère confinée de la voiture et aux jérémiades de Mme Upshaw. Quand il aperçut la superbe bâtisse dressée sur une petite butte, ruisselante de lumière parmi l'écrin des arbres et des pelouses qui l'entouraient, il arrêta sa monture, figé de bonheur et d'admiration.

— Eh bien ! s'exclama-t-il à l'intention de Miranda, qui avait baissé la vitre de sa portière pour admirer elle aussi le spectacle. T'attendais-tu à une chose pareille, ma fille ?

— Non, reconnut celle-ci. Cette demeure est encore plus belle que je ne l'imaginais.

Et ce serait sa maison, désormais. Un mélange de fierté et d'incrédulité l'envahit. Devant une telle beauté, elle brûlait davantage encore de se mettre à l'ouvrage.

Veronica vint se placer à leur hauteur.

— C'est un vrai château ! s'exclama-t-elle avec enthousiasme. Nous allons vraiment vivre ici ? Avez-vous vu, maman ?

Elizabeth écarta d'une main faible le rideau qui voilait sa fenêtre. Quand elle découvrit le manoir, ses yeux s'élargirent et un peu de couleur revint à ses joues.

— Oh, mon Dieu ! murmura-t-elle. Si j'avais pu penser…

— Pourrai-je choisir ma chambre, Miranda ? reprit Veronica d'une voix éblouie. J'aimerais tant loger à l'avant, pour voir arriver tous vos invités quand vous donnerez des bals ! En attendant de pouvoir y assister moi-même, bien sûr.

Sa belle-sœur se mit à rire.

— Ce soir, par politesse, tu devras te satisfaire de celle que lady Ravenscar t'aura réservée, ma petite. Pour la suite, nous verrons. Mais je me demande s'il y aura suffisamment de monde dans les environs pour donner autant de bals que tu sembles le souhaiter.

Veronica passa du côté de sa mère pour approfondir la question, laissant Miranda à ses propres rêveries. Son excitation se mêlait d'une légère inquiétude. Devin avait-il pensé à elle, ces derniers jours ? Etait-il aussi impatient qu'elle de la revoir ? Elle décida de se raisonner. Il ne fallait pas tout vouloir tout de suite, se rappela-t-elle, ni trop espérer. Mais elle ne pouvait empêcher son cœur d'espérer quand même.

Ledit cœur s'emballa pour de bon un moment plus tard, quand la chaise de poste s'arrêta devant le perron et qu'un valet de pied vint aider la jeune fille et sa belle-mère à descendre de voiture. Au même instant, un cavalier arriva à vive allure du fond de la prairie, sautant une haie pour les rejoindre au plus vite en coupant à travers les jardins. Miranda reconnut Devin, et une bouffée d'émotion l'envahit.

— Miranda ! s'écria-t-il en arrêtant sa monture à quelques pas d'elle.

Il mit pied à terre, jeta ses rênes au valet.

— Miss Upshaw, veux-je dire.

Il s'avança, plus beau encore qu'à Londres avec son teint avivé par l'exercice, ses yeux d'un vert plus clair et plus brillant. La jeune fille sentit ses genoux faiblir quelque peu.

— Lord Ravenscar.

Sa voix, par bonheur, n'avait pas trahi son trouble. Cette chevauchée à bride abattue pour se porter à leur rencontre était bon signe, apparemment.

Debout devant elle, Devin la contempla un long moment en silence. Elle nota qu'un fin cercle doré entourait ses pupilles, semblable à un éclat de soleil, et trouva ce détail captivant. Il ôta lentement ses gants d'équitation, tendit une main vers elle. Miranda recouvra assez de présence d'esprit pour lui tendre la sienne. Il la porta à ses lèvres, déposa un léger baiser à la racine de ses doigts.

— Bienvenue à Darkwater, déclara-t-il. Nous nous demandions à quel moment vous alliez arriver. Ma mère vous attendait hier, Rachel craignait que vous ne soyez là à temps pour le mariage.

— Et vous ?

Il lui décocha un sourire éclatant.

— J'étais certain que vous arriveriez à point nommé.

Miranda se mit à rire. Il garda sa main plus longtemps que les convenances ne le voulaient, mais elle n'en prit pas ombrage, au contraire.

— Votre confiance en moi me touche, milord.

— Je vous connais, miss Upshaw. Cela me suffit.

Il pressa ses doigts, puis la lâcha pour saluer les autres arrivants.

— Madame Upshaw, monsieur Upshaw, soyez les bienvenus à Darkwater.

Soudain, son regard se porta vers Veronica, toujours à cheval.

— Et qui est cette délicieuse jeune personne ?

— Veronica, milord. Celle que vous ne voyez jamais parce qu'elle est trop jeune.

— Ou trop ravissante, corrigea Devin avec un franc sourire. Vos parents, je suppose, craignent que vous ne leur soyez enlevée trop tôt.

Le plaisir qui passa dans le rire perlé de la jeune fille rassura Miranda… et accrut son estime pour Ravenscar. Il avait su traiter sa belle-sœur courtoisement, avec une sympathie malicieuse qui allait lui vouer une place définitive dans le cœur de l'adolescente, elle le savait. Elle avait craint un moment qu'il ne traitât sa famille avec la condescendance hautaine qu'il lui avait montrée au début, mais il n'en était rien, heureusement.

— Si vous aimez monter à cheval, jeune fille, vous allez être comblée, reprit-il en tournant un regard espiègle vers Miranda. Nos écuries figurent parmi les meilleures du pays, sans exagération.

— Oh, puis-je les voir ? demanda Veronica.

— Je vous servirai moi-même de guide demain.

Là-dessus, il convia ses hôtes à le suivre à l'intérieur. Dans le grand vestibule, ils furent accueillis par une file impressionnante de domestiques en livrée ou robe noire et tablier amidonné, tous impeccables et l'air solennel.

— Ils sont impatients de connaître leur nouvelle maîtresse, chuchota Devin à l'oreille de Miranda. Et un peu inquiets, bien sûr. Je n'ai pas voulu les effrayer en leur disant que vous êtes un vrai tyran.

Miranda se tourna vers lui, indignée.

— Oh ! Je ne suis…

Elle s'interrompit en voyant la lueur amusée qui luisait dans ses yeux.

— Je suis toujours très aimable avec les domestiques, reprit-elle à mi-voix. Je réserve mes foudres aux personnes de rang supérieur.

— Je tremble dans mes bottes, murmura Ravenscar, taquin.

Il entreprit de faire les présentations, nommant chaque serviteur par son nom et sa fonction — du majordome Cummings et de la gouvernante Mme Watkins au dernier marmiton. Ce respect força d'autant l'admiration de Miranda qu'il n'était pas venu souvent à Darkwater ces dernières années, et elle le lui dit alors qu'ils s'éloignaient.

— Me jugiez-vous trop arrogant pour ignorer le nom des gens qui travaillent pour moi, miss Upshaw ? Cette opinion me choque.

— Je suis heureuse de voir que je m'étais trompée.

Il sourit et haussa une épaule.

— De fait, on m'a toujours plutôt reproché le contraire. D'après mon père, ma familiarité avec le personnel était une preuve supplémentaire de la bassesse de mon caractère. Je passais plus de temps avec le garde-chasse et ses enfants qu'avec les ennuyeux rejetons de la petite noblesse locale.

— Ce n'est pas une tare que je retiendrai contre vous, déclara Miranda.

Ils retrouvèrent lady Ravenscar et Rachel dans le grand salon, blanc et doré à la mode du siècle passé. C'était une pièce spacieuse, élégamment meublée, et il fallait y regarder de près pour noter l'usure des tentures bleues, du velours assorti des sièges et du sofa, ou du tapis persan dont la trame était visible par endroits. La comtesse se montra d'une politesse formelle, à son habitude, tandis que sa fille compensait largement sa froideur à l'égard d'Elizabeth et de Veronica. En elle-même, Miranda pensa qu'elle ne serait certainement jamais proche de cette grande dame, qui ne les acceptait que par nécessité.

Une troisième personne se trouvait là, un gentleman mince et distingué, de haute stature, aux cheveux blonds et aux yeux gris. Un charme discret émanait de son visage régulier. Il sourit en s'avançant vers Miranda.

— Miss Upshaw, je vous présente mon beau-frère, lord Westhampton, déclara Devin.

— Ravie de vous connaître, milord, répondit la jeune fille avec une pointe de curiosité.

C'était donc là l'époux de Rachel, le noble pointilleux qui vivait séparé de sa femme.

— Moi de même, miss Upshaw, répondit-il aimablement. Lady Westhampton vous tient en grande estime.

— Merci.

— Je présume que vous aimeriez tous vous rafraîchir et vous reposer un peu avant le dîner, intervint lady Ravenscar. Rachel, voulez-vous montrer leurs chambres à nos hôtes ?

— Avec plaisir.

— Je m'occupe de miss Upshaw, annonça Devin à sa sœur.

Il offrit son bras à Miranda et ils suivirent le petit groupe dans le grand escalier qui menait à l'étage. La jeune fille avait du mal à noter tous les détails de cette superbe demeure, surtout avec son fiancé à son côté. Conserver une attitude plaisamment détachée suffisait à sa peine.

Lorsqu'ils arrivèrent sur le palier, Rachel et ses invités obliquèrent sur la droite. Devin prit la direction opposée.

— Votre chambre est de ce côté, indiqua-t-il. Le mariage étant tout proche, nous n'avons pas jugé utile de vous imposer un changement pour quelques jours.

Il poussa la porte d'une vaste pièce.

— Voici les appartements privés de la comtesse.

Miranda lui jeta un regard perplexe.

— Voulez-vous dire... la chambre de votre mère ?

Le sourire que Devin lui décocha fit battre son pouls encore un peu plus vite.

— Non, ma chère miss Upshaw. Je parle de la chambre qui communique avec la mienne.

— Oh.

Pour cacher la rougeur qui lui montait aux joues, Miranda passa devant lui et entra.

L'endroit était fort spacieux, avec deux hautes fenêtres qui donnaient sur les jardins de derrière. Dans un angle, un sofa et un fauteuil composaient un coin de réception, prolongé sur le même mur par une cheminée de marbre assez ouvragée. Entre les deux figurait une porte. Les meubles, assez lourds, étaient en acajou massif ; le plus imposant était un large lit à baldaquin drapé de courtines vert foncé. Une grande tapisserie médiévale aux tons passés ornait la quatrième cloison. L'ensemble, solennel et majestueux, convenait de fait à une comtesse et Miranda s'imaginait très bien que lady Ravenscar ait pu y vivre. Mais ce décor ne lui convenait pas vraiment.

— Vous souhaiterez certainement aménager cette pièce à votre goût, déclara Devin en refermant la porte derrière lui.

Miranda acquiesça faiblement. Penser que le restant de son existence se déroulerait entre ces murs, hormis quelques séjours à Londres ou ailleurs, produisait sur elle un effet troublant. Elle observa le comte à la dérobée, songeant qu'elle allait se lier à lui pour la vie et qu'elle le connaissait à peine. Tout lui était étranger, sa future famille, cette demeure, ce pays. Toutes les fiancées éprouvaient-elles un pareil instant de panique, ou était-ce à cause du caractère *contractuel* de son mariage ?

Cherchant à dominer cet accès de nervosité inhabituel chez elle, elle fit quelques pas dans la chambre, jeta un coup d'œil au vestiaire et aux placards. Puis, machinalement, elle ouvrit la porte située près de la cheminée. Elle donnait sur une pièce plus spacieuse encore, manifestement occupée par un homme.

— Ma chambre, indiqua Devin en se rapprochant d'elle.

Prise de court, Miranda sursauta et referma vivement.

— Oh ! Oui, bien sûr. Excusez-moi.

Elle pivota sur elle-même dans l'idée de s'éloigner, mais son fiancé lui barrait le chemin. Pour clore le tout, il appuya une main sur le panneau et se pencha vers elle.

— J'ai réfléchi, durant ces quinze jours. J'en ai eu le temps, vous vous en doutez. Ma conclusion est qu'il serait absurde que ce mariage reste fictif.

— Il n'a rien de fictif, milord, rectifia Miranda du ton le plus égal possible. Je le considère comme très réel, au contraire. Simplement... les sentiments en seront exclus, voilà tout.

— Cela ne me paraît nullement nécessaire, insista le comte. J'éprouve de l'attirance pour vous et vous ne pouvez nier que vous en éprouvez pour moi. J'ai perçu votre trouble, quand je vous ai embrassée. Pourquoi nier un désir que nous partageons ?

Il abaissa un peu plus son visage. Miranda éprouvait autant de difficulté à respirer qu'à garder des pensées cohérentes. Quand les lèvres de Devin effleurèrent les siennes, elle en éprouva un délicieux frisson.

— Puisque nous possédons une porte de communication, murmura-t-il, il me paraîtrait regrettable de ne pas en user.

Sa belle bouche demeura en suspens au-dessus de celle de Miranda. Elle sentait son souffle sur son visage, percevait la chaleur de son corps. Des picotements la parcouraient. La seule chose à laquelle elle était capable de penser, la seule qu'elle désirait en cet instant était le baiser qu'il lui promettait.

Pourtant, juste avant qu'il ne capture ses lèvres, elle s'esquiva sur le côté. Son cœur battait si fort que Ravenscar devait l'entendre, ses mains tremblaient. Mais elle fit en sorte de conserver une expression posée.

— Je ne suis pas de votre avis, milord. Il me semblerait regrettable, à moi, d'introduire des émotions dans un arrangement que je trouve parfait tel qu'il est.

Arborant un petit sourire détaché, elle tendit la main vers la porte et poussa le verrou.

— Je me contenterai d'user de ma propre chambre, milord.

11.

Devin pénétra d'un pas sec dans son cabinet de travail et referma brutalement la porte derrière lui. Lord Westhampton, qui lisait dans un fauteuil au fond de la pièce, leva les yeux et regarda son beau-frère d'un air discrètement interrogateur.

— Mauvaise journée ?

Le comte esquissa une grimace d'excuse.

— Oh, bonsoir, Michael. Je ne vous avais pas vu. Je pensais que tout le monde était au lit.

Il était près de minuit, le manoir était plongé dans l'obscurité. Obsédé par la pensée du verrou qui condamnait la porte de Miranda, Devin n'avait pu trouver le sommeil ; au bout d'un moment, excédé, il avait décidé de quitter sa chambre.

— J'aime à lire un peu avant de me coucher, répondit Michael. Mais je suis navré d'avoir investi votre sanctuaire. Vous me semblez fort irrité. Voulez-vous que je vous laisse, ou préférez-vous que je reste pour vous prêter une oreille bienveillante ?

— A choisir, je préférerais carrément changer de vie, bougonna Devin.

Il alla jusqu'au cabinet à liqueurs installé entre les fenêtres et l'ouvrit.

— Whisky ou cognac ?

— Un whisky sera parfait. Qu'est-ce qui vous déplaît tant, dans votre existence ?

— D'être obligé de la vivre, je suppose. Juste ciel ! Tout ceci est affreusement déprimant.

Devin emplit deux verres de cristal finement ciselés, en offrit un à son beau-frère et absorba la moitié du sien en une seule gorgée. Il soupira.

— Bonté divine, qu'est-ce qui me prend d'épouser cette femme ? Je ne devais pas être dans mon état normal, quand j'ai accepté.

— J'ai cru comprendre que vous n'aviez pas le choix, remarqua lord Westhampton d'un ton amène. En outre, j'ai trouvé votre future épouse plutôt sympathique. Elle est fort peu… conventionnelle.

— C'est le moins que l'on puisse dire, maugréa Devin.

— Ses théories sur l'éducation des femmes ont certainement pimenté la conversation, ce soir.

Un sourire passa sur le visage tendu du jeune homme, tandis qu'il se remémorait l'expression épouvantée de sa mère. Admettre les jeunes filles à l'université ! C'était bien là une idée d'Américaine.

— Le dîner a été plus animé que d'ordinaire, reconnut-il. Ce qui me préoccupe, c'est qu'elle n'est ici que depuis quelques heures et qu'elle a déjà fait souffler un vent de rébellion. C'est une vraie menace.

— Si cela vous contrarie à ce point, peut-être devriez-vous vous dédire, suggéra Michael.

— Me dédire, alors que la noce est dans deux jours ? Vous n'y songez pas ! De surcroît, un *gentleman* ne peut reprendre sa parole. C'est inconcevable.

Lord Westhampton haussa un sourcil ironique.

— Cela nuirait à votre réputation, c'est certain.

Devin lui décocha une œillade dégoûtée.

— Bon sang, Michael. J'ai besoin de son argent. Les Aincourt n'ont jamais pu s'offrir le luxe de se marier par amour, vous le savez bien.

— Oui, je le sais, confirma son beau-frère d'un ton tranquille.

Devin grimaça, conscient de son impair.

— Rachel et vous avez conclu ce genre d'arrangement, certes, mais vous êtes des personnes raisonnables, civilisées. Vous savez vivre en harmonie, tout en menant chacun l'existence de votre choix.

— C'est ce que nous faisons, en effet.

— Miranda n'est rien de tel. Elle a les conceptions les plus bizarres qui soient !

Il vida son verre d'un trait, le reposa d'un geste brusque pendant que lord Westhampton attendait patiemment la suite.

— Elle insiste pour que notre union reste platonique, vous rendez-vous compte ?

Michael battit des cils.

— Je vous demande pardon ?

— Vous m'avez bien entendu ! Pour elle, ce mariage n'est qu'un arrangement pratique. Puisque nous ne nous aimons pas, nous devons rester de parfaits étrangers l'un pour l'autre. Ce serait plus... confortable, selon ses dires.

Son compagnon hésita, puis se risqua à observer :

— J'aurais pensé qu'une façon de voir aussi accommodante ne pourrait que vous satisfaire.

— Accommodante ? se récria Devin. Miss Upshaw ne se montre nullement accommodante avec moi, je vous prie de le croire ! Elle ne songe qu'à ménager sa propre liberté. A ses yeux, il serait parfaitement naturel que nous ayons des liaisons chacun de notre côté.

— Et vous êtes opposé à cette idée ?

— Evidemment ! Imaginez-vous la comtesse de Ravenscar papillonnant d'amant en amant ? C'est inacceptable !

— Si je comprends bien, vous seriez donc favorable à un vrai mariage, avec respect, fidélité et...

Devin l'interrompit d'un regard cinglant.

— Ne vous gaussez pas de moi, Michael. Il est clair que je n'ai aucunement l'intention de renoncer à la vie que je mène. Mais de là à accepter la même chose pour ma femme, c'est... inattendu, pour le moins !

Il se leva et alla remplir son verre.

— Je ne l'intéresse que pour Darkwater, rien d'autre. Madame ne souhaite même pas partir en lune de miel ! Madame n'est tentée ni par Paris, ni par Vienne, ni par l'Italie ! persifla-t-il. Comme si l'idée de passer quelque temps seule avec moi lui était insupportable ! « A vrai dire, milord, un voyage ne me tente guère, poursuivit-il d'un ton de fausset. Je préfère commencer la restauration sur-le-champ, papa a déjà commandé un architecte ! »

Il pivota sur lui-même, furieux.

— Sincèrement, avez-vous déjà entendu pareilles sornettes ?

— Non, reconnut lord Westhampton.

— Cette femme n'est pas normale, vous dis-je. Elle ne veut ni voyage de noces, ni enfants, ni tout ce qu'une femme désire communément. Elle veut prendre les choses en main !

Devin se laissa choir dans un fauteuil, l'air sombre et abattu. Son beau-frère dissimula un sourire.

— Et connaissez-vous le clou de l'histoire ? reprit le jeune homme d'un ton renfrogné. Elle a verrouillé la porte de communication entre nos deux chambres ! Consommer notre mariage serait une erreur et une corvée inutile, d'après elle. Comment aurai-je un héritier, si ma femme me refuse tout accès à sa couche ?

— C'est fort ennuyeux pour vous, évidemment, appuya Michael, pince-sans-rire.

Ravenscar lui jeta un regard suspicieux.

— Vous moquez-vous ?

— A peine, mon cher. Reconnaissez cependant que votre attitude est surprenante. Vous ne vous êtes guère soucié de votre succession, jusqu'ici. Que peut vous importer la conduite de votre femme, si elle se montre discrète ? Vous ne tenez pas à elle, de toute évidence...

— Et elle ne tient pas à moi non plus ! Elle n'a pas un brin de jalousie dans le cœur ! grommela Devin. Avez-vous déjà vu une femme qui ne soit pas jalouse ?

— Cela arrive.

— Par pure indifférence.

Son beau-frère détourna les yeux.

— Souhaiteriez-vous qu'elle fût éprise de vous ?

— Bien sûr que non ! Ce que je ne supporte pas, c'est qu'elle me rejette.

— C'est donc une question de fierté.

— Oh, je n'en sais rien. Elle m'exaspère, voilà tout. C'est la femme la plus contrariante que j'aie jamais connue. Et elle n'est même pas belle !

— Cela est vrai.

Lord Westhampton s'attira un coup d'œil acéré.

— Vous ne la trouvez pas séduisante ?

— Si, elle est fort plaisante et fort bien tournée. Mais sa joliesse ne correspond pas aux canons classiques de la beauté.

Devin prit un air songeur.

— Non, certes, mais elle a des yeux fascinants. D'un gris si rare, et tellement pénétrants ! Parfois, quand elle me dévisage, j'ai la sensation troublante qu'elle plonge au plus profond de mon âme. Ses cheveux ne sont pas communs non plus. Fins et brillants, d'une chaude couleur noisette...

— Ils sont ravissants, en effet, approuva Michael.

— Vous ai-je dit qu'elle s'est ruée à mon secours, la première fois que je l'ai vue ?

Lord Westhampton avala son whisky de travers et se mit à tousser.

— Pardon ? fit-il d'une voix étranglée.

— Trois malfrats m'avaient attaqué en pleine rue, un soir. Sans me connaître encore, miss Upshaw qui passait par là en voiture a fait arrêter son équipage. Elle a couru vers moi pour me défendre, armée d'un parapluie. Et sa manœuvre a réussi.

— Est-ce possible ?

— Oui. Elle est vraiment unique.

— En effet.

Ravenscar leva les yeux vers son beau-frère, la mine déconfite.

DECOUVREZ VITE VOTRE TICKET !
HARLEQUIN
1, 2, 3...
Grattez!
1, 2, 3... Grattez!
Grattez le numero mystère
Je reçois un livre gratuit
Je reçois deux livres gratuit
3 cœurs hourra ! je reçois deux livres gratuits et un pendentif en cadeau!
Collection Horizon
En cadeau : des livres, des bracelets
et peut-être un cadeau mystère !

— Pour tout vous dire, elle... m'attire irrésistiblement. Je devrais être fort satisfait de ne pas avoir à remplir mon devoir conjugal, puisqu'elle ne me le demande pas, et c'est tout le contraire qui se produit. Durant ces deux semaines, je n'ai cessé de penser à elle. Cela vous paraît-il sensé ?

— Oui, malheureusement, acquiesça Michael avec un petit sourire crispé.

— Je n'aurais jamais cru qu'elle persiste dans son refus, marmonna Devin. Enfin... je ne déplais pas aux femmes, d'ordinaire !

— Vous êtes dépité. Vous ne pensiez pas qu'elle résisterait à votre charme.

— Oui, sans doute s'agit-il de cela. Je ne vois pas d'autre explication à cette espèce d'obsession ridicule.

Lord Westhampton porta son verre à ses lèvres pour dissimuler son amusement.

— Quoi qu'il en soit, mon cher Dev, je pense que ce mariage a des chances d'être fort intéressant.

— Invivable, voulez-vous dire.

— Je comptais rentrer chez moi tout de suite après la noce, reprit Michael d'un ton songeur, mais je crois que je vais prolonger un peu mon séjour.

Lord Westhampton était seul présent dans la salle à manger, le lendemain matin, quand Miranda entra. Il l'accueillit avec un sourire.

— Bonjour, miss Upshaw. Vous êtes donc matinale ?

— Oui, je crains de ne pouvoir me défaire de cette habitude, répondit aimablement la jeune fille. Bonjour, milord.

Michael se leva pour lui offrir une chaise.

— Vous pourrez vous servir sur la desserte. Mais peut-être souhaitez-vous du café plutôt que du thé ? J'ai ouï-dire que vos compatriotes ont un penchant pour cette boisson. Voulez-vous que je sonne un domestique ?

— Volontiers. J'aime beaucoup le café, en effet.

Miranda se dirigea vers l'élégant meuble foncé qui supportait un grand nombre de mets différents. Délaissant les rognons, auxquels elle ne pouvait se faire, elle prit du jambon, du fromage et des œufs brouillés.

— Si je mange ainsi chaque matin, il faudra bientôt me conduire en chaise roulante, déclara-t-elle plaisamment.

Peu après un valet apporta des toasts et repartit chercher le café.

— Demain, vous pouvez être certaine que la cafetière vous attendra, indiqua Michael. Cummings a beaucoup souffert, ces dernières années, de ne pouvoir organiser le service comme il l'entendait.

— J'irai lui parler, répondit Miranda. Il y a une foule de choses à améliorer et à réparer, c'est certain, mais la tâche ne me fait pas peur, au contraire.

— Lord Ravenscar m'a parlé de vos projets et de l'enthousiasme que vous y mettez. J'ai moi-même quelque expérience des travaux de restauration. Si je puis vous être utile, n'hésitez pas à faire appel à moi.

— Merci, milord. J'apprécie grandement votre offre. Mais je vous avertis : mon père est encore plus enthousiaste que moi ; il risque de ne plus vous lâcher !

— Je n'y verrais nul inconvénient. J'ai rarement l'occasion de partager mon intérêt pour ce genre d'opération.

Ils bavardèrent un moment dans cette veine, puis le valet apporta le café et ressortit. Il y eut un bref silence, après quoi Michael toussota.

— A propos de lord Ravenscar... je tenais à vous dire qu'il vaut mieux que ce qu'il paraît, miss Upshaw.

Miranda tourna vers lui des yeux candides.

— Vraiment ?

— Oui. C'est un homme beaucoup plus estimable qu'on ne le pense généralement. J'ai une grande affection pour lui... et je serais très peiné qu'il vienne à souffrir.

Miranda réprima un sourire.

— Sincèrement, milord, si quelqu'un semble promis à quelques déboires dans ce mariage, je ne pense pas qu'il s'agisse de lord Ravenscar.

Michael hocha la tête.

— Certes, les apparences vous donnent raison, miss Upshaw. Mais si Devin a pu mener une existence agitée, jusqu'ici, il est honnête et il a du cœur. Un cœur qu'il cache soigneusement, par crainte d'être blessé. En revanche, je suis sûr qu'il pourra être très heureux s'il trouve la femme qui lui convient.

— Je m'en félicite, répondit Miranda. Après tout, à ce que j'ai entendu dire, certaines personnes sont incapables de trouver le bonheur même lorsqu'elles ont tout pour cela.

Elle posa sa fourchette, planta son regard dans celui de son compagnon.

— Quoi qu'il en soit, milord, que je convienne ou non à lord Ravenscar, je ne changerai pas d'un iota pour le rendre heureux, sachez-le. Je suis ce que je suis, il est ce qu'il est, nous verrons bien ce qu'il en adviendra.

Michael sourit.

— De fait, miss Upshaw, je n'ai nulle inquiétude à ce sujet. J'ai toujours pensé qu'il faudrait une femme peu commune pour satisfaire Devin. Il semble bien qu'il l'ait trouvée, avec vous.

Miranda lui rendit son sourire.

— Le ciel vous entende, milord.

Ils passèrent à d'autres sujets. Lord Westhampton se révéla un homme intelligent et cultivé, aux multiples intérêts, pourvu de surcroît de beaucoup d'esprit et d'un délicat sens de l'humour. Il était en train d'expliquer comment il avait réussi à vaincre les chirons qui attaquaient toutes les rampes et balustrades de son château, quand soudain il leva les yeux et s'interrompit. Une expression fugace passa sur son visage, que Miranda n'eut pas le temps d'analyser.

— Bonjour, ma chère, déclara-t-il en se levant avec un brin de raideur. Voulez-vous vous joindre à nous ?

Tournant la tête, Miranda découvrit Rachel debout sur le seuil. Elle était particulièrement charmante, dans une simple robe de cotonnade verte qui rappelait la couleur de ses yeux, et un peu de rose poudrait ses pommettes hautes. Etait-ce l'air de la campagne qui lui donnait cet air animé, se demanda Miranda, ou le plaisir procuré par le prochain mariage de son frère ? A moins qu'il n'y eût une tout autre raison.

— Bonjour à vous deux, répondit Rachel d'un ton aussi formel que celui de son époux. J'espère ne pas vous déranger.

— Bien sûr que non, répondit gaiement Miranda. Nous débattions des problèmes d'entretien posés par les anciennes demeures. Ces questions me passionnent, mais lord Westhampton sera certainement ravi d'être délivré !

— Je suis sûre du contraire, affirma Rachel en lui rendant son sourire.

Elle jeta un bref coup d'œil à Michael, dont l'entrain paraissait beaucoup plus affecté, subitement.

— Lady Westhampton a raison, confirma-t-il. Je suis friand de thèmes de conversation que la plupart des gens jugent fort ennuyeux. De fait, vous avez été très aimable de me laisser m'étendre de la sorte.

La gêne que les deux époux semblaient éprouver en présence l'un de l'autre intrigua Miranda. Elle se demanda si Rachel ne lui avait pas caché certaines choses, en lui décrivant sa situation maritale.

Lord Westhampton se leva pour aider sa femme à s'asseoir.

— Je vais vous laisser bavarder, mesdames. Je vous souhaite une bonne journée.

Il les salua d'une brève courbette et s'éloigna.

— Votre mari est charmant, déclara Miranda. J'ai passé un moment délicieux à parler avec lui.

Rachel sourit à demi.

— Oui, il a beaucoup de qualités, accorda-t-elle. C'est un homme sur lequel on peut compter.

Là-dessus, elle se leva pour aller se servir.

— Avez-vous bien dormi, cette nuit ?

Miranda accepta de bonne grâce le changement de sujet.

— Fort bien, merci.

— Vous plairait-il de voir où en sont les préparatifs du mariage ? reprit sa compagne. Nous pourrions aussi aller visiter l'église, si cela vous tente.

— Comme vous voudrez.

Devant l'air surpris de Rachel, Miranda expliqua son manque d'enthousiasme :

— Cela m'intéresse, bien sûr. Mais un peu plus tard, peut-être. Devin a prévu une visite de la maison pour papa et moi, ce matin.

— Ce matin ? releva la jeune femme incrédule.

— Oui, je crois.

— Eh bien ! Vous avez déjà produit un effet positif sur mon frère, apparemment.

Miranda se mit à rire.

— Ne serait-ce pas plutôt qu'il s'ennuie mortellement à la campagne ?

— Quoi qu'il en soit, je ne l'ai jamais vu émerger avant midi, depuis que nous sommes ici.

La jeune fille n'osa tirer de conclusions trop optimistes de cette information. Après tout, il n'était pas assuré que lord Ravenscar tienne sa promesse. Mais le comte parut bel et bien un instant plus tard, la mine légèrement hagarde. Un bon point, nota Miranda.

— Vous levez-vous toujours aussi tôt ? demanda-t-il avec stupeur.

— D'ordinaire, à cette heure-ci, je suis déjà au travail, répondit gaiement sa fiancée.

— Miséricorde !

L'air atterré, Devin alla se servir une tasse de thé. Il lui en fallut deux ou trois pour commencer à paraître un peu plus alerte. Enfin, quand il se fut restauré, Rachel s'excusa et ils partirent chercher Joseph Upshaw.

Avant de commencer la visite, Miranda émit le souhait de connaître l'intendant du domaine. Strong, installé dans une maisonnette proche du manoir, parut stupéfait de voir le comte en personne entrer dans son bureau. C'était un petit homme trapu, presque chauve et visiblement fort nerveux.

— Lord Ravenscar ! Vous auriez dû me faire parvenir un billet, je me serais rendu chez vous ! s'exclama-t-il en s'empressant de ranger quelques documents, puis de déplacer des dossiers afin de libérer des sièges.

Devin parcourut la petite pièce du regard.

— Miss Upshaw, la future lady Ravenscar, souhaitait vous rencontrer sur votre lieu de travail, expliqua-t-il.

Il fit les présentations. L'intendant fournit un effort manifeste pour offrir meilleure figure à ses visiteurs. Après quoi, l'air déconcerté par les franches poignées de main de Miranda et de son père, il reprit place derrière sa table.

— Toutes mes félicitations pour votre mariage, milord, reprit-il d'un ton obséquieux. Je vous souhaite beaucoup de bonheur, madame.

— Merci, monsieur Strong, répondit la jeune fille d'un ton bref. Si vous êtes d'accord, je reviendrai vous voir plus longuement cet après-midi, afin que nous fassions ensemble le tour des divers problèmes à régler pour rendre le domaine rentable. Ce ne sera qu'un premier aperçu, bien sûr. Je me mettrai plus sérieusement au travail après le mariage.

L'intendant la dévisagea d'un air ahuri. Il cligna des paupières.

— Vous… vous avez l'intention de travailler avec moi, miss Upshaw ?

— Oui, il me semble urgent de dresser un inventaire détaillé des ressources de lord Ravenscar.

Devant la mine effarée de l'intendant, Miranda se demanda s'il n'était pas un peu benêt — ce qui expliquerait la désagrégation de la propriété.

— Mais… mais…

Strong se tourna vers le comte pour quêter son assistance.

— Miss Upshaw et son père ont prévu de remettre Darkwater en état, précisa Devin. Ne vous a-t-on pas prévenu ?

— Eh bien… votre oncle m'a écrit à ce sujet, milord. Mais je pensais qu'il s'agirait surtout de…

Il s'interrompit, jetant un coup d'œil embarrassé à Miranda.

— D'investir de l'argent frais ? suggéra cette dernière. Cela se fera, monsieur Strong, mais nous devons d'abord évaluer les besoins, ne pensez-vous pas ?

Le petit homme semblait perdu.

— Il… il me semble que vous devriez vous entretenir de tout cela avec M. Dalrymple, miss Upshaw. En tant que fondé de pouvoir, c'est lui qui devra prendre les décisions. Ne doit-il pas arriver ce soir ?

— En effet, répondit Devin. Toutefois, à partir de maintenant, c'est à la comtesse que vous devrez rendre des comptes, Strong. Mon oncle Rupert n'aura plus son mot à dire.

L'intendant en resta bouche bée. Abasourdi, il considéra Miranda comme si elle tombait de la lune. Il semblait prêt à défaillir.

— Nous commencerons en douceur, assura la jeune fille — qui pensait en elle-même qu'elle devrait sans doute faire appel à Hiram pour assister ce malheureux, au moins au début. Aujourd'hui, je veux simplement savoir de quoi il retourne, de quel genre de terres se compose le domaine, si elles sont employées au mieux. Par la suite, je vous demanderai des cartes détaillées et les registres des dernières années, peut-être davantage. Enfin, je tiens à faire le tour de la propriété à cheval pour tout voir par moi-même.

— Tout ? répéta Strong, les yeux exorbités.

— Pas en une fois, bien sûr, déclara Miranda d'un ton conciliant. Et le comte m'accompagnera.

— Lord Ravenscar ? répéta l'intendant incrédule.

— Mais oui, répondit Devin avec une ironie qui fit sourire la jeune fille. Je connais encore à peu près mon domaine, mon cher.

— Certes, certes. Je ne voulais pas dire...

L'intendant noua nerveusement ses mains potelées.

— Je suis certain que vous ferez un excellent guide, milord.

Peu après, les trois visiteurs sortirent. Miranda aurait parié que Strong s'était rué sur une bouteille de cognac dès la porte refermée, pour se remettre de ses émotions. Elle se tourna vers le comte, pensive.

— Ce M. Strong n'a-t-il pas l'esprit un peu lent ? s'enquit-elle. Il m'a paru avoir du mal à saisir ce que je lui exposais.

Devin réprima un sourire.

— Peut-être êtes-vous un peu... expéditive pour lui, Miranda. Mettez-vous à sa place : le pauvre homme n'avait encore jamais vu une comtesse se mêler des affaires du domaine. Mais il s'habituera, j'en suis sûr. Et mon oncle l'y aidera, au besoin.

Ils commencèrent par faire le tour des extérieurs, où les ronces, les lierres et les haies mal taillés prenaient presque partout le pas sur les anciens parterres. Il restait quelques rosiers en fleurs, néanmoins, et Miranda trouva une beauté romantique à cet abandon.

— Nous n'avons plus que le vieux M. Pettigrew et son petit-fils pour s'occuper des jardins, commenta Devin. L'ampleur de la tâche les dépasse. Autrefois, nous avions un potager bien entretenu derrière la maison, quelques carrés de simples et même un ancien labyrinthe de buis taillés au-dessous de la terrasse. Mon père l'a fait supprimer de crainte que nous nous y perdions.

— J'ai lu que les jardins avaient été dessinés au siècle dernier par le célèbre paysagiste Capability Brown, glissa Joseph Upshaw. Est-ce vrai ?

— Oui, vers 1760, je crois, répondit Ravenscar. C'est à lui que nous devons ces rangées d'ormes et de bouleaux alternés, au bord de la grande allée. Par ici, vous apercevez les restes d'un très beau verger planté par mon arrière-grand-père. Les arbres ont vieilli, mais le spectacle demeure superbe au printemps, un tapis de fleurs roses et blanches.

— J'ai demandé à un paysagiste de venir la semaine prochaine, reprit M. Upshaw, tout heureux. Nous allons remettre tout cela d'aplomb en un rien de temps. Auriez-vous encore les plans d'origine, par hasard ?

Devin haussa une épaule.

— C'est possible. Dans la bibliothèque ou dans mon cabinet de travail, je suppose. Je les chercherai.

Il se tourna vers le manoir, une main en visière pour se protéger du soleil de juillet.

— Les murs extérieurs ne sont pas en trop mauvais état. Le toit, en revanche, doit être refait ; l'aile ouest a dû être fermée à cause des infiltrations. La plupart des cheminées tirent mal, les boiseries sont mangées par les chirons, on trouve à divers endroits des traces de moisissure et de pourriture. Quelques parquets, à mon avis, présentent même des dangers.

Il considéra tour à tour Miranda et son père.

— Toujours disposés à vous attaquer au chantier ?

— Vous plaisantez ! répondit Miranda en riant. Vous n'avez fait qu'exciter l'appétit de papa. Continuons.

Ils pénétrèrent dans la grande entrée dallée de marbre, cœur du bâtiment central. Un magnifique escalier taillé dans la même pierre conduisait à un palier, puis se séparait en deux gracieuses volutes pour mener à l'étage supérieur. Les rambardes, en chêne anglais, étaient piquetées de trous minuscules.

— Grâce au ciel, nous n'avons pas de termites, précisa Devin. A moins que ces insectes destructeurs ne se soient pas encore manifestés. Ici, vous avez les plus belles tapisseries de la maison, ainsi que des portraits ancestraux. Les uns comme les autres ont grand besoin d'être nettoyés et rénovés.

Du vestibule, ils passèrent dans les vastes cuisines — prolongées par les souillardes, les celliers et les quartiers des domestiques. De l'autre côté, plus représentatif, l'immense salle de bal offrait un sol de marbre poli et des plafonds de stuc aux motifs assortis. Ils montèrent ensuite dans les greniers, puis redescendirent par l'étage des chambres et achevèrent leur circuit par les autres pièces du rez-de-chaussée : salon du matin, orienté à l'est et lambrissé de cuir de Cordoue terni et craquelé, salle de musique, grand salon, salle à manger, cabinet de travail et enfin la bibliothèque, une vaste pièce très haute de plafond, tapissée de livres et parcourue à mi-hauteur par une loggia. Dès que Devin écarta les lourdes draperies, le soleil de midi inonda les reliures, les tapis et les deux tables installées au centre, entourées de chaises capitonnées, ainsi que deux socles supportant un globe terrestre et une ancienne bible.

— Oh, quelle belle pièce ! s'exclama Miranda. Elle me plaît beaucoup. Je sais déjà que j'y passerai des heures.

Pleine d'enthousiasme, elle emprunta l'escalier droit qui menait à la loggia, notant au passage que les balustrades étaient elles aussi piquées par les vers. Arrivée en haut, elle examina les livres et s'écria tout à coup, la tête levée :

— J'aperçois plusieurs volumes consacrés au manoir ! Peut-être y a-t-il un recueil d'illustrations concernant les jardins.

Elle recula d'un pas, s'appuyant d'une main à la balustrade située derrière elle pour tenter de déchiffrer quelques titres.

— Il me faudrait un escabeau.

Elle se haussa sur la pointe des pieds, penchée en arrière. Soudain, avec un craquement sinistre, la barrière céda sous son poids. Epouvantée, Miranda perdit l'équilibre et se sentit tomber à la renverse dans le vide.

12.

Avec un cri perçant, Miranda battit désespérément des bras, cherchant à se retenir à quelque chose. Par miracle, elle parvint à saisir le mince montant demeuré intact sur le côté et s'y cramponna de toutes ses forces, l'épaule étirée au maximum, les doigts glissant sur le bois lisse. Son père criait son nom, se ruait dans l'escalier pour venir à son secours tandis que Devin, au contraire, se plaçait au-dessous d'elle pour amortir sa chute en cas de besoin. Et ce fut ce qui se produisit : avant que Joseph Upshaw ait pu l'atteindre, la jeune fille lâcha prise et s'affala de tout son poids sur le comte. Il la cueillit dans ses bras, mais, déséquilibré par la violence de l'impact, il se renversa à son tour et ils se retrouvèrent enlacés sur le parquet, le souffle court, en état de choc.

Miranda pouvait à peine respirer, tant Ravenscar la serrait dans ses bras, mais elle s'avisa bientôt qu'elle s'accrochait à lui tout aussi farouchement. Elle ferma les yeux, saisie d'un frisson. Juste ciel ! L'espace de quelques secondes, elle avait bien cru sa dernière heure venue.

— Miranda ! cria M. Upshaw en redescendant précipitamment jusqu'à eux. Es-tu saine et sauve ? Jésus-Marie ! Tu m'as fait une peur bleue !

— Je… je crois que je suis entière, répondit sa fille, la voix étouffée par la chemise du comte.

Son père la saisit par un bras, l'aida à se relever. Elle lissa sa robe, si nerveuse qu'elle en tremblait et brûlait de se jeter au cou de Devin, en sanglots. Mais d'une part ce n'était pas dans ses façons, et, de l'autre, l'homme qui venait de la sauver méritait mieux qu'une attaque de nerfs.

Les mains crispées, elle se tourna vers lui, incapable cependant de sourire comme elle l'aurait voulu.

— Merci. Je vous dois la vie, déclara-t-elle d'une voix rauque.

— Je vous en prie. Je… j'ai vraiment craint le pire.

— Moi aussi, reconnut Miranda qui parvint enfin à se détendre un peu. J'aurais dû être prudente, vu l'état des boiseries.

Hochant la tête, Devin leva les yeux vers la cause de l'incident.

— Je ne pensais tout de même pas que cela en soit là.

Il fixa un long moment le bord de la loggia, les sourcils froncés.

— Tu devrais te reposer, ma chérie, suggéra Joseph en soutenant sa fille d'un bras. Viens, je te conduis jusqu'à ta chambre.

— Mais je dois aller voir M. Strong ! protesta Miranda. Il est largement plus de 2 heures, il va m'attendre.

— Ne vous souciez pas de lui, répondit Devin avec un grand sourire. Je vais le faire prévenir. M'est avis qu'il sera fort soulagé de remettre cet entretien à plus tard.

Les jambes flageolantes, Miranda acquiesça et suivit son père.

Devin resta figé où il était, le cœur tambourinant dans sa poitrine. Il n'oublierait jamais le terrible instant où il avait vu Miranda tomber dans le vide ; le monde avait paru s'arrêter.

Puis il se ressaisit et monta examiner les montants de la barrière, observant les endroits où celle-ci avait cédé. Ce qu'il constata l'épouvanta : en haut et en bas, de chaque côté, les travers avaient été sciés sur à peu près deux tiers.

Cet accident avait été voulu, et c'était Miranda qui était tombée dans le piège.

Le soir venu, calmée par le repos qu'elle avait pris dans sa chambre, Miranda refusa de reporter le mariage comme son entourage l'y incitait. La sollicitude dont elle faisait l'objet la gênait.

— Je vais tout à fait bien, je vous assure, insista-t-elle en souriant. J'ai surtout été blessée dans mon amour-propre. Pour le reste, c'est à peine si mon poignet me fait un peu souffrir. Il n'y a aucune raison de repousser la cérémonie.

Celle-ci eut donc lieu le lendemain en fin d'après-midi, dans la petite église du village. Elle fut simple et brève, ainsi que la jeune fille l'avait souhaité. Mais la quiétude du lieu, le parfum des brassées de roses blanches disposées de chaque côté de l'autel et la lumière dorée qui baignait les vieilles pierres en firent pour Miranda un moment magique, empreint de douceur, de beauté et de solennité. Les paroles du pasteur résonnèrent profondément dans son cœur et dans son âme. C'était exactement ce qu'elle avait souhaité, pensait-elle. C'était ainsi que cela devait se passer.

Heureuse de se sentir à son avantage dans sa ravissante robe de linon blanc brodé au plumetis, une merveille de pureté et de simplicité qui lui donnait la grâce aérienne d'une sylphide, sa taille de guêpe mise en valeur par une large ceinture-ruban incrustée, comme le voulaient les canons de la mode, elle baissa les yeux sur sa main droite que Devin retenait fermement dans la sienne. Sa large manche gigot, ample et légère, se resserrait gracieusement autour de son poignet, fermée par un revers brodé et un nœud de dentelle. Cela accentuait son air virginal, elle le savait, mais plus tard elle ôterait ces manches amovibles pour ne conserver que les courtes manches ballon auxquelles elles étaient retenues par des fronces, et couvrirait son large décolleté arrondi d'un châle de mousseline.

Près d'elle, son fiancé arborait une allure tout aussi romantique, avec son bel habit noir cintré à la taille et son élégant gilet de soie brochée à double boutonnage, larges revers et motif cachemire. L'observant à la dérobée, Miranda se demanda ce que dissimulait son beau visage impassible. Etait-il amer, heureux, ou contrarié à l'idée de perdre un peu de sa liberté, en dépit de leurs accords ? Eût-il souhaité une autre femme à son côté ? S'il songeait à Leona, elle ferait en sorte qu'il oublie très vite sa maîtresse, se promit-elle farouchement.

Ils regagnèrent Darkwater dans une barouche ouverte, salués tout au long du trajet par les villageois enthousiastes qui agitaient des mouchoirs, criaient leurs félicitations et leurs vœux de bonheur. Une grande fête serait organisée pour eux dans la prairie voisine du manoir, le soir, tandis que les Aincourt recevraient proches et amis dans le grand salon.

Comme elle décochait une œillade discrète à son nouvel époux, il lui répondit par un clin d'œil amusé.

— Tout ceci fait un peu féodal, n'est-ce pas ?

Miranda gloussa.

— C'est exactement ce que je pensais. Mon père doit être aux anges.

— Le contenter semble fort important pour vous.

— J'ai beaucoup d'affection pour lui, mais rassurez-vous : je ne fais jamais rien dans le seul but de lui plaire.

— Ne vous êtes-vous pas mariée pour le satisfaire ?

— Je me suis mariée pour mon propre plaisir, répondit spontanément la jeune fille, sans prendre le temps de réfléchir.

Une ombre intéressée passa dans le regard vert de son mari.

— Vraiment ? Dans ce cas, j'espère sincèrement que je saurai ne pas vous décevoir.

Miranda eut tôt fait de se ressaisir.

— Mon plaisir consiste à pouvoir agir à ma guise, précisa-t-elle. J'ai hâte de connaître la liberté d'une femme mariée, de ne plus être confinée aux teintes pastels pour mes toilettes et de pouvoir parler à un homme sans causer de scandale. Entre autres choses, bien entendu.

Devin la considéra un instant avec attention.

— Vous êtes réellement surprenante. La plupart des femmes songent à l'amour, quand elles parlent de mariage.

— Elles éprouvent le besoin d'enjoliver la réalité, voilà tout, rétorqua Miranda d'un ton bref. De tirer le meilleur parti possible d'une situation qui leur est imposée.

Sidéré, Devin éclata de rire.

— Ma chère lady Ravenscar, vous êtes désespérément directe.

L'expression de sa femme s'adoucit.

— Quel étrange effet, d'être appelée ainsi.

— Vous feriez bien de vous y accoutumer.

— Oui, sans doute.

Il étudia son visage pensif.

— Auriez-vous déjà des regrets ?

Elle leva les yeux vers lui et sourit.

— Non. Je me demandais simplement à quoi allait ressembler notre vie.

— Elle sera peu commune, j'en suis sûr.

— Oui, je le pense aussi.

Lorsqu'ils arrivèrent au manoir, Miranda s'octroya quelques minutes pour se recoiffer et modifier sa toilette. Puis ils entrèrent dans le grand salon, où une abondante collation avait été préparée pour leurs invités. Outre parents et amis, toute la *gentry* des environs avait été conviée, hobereaux et riches propriétaires prenant la place des aristocrates de haut rang qui eussent honoré de leur présence un mariage londonien préparé de longue date. Miranda avait quelque difficulté à saisir toutes les nuances sociales et mondaines en jeu dans ce genre de sélection. Aussi avait-elle volontiers laissé à sa future belle-mère le soin de s'en occuper.

L'étiquette qui présida à l'accueil de leurs hôtes, un moment plus tard, lui parut tout aussi ésotérique. Les jeunes mariés durent se placer à l'entrée du salon, encadrés par lady Ravenscar mère et son chevalier servant, l'oncle Rupert. Ensuite venaient Rachel et lord Westhampton, suivis comme il se devait par la famille Upshaw, repoussée en fin de rang.

Devin et sa mère se chargeant des présentations et de la conversation, Miranda se contentait de sourire et de répondre poliment, ce qui lui convenait tout à fait. Mais à un moment donné, alors qu'elle échangeait quelques mots avec le jeune médecin du village, elle sentit son mari se raidir près d'elle. Au même instant, le bras de sa belle-mère fut parcouru d'un frémissement convulsif. Intriguée, Miranda tourna la tête vers les nouveaux arrivants : une très vieille dame s'approchait du comte, souriante, appuyée sur une canne. Derrière elle se tenait Leona.

La maîtresse de Devin était venue à leur mariage.

— Miss Vesey, déclara Ravenscar d'un ton crispé, tandis qu'il s'inclinait sur la main de la vieille dame. C'est un plaisir de vous revoir, après tout ce temps.

— Un plaisir, en effet. Je ne sors plus beaucoup, vous savez. Par chance, lady Vesey a bien voulu m'accompagner aujourd'hui. Vous connaissez la femme de mon neveu, n'est-ce pas ?

— Oui, je connais lady Vesey, répondit Devin.

Il contrôlait sa voix, mais Miranda percevait son trouble et sa nervosité. Si seulement elle avait pu savoir ce qu'il ressentait ! Du côté de lady Ravenscar, au moins, les choses étaient claires : la comtesse était aussi tendue qu'une corde de violon, et elle brûlait manifestement de se jeter sur l'intruse pour la souffleter.

Leona, elle, arborait la mine hautement satisfaite d'une chatte venant de lécher un pot de crème. Elle portait une superbe robe de soie émeraude tout à fait décente, avec le large bouillonné qui couvrait ses épaules et le haut de sa gorge. Il n'en restait pas moins que sa taille bien prise et sa jupe évasée, bordée de deux rangs de volants, la rendaient suprêmement élégante. Elle étincelait tel un joyau dans un écrin, aussi séduisante de près que de loin.

Un frisson d'inquiétude parcourut Miranda tandis qu'elle observait les traits fins de sa rivale, son teint parfait, sa chevelure somptueuse et l'ambre troublant de son regard. Comment pouvait-elle espérer arracher Devin à une créature aussi ensorcelante ?

— Lord Ravenscar et moi sommes de vieux amis, déclara Leona en rivant des yeux rieurs sur le visage de son amant. N'est-ce pas, milord ? J'espère que vous ne m'en voudrez pas de cette apparition impromptue. Si miss Vesey n'avait eu besoin d'une escorte, je ne me serais jamais permis de m'imposer de la sorte.

— Certainement, intervint lady Ravenscar d'un ton glacial. Une dame ne se conduit pas aussi improprement. Bonsoir, lady Vesey.

Le regard de Leona glissa jusqu'à elle… et ce faisant s'arrêta sur Miranda. Le bref mouvement de surprise qui lui échappa, à peine perceptible, fit un bien fou à la jeune mariée. De toute évidence, lady Vesey s'attendait à une adversaire plus anodine.

— Permettez-moi de vous présenter l'épouse de mon fils, reprit la comtesse, la jeune lady Ravenscar. Miranda, voici lady Vesey, dont le mari possède un domaine proche du nôtre. De fait, nous nous voyons fort peu, lady Vesey passant le plus clair de son temps à Londres.

Miranda tendit la main à Leona.

— Ravie de vous rencontrer, lady Vesey. J'ai plaisir à connaître les amis de lady Ravenscar. Si nous avions su que vous vous trouviez dans la région, nous vous aurions envoyé une invitation.

Habilement, elle avait porté un double coup à sa rivale — la plaçant d'office dans la classe d'âge de la comtesse et lui rappelant qu'elle n'avait pas été invitée. Vexée, Leona sourit néanmoins avec condescendance, comme si elle attribuait ces remarques au manque de sophistication d'une petite Américaine sans le moindre usage du monde.

— Merci, milady. Vous êtes délicieuse, dans cette robe. Je gage que lady Ravenscar a dû prendre beaucoup de plaisir à vous constituer une garde-robe.

Miranda émit un petit rire amusé.

— Rassurez-vous, lady Vesey, je possédais quelques toilettes avant de rencontrer ma belle-mère.

— Je n'ai pas jugé utile d'accompagner Miranda dans ses emplettes, confirma la comtesse. Elle a un goût remarquable et sait fort bien, elle, ce qui convient ou non à une personne de bon ton.

Pour le plus vif plaisir de Miranda, le rose monta aux joues de Leona, directement visée par cette flèche acerbe. Avec une candeur fort bien imitée, la jeune fille renchérit :

— J'espère que nous nous reverrons, lady Vesey. Une jeune épouse a toujours à gagner des conseils d'une dame mariée depuis de longues années.

A l'offense qui se peignit dans les yeux de Leona s'ajouta une lueur d'incertitude. Manifestement, elle se demandait de nouveau si sa rivale l'insultait sciemment ou si elle ne mesurait pas la portée de ses paroles.

— J'espère vivement vous revoir aussi, milady, répondit-elle sèchement.

— Ce sera tellement gentil ! s'exclama miss Vesey d'un ton ravi. Je vous souhaite beaucoup de bonheur, lady Ravenscar.

— Moi de même, naturellement, ajouta Leona qui semblait incapable de prononcer dans son entier le titre de la nouvelle comtesse.

Malicieuse, Miranda décida de la mettre au pied du mur.

— Merci, lady Vesey.

— Lady Ravenscar, marmonna Leona avant de se détourner avec raideur pour continuer ses salutations.

Rupert Dalrymple lui jeta un regard horrifié, Rachel la gratifia d'une œillade glaciale et Michael se montra parfaitement correct. Miranda, amusée, vit son père serrer longuement la main de cette belle femme, tout en commentant avec son enthousiasme habituel le superbe mariage de sa fille. Devin, lui, jeta un coup d'œil à son épouse pour juger de sa réaction ; puis il se pencha vers elle et chuchota :

— Je suis désolé. Je n'aurais jamais pensé...

— Je n'en doute nullement, coupa Miranda avec un sourire placide.

Pour rien au monde elle ne voulait laisser voir sa jalousie, à son mari moins qu'à tout autre.

Sa revanche fut totale un peu plus tard, quand Devin l'entraîna au centre de la salle pour ouvrir le bal avec elle. Tous les regards étaient rivés sur eux et elle savait qu'ils formaient un très beau couple, merveilleusement accordé, un spectacle qui devait mettre Leona au supplice. Sans les quitter des yeux, lady Ravenscar se pencha vers sa fille, les lèvres pincées.

— L'attitude de cette femme est scandaleuse, murmura-t-elle. Grâce au ciel, Miranda ignore qui elle est ; elle ne peut se sentir blessée par cette insulte.

Rachel se garda de la détromper. Mais dès que les jeunes mariés eurent achevé leur valse, elle se dirigea vers sa belle-sœur, que Devin avait courtoisement laissée à leurs invités désireux de la féliciter. Miranda, saisie d'inquiétude, s'efforçait de ne pas chercher son mari des yeux. Après cette valse si romantique, qui l'avait transportée de bonheur, était-il allé retrouver sa maîtresse ? Elle répondait distraitement à ses admirateurs, souriant d'un air absent. Aussi fut-elle fort soulagée quand Rachel s'approcha et la prit par le bras, déclarant aimablement qu'elle devait enlever la nouvelle lady Ravenscar.

Un instant plus tard, passées dans le vestibule, les deux jeunes femmes s'assirent à l'écart dans l'embrasure d'une haute fenêtre, loin des oreilles indiscrètes.

— Je suis affreusement désolée, déclara aussitôt Rachel. Je n'avais aucune idée que Leona se trouvait dans le voisinage. Et jamais je n'aurais cru qu'elle oserait se montrer ici ce soir !

Miranda affecta un calme qu'elle était loin de ressentir.

— Ne vous inquiétez pas, répondit-elle d'un ton apaisant. Tout s'est passé pour le mieux. Et je suis si heureuse, après cette valse divine, que je n'ai nulle envie de penser à lady Vesey, ajouta-t-elle avec un grand sourire.

Une joie incrédule se peignit sur les traits de Rachel.

— Vous êtes heureuse ? Réellement ?

— Très heureuse. Mais pas autant que j'espère l'être dans l'avenir.

Ravie, sa belle-sœur posa une main sur son bras.

— Vous aimez Devin, n'est-ce pas ? Vous ne l'avez pas épousé que pour cette maison et ce train de vie ?

Miranda rit gentiment.

— Non. Je n'aurais jamais lié mon sort à quelqu'un pour ce genre de choses, qui peuvent aisément être achetées sans s'encombrer d'un mari.

— J'en étais sûre ! s'exclama Rachel, les yeux brillants. J'ai toujours été convaincue que vous pourriez rendre Devin heureux.

— Je ne puis le garantir, objecta Miranda avec un demi-sourire, mais je ferai de mon mieux.

En cet instant, lord Ravenscar parcourait le salon d'un air faussement nonchalant. Il distribuait des paroles aimables de-ci, de-là, mais son regard perçant ne cessait de chercher Leona. Il espérait pouvoir l'isoler discrètement des autres invités, afin de l'entraîner à l'écart et de lui parler. Enfin, il l'aperçut au fond de la salle, debout près d'une porte, en train de l'observer. Dès que leurs regards se croisèrent, elle inclina légèrement la tête vers la porte et s'éclipsa. Devin s'excusa auprès du cousin du pasteur et la suivit.

Sa maîtresse l'attendait un peu plus loin, dans le renfoncement du petit escalier qui conduisait aux jardins de derrière. Ensemble, ils descendirent les marches et sortirent dans la nuit tiède.

Quand Leona se tourna vers lui avec un sourire charmeur, Devin l'attrapa brutalement par le poignet, les yeux étincelants.

— Par tous les diables, à quoi pensez-vous ? demanda-t-il d'un ton furieux.

Le sourire de sa compagne se changea en une moue boudeuse.

— Vous n'êtes donc pas content de me voir ?

— Enfin, Leona ! C'est mon mariage !

Jetant un coup d'œil autour d'eux, Devin l'entraîna à l'abri d'une haie.

— Avez-vous perdu la raison ? Que faites-vous ici ?

D'un geste sensuel, lady Vesey posa une main sur son gilet.

— Ne m'en veuillez pas, mon chéri. Je voulais juste vous voir.

Comme Ravenscar demeurait impassible, elle recula d'un pas et le considéra avec rancœur.

— Vous n'avez même pas daigné me rendre visite avant votre départ ! Vous m'avez envoyé un simple billet !

— Vous m'avez refusé votre porte par trois fois, lui rappela froidement Devin. Cela devenait lassant.

— Naturellement ! Vous m'aviez insultée de la pire façon à l'Opéra, devant Stuart et Geoffrey. Vous méritiez une leçon.

Leona marqua une pause et sourit, le regard provocant.

— Je vous ai connu plus insistant, milord. Vous savez bien que je vous aurais reçu, à la longue.

— Je devais partir pour Darkwater, je n'avais pas de temps à accorder à ce genre de jeu, répliqua le comte. Mais je n'imaginais certainement pas vous voir ici.

— Que pouvais-je faire d'autre ? Je voulais connaître votre fiancée. En outre, j'ai pensé qu'il vous plairait peut-être… de vous divertir un peu, après ces quinze jours d'ennui à Darkwater. J'ai donc décidé de venir me reposer quelques semaines à Vesey Park, non loin de vous…

Elle s'approcha de nouveau de Devin, tentatrice. Il ne se départit pas de sa raideur.

— Ce n'était pas une raison pour venir faire un scandale ici ce soir.

Se haussant sur la pointe des pieds, Leona effleura ses lèvres d'un baiser.

— Depuis quand vous souciez-vous du scandale, mon chéri ? J'ai fourni quelques sujets de potins supplémentaires à vos invités, voilà tout. N'y sommes-nous pas habitués ? Et je suis prête à leur donner plus encore à jaser, si vous acceptez de venir me rejoindre de temps à autre à Vesey Park…

Elle glissa une main sous la redingote de son amant, coula les doigts dans la ceinture de son pantalon. Devin bondit en arrière.

— Sapristi, Leona ! Etes-vous folle ? La maison est pleine de monde, n'importe qui pourrait nous surprendre à tout moment ! Votre seule présence ici est une offense pour ma femme.

Elle plissa les paupières.

— Mon Dieu, mon Dieu ! Comme vous vous montrez protecteur pour votre petite épouse, tout à coup ! Je vous trouve bien provincial, Dev.

— Bonté divine ! Il s'agit de la nouvelle lady Ravenscar, désormais. Je ne puis la laisser insulter sous mon propre toit. Et qu'espériez-vous ? C'est vous qui m'avez poussé à l'épouser !

Les yeux de Leona flamboyèrent.

— Il n'était pas prévu que vous viriez au mari attentionné, mon cher ! Ni que vous veniez vous enterrer à Darkwater ! L'idée, c'était que vous l'épousiez pour sa fortune et que nous reprenions notre vie commune à Londres !

— Qui vous dit que je ne le ferai pas ? rétorqua Devin. Après un laps de temps décent, je compte retourner à Londres, en effet.

En prononçant ces mots, il éprouva pourtant une sorte de malaise. La pensée de quitter Miranda lui déplaisait étrangement.

— Un laps de temps décent ? répéta Leona d'un ton cinglant. Je rêve ! La décence n'était pas votre premier souci, il y a peu. Seriez-vous devenu convenable et respectable ?

Devin ne put s'empêcher de rire à cette image.

— Vraiment, ma chère, vous forcez le trait. Je me suis marié pour vous plaire. Mais je ne peux tout de même pas fausser compagnie à ma femme à peine sorti de l'église !

— Vous l'eussiez fait, autrefois.

Elle avait raison, pensa Devin. Il y a quelques semaines encore, il n'aurait pu supporter de s'étioler deux semaines entières à Darkwater ; il aurait rongé son frein, ne songeant qu'à Leona et brûlant de la rejoindre. Or il avait à peine songé à elle. A eux. Il n'avait pensé qu'à l'horripilante petite miss Upshaw.

— Vous prétendiez détester cette péronnelle, insista Leona.

— Je la trouve insupportable, c'est exact, répondit Devin avec un demi-sourire qui ne fit qu'exciter la jalousie de sa maîtresse.

Elle fronça les sourcils, la mine soupçonneuse.

— Ne me dites pas que vous éprouvez un penchant pour cette petite dinde insipide !

Il se remit à rire.

— Insipide n'est vraiment pas le terme que j'emploierais à son sujet. En revanche, insupportable est tout à fait juste. Nous ne pouvons rester deux minutes ensemble dans la même pièce sans nous quereller.

Leona parut rassurée. Elle l'eût été beaucoup moins, se dit Devin, si elle avait su qu'il ne pouvait trouver le sommeil en pensant à Miranda dormant dans la chambre voisine ; ou qu'il était impatient de descendre, le matin, pour le seul plaisir de la revoir. Certes, sa maîtresse n'avait jamais pris ombrage de ses passades, quand elles étaient purement sexuelles. Mais pour une raison ou pour une autre, il devinait qu'elle se montrerait moins compréhensive dans ce cas.

De fait, la belle lady Vesey songeait qu'elle avait connu l'ardeur du désir de Devin durant quatorze ans. Quand il avait envie d'elle, il se montrait ténébreux, passionné. Imprudemment peut-être, elle en conclut qu'il n'emploierait pas ce ton léger au sujet de sa femme, s'il la désirait de la sorte.

Elle lui dédia l'un de ses rires de gorge, si sensuels.

— Bien, murmura-t-elle. Vous saurez où me trouver, quand vous serez lassé de jouer les chevaliers servants.

— Oui, répondit platement Ravenscar. A présent, voulez-vous avoir l'amabilité d'aller quérir votre tante et de rentrer sans attendre à Vesey Park ?

Une nouvelle flambée de colère envahit Leona. Cette soirée ne s'était pas déroulée selon ses vœux. La petite Américaine était beaucoup moins ordinaire qu'elle ne s'y attendait. Elle n'avait rien d'une beauté, certes, mais elle possédait un charme piquant. Et du caractère ! Non seulement elle ne s'était pas laissée intimider, mais elle avait paru tout à fait à son aise dans son nouveau rôle, élégante et souriante aux côtés de Devin dans sa ravissante robe blanche. Quant à ce dernier, elle ne l'avait jamais vu aussi froid ni aussi distant avec elle. Une attitude qui augurait mal de l'avenir.

— Oui, je m'en vais de ce pas, annonça-t-elle d'un ton coupant. Et comme je n'apprécie guère votre nouveau personnage, je pense même regagner Londres dès demain. Je connais plusieurs *gentlemen* qui seront ravis de me distraire, pendant que vous jouerez les notables de province !

Elle tourna les talons et s'éloigna, convaincue d'avoir si bien attisé la jalousie de son amant qu'il ne tarderait pas à la rejoindre. Son dépit aurait atteint des sommets, si elle avait pu deviner les pensées du comte : en lui-même, Devin espérait vivement qu'elle mettrait sa menace à exécution et qu'il n'aurait plus à redouter d'autre esclandre.

Il attendit quelques minutes, puis rentra et se mit en quête de Miranda.

Ravenscar ne savait trop à quoi s'attendre, mais certainement pas à la jeune personne rieuse qui délaissa un instant Michael et Rachel pour se tourner vers lui, l'air parfaitement tranquille.

— Ah, vous voici, Devin. Je me demandais où vous étiez.

Ni rancœur, ni doute, ni jalousie dans ses grands yeux gris. Elle savait pourtant qui était Leona ! pesta-t-il en lui-même. Cette totale indifférence semblait bien prouver qu'elle était sincère, en affirmant qu'il resterait libre de garder sa maîtresse. Mais il ne pouvait s'empêcher de trouver une telle attitude révoltante.

De fait, Miranda avait éprouvé un tel soulagement en le voyant revenir si vite qu'elle en avait oublié aussitôt les affres du dernier quart d'heure. Quand elle avait rejoint le grand salon avec Rachel et qu'elle n'avait aperçu ni son mari, ni Leona, son sang n'avait fait qu'un tour. La violence de sa déception et de ses craintes l'avait déconcertée.

Les sentiments que cette femme inspirait à Devin étaient-ils si vifs, qu'il n'ait pu résister au désir de la suivre dans quelque obscur recoin ? Elle n'avait osé imaginer ce qui était peut-être en train de se passer. Et

Rachel partageait son inquiétude, apparemment, car il était clair qu'elle cherchait aussi son frère des yeux.

Mais Devin était là, à présent. Elle pouvait se détendre. Elle ne serait pas une jeune épouse comblée, ce soir-là — elle l'avait voulu ainsi — mais au moins ne serait-elle pas publiquement bafouée et abandonnée.

Le sourire éclatant de Rachel lui prouva que sa belle-sœur était aussi soulagée qu'elle.

— Tu reviens au bon moment, Dev. N'est-il pas temps que les jeunes mariés s'éclipsent ?

— Déjà ? s'exclama Miranda avec stupeur. La soirée bat encore son plein !

— Oui, mais la coutume veut que les nouveaux époux s'en aillent bien avant la fin, insista la jeune femme.

En elle-même, Miranda se demanda si Rachel ne voulait pas surtout l'éloigner au plus tôt de Leona. Cette précaution lui semblait inutile : de toute évidence, Devin s'était entretenu avec lady Vesey et l'avait incitée à partir. Une scène qu'elle préférait ne pas évoquer. Cela dit, elle ne voyait pas d'inconvénient à quitter le salon. Garder un front serein lui avait beaucoup coûté, ces dernières minutes, et elle envisageait avec plaisir de retrouver le calme de sa chambre.

— Partons-nous ? s'enquit son mari. Je me porte garant de vous enlever sans que personne ne s'en rende compte.

— J'apprécierais vivement une telle discrétion, répondit Miranda avec sincérité.

Il se mit à rire.

— Soyez tranquille, je possède une grande expérience de ces sorties en catimini. Il est rare que je supporte ce genre d'épreuve jusqu'au bout.

A mi-voix, il lui expliqua son plan à l'oreille :

— D'abord, nous allons nous approcher du buffet et remplir nos assiettes. Ensuite, comme si de rien n'était, nous nous rapprocherons peu à peu de la porte en feignant de chercher des sièges vacants. Et quand nous serons tout près du seuil, hop ! nous disparaîtrons, ni vu, ni connu.

Miranda gloussa, séduite par l'aventure. Tout se déroula comme prévu. Un moment plus tard, riant comme des écoliers en goguette, ils s'engouffrèrent dans l'escalier de service avec leur assiette et grimpèrent deux étages sans s'arrêter.

— Où allons-nous ? demanda la jeune fille, hors d'haleine.

— Pique-niquer, ma chère. Je suis affamé. Pas vous ?

— Si.

Souriant, Devin ouvrit une porte et tendit son assiette à sa femme pendant qu'il allumait une lampe. Quand la flamme se stabilisa, Miranda médusée découvrit qu'ils se trouvaient dans la nursery.

— La chambre d'enfants ? s'exclama-t-elle.

— Exactement. N'avons-nous pas tout ce qu'il nous faut ? Une table, des chaises… Un peu basses peut-être, mais nous nous y ferons.

Avec une courbette, il offrit un siège minuscule à sa compagne.

— Si madame la comtesse veut bien prendre place…

— Merci, milord, répondit Miranda avec un sourire ravi.

Ils s'installèrent et elle s'esclaffa en voyant Devin assis face à elle, les genoux sous le menton. Il mima la sévérité.

— Un peu de respect, madame. Je suis le maître de céans.

— Je n'oserais songer à me gausser de vous, milord, assura la jeune fille d'un ton solennel.

Gravement, elle commença à piquer dans son assiette. La nervosité l'avait empêchée d'avaler quoi que ce fût, jusqu'alors, et elle se découvrait une faim de loup. Tandis qu'ils se restauraient, Devin lui contait des épisodes de son enfance. La fois où il s'était caché dans un placard pour effrayer ses sœurs, par exemple, et où il s'était endormi... Tout le château s'était mis à sa recherche, le croyant perdu.

— La première d'une longue série de mésaventures, conclut-il d'un air faussement contrit.

Ils rirent et bavardèrent une bonne heure, accroupis dans leurs habits de mariés, indifférents à l'incongruité de la scène. Miranda, enchantée, se disait qu'elle n'aurait pu rêver plus joyeux repas de noce.

Lorsqu'ils furent rassasiés, ils gagnèrent l'estrade qui servait aux musiciens, autrefois. C'était une petite avancée de bois, protégée par des lattis, qui offrait une vue plongeante sur le grand salon situé au-dessous. En chuchotant, les nouveaux époux observèrent un moment les invités, enveloppés par les rires, la musique et les bruits de conversation qui montaient d'en bas.

— Mes sœurs et moi venions nous cacher ici quand nos parents recevaient, expliqua Devin à mi-voix. Une fois que notre gouvernante s'était endormie, bien sûr. Ces soirées étaient plutôt mornes, mais nous nous amusions beaucoup quand même, parce que c'était défendu.

— Les choses défendues sont toujours les plus drôles, acquiesça Miranda.

Un peu plus tard, quand le comte la prit par la main pour la conduire à sa chambre, Miranda trouva la chose tout à fait naturelle. Cette tendre complicité ne faisait que prolonger l'atmosphère légère et détendue de leur soirée. Pourtant, en même temps, elle se sentait étrangement troublée par ce contact, par la chaleur de cette peau contre la sienne, par le parfum masculin qui émanait de Devin. Cet homme qu'elle connaissait à peine était son mari, désormais.

Lorsqu'ils atteignirent sa porte, Devin l'ouvrit et s'écarta pour la laisser entrer. Miranda franchit le seuil et se retourna, prête à lui souhaiter une bonne nuit, mais il entrait déjà derrière elle.

— Que... que faites-vous ? demanda-t-elle d'une voix altérée.

Devin referma l'huisserie et riva sur elle son regard brillant.

— Cette nuit est votre nuit de noces, Miranda. Et je suis votre mari.

13.

Le souffle coupé, Miranda ne put que dévisager fixement Devin tandis qu'il s'approchait d'elle et posait les mains sur ses épaules. Avec douceur, il la fit pivoter sur elle-même.

— Votre femme de chambre ne viendra pas, ce soir. C'est moi qui vais la remplacer.

Il commença à défaire les minuscules boutons nacrés qui fermaient la robe de la jeune fille, ses doigts effleurant le haut de son décolleté. Miranda frémit, s'efforça de rassembler ses esprits.

— Ne vous donnez pas cette peine. Il me suffit de sonner, et…

— N'est-il pas plus simple que je m'en occupe moi-même ?

Atterrée, la nouvelle lady Ravenscar sentit les deux pans de sa robe s'écarter, dénudant son dos. Comme elle plaquait une main sur le devant de son corsage pour le maintenir en place, des lèvres chaudes et veloutées se posèrent sur sa peau nue au-dessus de sa chemise.

— Devin…

Choquée par le son rauque de sa voix, elle s'éclaircit la gorge. Puis elle se raidit et s'arracha à ce délicieux contact.

— Je vous en prie. N'insistez pas.

Loin de lui obéir, Ravenscar coula les mains sous l'étoffe, repoussa les manches de la robe le long de ses bras, caressa ses épaules. Miranda avait la sensation que sa peau prenait vie sous ses doigts.

— Oh, si. Je compte bien insister, la contredit-il en semant des baisers le long de sa clavicule, au creux de son cou. J'insisterai jusqu'à ce que vous soyez mienne. Entièrement.

— C'est précisément ce que nous sommes convenus d'éviter, protesta la jeune fille d'un ton altéré.

— Non. C'est ce que vous avez décidé d'éviter. Pas moi. Je ne vous ai jamais donné mon accord sur ce point.

Tandis que Miranda essayait désespérément de se souvenir s'il disait vrai, Devin poursuivit ses caresses. Il poussa l'audace jusqu'à repasser les mains sous les pans béants de sa robe, cernant sa taille, remontant lentement de son estomac vers sa poitrine. Et sa bouche continuait à taquiner sa nuque, son oreille, la ligne sensible de sa mâchoire. Un long frisson parcourut la jeune fille, un gémissement lui échappa.

— Vous voyez..., murmura son mari. Vous auriez tort de nous priver de ces plaisirs. Un mariage peut aussi servir à cela.

Quand ses doigts habiles se refermèrent sur ses seins, tellement tentateurs à travers la fine batiste de sa chemise, le désir qui envahit Miranda faillit avoir raison d'elle. Si elle cédait, elle pouvait passer la nuit avec cet homme magnifique, découvrir grâce à lui tous les troublants secrets de la passion charnelle. De fait, elle en brûlait d'envie. Mais elle perdrait alors la seule arme dont elle disposait. Et elle ne pourrait plus aspirer à la seule chose qu'elle voulait vraiment.

— Non.

Affermissant sa voix et sa volonté, elle s'écarta et refit face à Devin.

— Non, répéta-t-elle. Cela ne fait pas partie de notre arrangement.

Les yeux du comte étaient assombris par le désir, son visage tendu par la faim qu'il avait d'elle.

— Oubliez donc cette histoire, rétorqua-t-il. Rien ne nous oblige à respecter des limites aussi arbitraires.

— Ces limites sont capitales pour moi, milord. Je n'ai accepté ce mariage qu'à cette condition. Je tiens à ce que nous restions…

Il l'interrompit en l'attirant à lui pour l'embrasser sans réserve. Miranda ploya entre ses bras, incapable de résister au plaisir immédiat qu'il lui prodiguait. Mais quand le comte détacha ses lèvres des siennes pour reprendre ses assauts, sa voix de velours aussi persuasive que ses caresses, ce fut précisément cette volonté calculée de la séduire qui sauva la jeune fille. Elle s'écarta de nouveau et recula d'un pas, le dos raide.

— Je vous ai dit non, milord. Vous êtes un séducteur expérimenté, cela ne fait aucun doute, mais je n'ai nulle envie de me laisser charmer. Pour moi, un mariage ne peut contenir à la fois l'intimité entre époux et des aventures extra-conjugales. Je ne suis pas faite pour ce genre de partage. Je persiste donc à vouloir garder ces deux domaines séparés : une union d'intérêt d'un côté, les plaisirs de la chair de l'autre.

Devin se rembrunit.

— Bonté divine ! s'exclama-t-il d'un ton irrité. Je ne vois pas pourquoi nous ne pourrions aussi connaître ensemble…

— Je le vois fort bien, moi, coupa Miranda. Votre réaction en est la preuve. Les émotions ne peuvent que compliquer inutilement une relation qui doit rester une relation d'affaires.

— Tout le monde n'est pas aussi froid et rationnel que vous !

— Je crains que non, en effet. Mais quand vous réfléchirez calmement à ce point de vue, vous conviendrez que j'ai raison, j'en suis sûre. Le commerce des corps est susceptible d'engendrer des sentiments superflus dont nous avons tout avantage à faire l'économie. Pour notre tranquillité mutuelle, mieux vaut cantonner ce genre d'inconvénient à des personnes extérieures.

Une flamme dangereuse s'alluma dans le regard furieux du comte. Les mâchoires contractées, il serra les poings.

— Vous redoutez sans doute que votre autorité perde de son tranchant, si d'aventure des émotions venaient à la troubler. Vous vous refusez à abandonner un instant le contrôle de la situation, fût-ce au lit ! Et je vous comprends : un mari qui n'est qu'un étranger — voire un subordonné — est certainement plus aisé à commander !

— Il ne s'agit nullement de cela ! se récria Miranda, choquée qu'il pût lui prêter un tel amour du pouvoir.

— Ah non ? persifla Devin. Quels sont vos motifs, alors ?

— Les mêmes que les vôtres, si j'ai bonne mémoire. Ne souhaitiez-vous pas conserver votre liberté ?

— Si, bien sûr.

— Eh bien moi aussi, voilà tout. Je vous demande simplement de respecter notre convention de départ.

Il secoua la tête, visiblement dépassé par son entêtement.

— Encore une fois, Miranda, nous pourrions à la fois rester libres et agrémenter ce mariage…

— Non, maintint-elle en soutenant calmement son regard. Pour moi, un tel mélange est inconciliable. Ou un mariage est réel et total, ou il est fictif. Le nôtre appartient à cette dernière catégorie. Ce n'est pas mon autorité sur vous, que je craindrais de perdre s'il en était autrement, mais le contrôle de mes propres sentiments. Lorsqu'une femme se donne à un homme, elle cesse d'être objective. Elle n'est plus à l'abri de la jalousie ou de la souffrance. Si je venais à m'attacher à vous pour des raisons aussi fausses que la pure satisfaction des sens, cet attachement risquerait vite de devenir gênant. Je n'ai pas l'intention de passer ma vie à me demander où vous êtes et avec qui, ni de panser mes blessures en silence. Vous le voyez donc, la seule solution est que nous gardions nos distances.

Devin la considéra un long moment sans mot dire. Puis il acquiesça d'un bref signe de tête.

— Bonne nuit, Miranda.

Il tourna les talons et sortit.

Miranda eut du mal à trouver le sommeil. Elle se sentait terriblement seule, regrettait d'avoir repoussé Devin. Plus d'une fois, elle faillit se lever pour aller le rejoindre. Elle réussit pourtant à tenir bon. Tout ce qu'elle avait dit était vrai — hormis qu'elle tenait déjà à son mari. Bien trop à son gré. Son refus de consommer leur union n'était pas qu'une simple stratégie visant à gagner son amour — absolu et sans partage. Si elle lui cédait, elle le savait, elle lui livrerait son cœur de façon si irrévocable qu'elle ne pourrait plus vivre sans lui.

A son réveil, le lendemain matin, elle avait retrouvé son optimisme et sa confiance en elle. Elle descendit d'un pas allègre, prête à s'immerger dans ses projets.

Le paysagiste devant venir dans l'après-midi et l'architecte le lendemain, elle décida de laisser le manoir de côté pour s'occuper du domaine. Elle convoqua l'intendant dans la bibliothèque, dont elle avait décidé de faire son quartier général, et invita Rupert à l'accompagner — plus par courtoisie que par souci d'efficacité. Manifestement, l'oncle de Devin ne s'était pas montré très habile à gérer la propriété, toutes ces années.

Comme elle s'installait à la longue table, entourée de son père et des deux hommes, elle eut la surprise de voir entrer son mari. Il sourit légèrement devant son air étonné.

— L'ennui peut avoir des conséquences positives, murmura-t-il en passant près d'elle. C'était soit cette réunion, soit une séance de tapisserie au petit point avec ma mère et Rachel.

— Je suis contente que vous soyez là, répondit Miranda. Il s'agit de votre domaine, après tout.

Rupert salua son neveu d'un ton enjoué.

— Bonjour, mon garçon ! C'est bien la première fois que je vous vois vous pencher de votre plein gré sur vos affaires. Serait-ce la présence d'une dame ? suggéra-t-il avec un clin d'œil.

— Ma femme est certainement plus plaisante à contempler que Strong et vous, mon oncle, admit Devin d'un air placide. Nous vous écoutons, Miranda.

La jeune fille eut un petit sourire crispé.

— Je ne m'attendais pas à un public aussi nombreux, avoua-t-elle. De fait, je pensais surtout procéder à une première estimation générale avec M. Strong. Mais je suis certaine que vos interventions et celles de M. Dalrymple pourront m'être utiles. M'avez-vous apporté les documents que je vous ai demandés, monsieur Strong ?

— Je... j'ai fait de mon mieux, madame, bredouilla l'intendant.

Rupert toussota.

— Ma chère nièce — si vous me permettez de vous appeler ainsi —, je dois vous dire que cette situation me surprend quelque peu. Auriez-vous réellement l'intention de gérer le domaine ? Cela ne s'est jamais vu ! Que vous vous occupiez de la maison passe encore, mais...

Miranda lui sourit aimablement.

— Monsieur Dalrymple — oncle Rupert —, je n'ai jamais eu beaucoup de goût pour les tâches domestiques. En outre, Mme Watkins et M. Cummings me semblent fort aptes à diriger le manoir à ma place. Je m'entretiendrai régulièrement avec eux, bien entendu, mais je compte consacrer le meilleur de mon temps et de mon énergie à redresser les finances de lord Ravenscar. Et soyez sans crainte, j'ai une grande expérience des affaires.

Rupert se tourna vers son neveu, l'air ahuri et fort troublé.

— Voyons, Devin... je ne saisis pas très bien. Lady Ravenscar sait-elle que je suis votre fondé de pouvoir ?

— Je suis désolée, mon oncle, mais vous ne l'êtes plus depuis plusieurs années, déclara Miranda le plus délicatement possible. Votre mandat a expiré voilà cinq ans et n'a pas été renouvelé. Légalement, lord Ravenscar est le seul administrateur de ses biens depuis cette date. Ce qui accroît d'autant votre mérite, ajouta-t-elle avec diplomatie.

Cramoisi, Rupert cacha sa vexation et son embarras derrière une nouvelle quinte de toux.

— J'avoue que je ne m'étais pas préoccupé de ce genre de détail, marmonna-t-il. J'ai fait ce qu'il y avait à faire, voilà tout.

— Et je suis sûre que Devin vous en sait gré, renchérit la jeune fille. Par ailleurs, vos conseils seront toujours les bienvenus, même si vous apprécierez certainement d'être déchargé de vos responsabilités et du travail qu'elles impliquaient. Jusqu'ici, je me suis surtout consacrée à des acquisitions de terrains ou d'immeubles. Sans oublier ma participation au percement du canal de Pennsylvanie, bien sûr. Une grande aventure.

Devant l'expression hébétée de Rupert, elle expliqua :

— Il s'agissait de relier des gisements d'anthracite à leurs marchés naturels, Philadelphie et New York. Mais c'est une autre histoire.

— Oh.

Visiblement impressionné, le *gentleman* desserra légèrement sa cravate.

— De fait, ma chère, je serai ravi de vous assister dans la mesure de mes moyens, bien entendu. Mais réflexion faite, je ne serai pas mécontent non plus de vous abandonner ma charge. Il m'était fort pénible de voir ce domaine péricliter d'année en année... et de manquer des fonds nécessaires pour arrêter son déclin.

— J'en suis certaine, compatit Miranda, tout en gardant pour elle des conclusions plus critiques. La propriété est très étendue, n'est-ce pas ?

— Près de dix mille acres, intervint Strong. Mais une bonne part est située dans les Roaches, une région montagneuse qui ne produit rien.

— Les Roaches ?

— Oui. Une contrée sauvage et désolée qui termine la chaîne Pennine, précisa Rupert. Rien que des collines et des rochers sans le moindre intérêt, comme Strong vient de le dire.

— Mais d'une beauté fort singulière et très prenante, ajouta Devin. Nous nous y rendrons un jour à cheval, si cela vous tente.

— J'en serai ravie, répondit sa femme en lui souriant. J'ai bien l'intention de parcourir l'ensemble du domaine, pour savoir à quoi je vais m'atteler. Et pour rencontrer vos fermiers et vos métayers, également.

— Tout ce que vous voudrez.

— Je serais très heureux aussi de vous faire visiter certains lieux, ma nièce, renchérit Rupert.

Il se tourna vers le comte.

— Pourquoi ne commencerions-nous pas par une promenade le long de la rivière, Dev ? C'est un endroit charmant. Nous pourrions même organiser un pique-nique.

— Tout à fait d'accord, acquiesça Devin.

— Parfait, conclut Miranda. Maintenant, monsieur Strong, passons aux revenus. Ils sont essentiellement agricoles, je suppose.

— En effet, madame. Et constitués par des fermages. Toutefois, ceux-ci n'ont cessé de diminuer ces dernières années ; la terre ne produit plus autant.

— Il faudra y remédier. Je me procurerai les traités de M. Jefferson sur les méthodes modernes d'agriculture, mais je présume que certains grands propriétaires anglais ont dû se pencher sur la question, eux aussi. En ce qui concerne les comptes, je les étudierai en détail avec le secrétaire de mon père, M. Baldwin. Si nous remontons plusieurs années en arrière, cela devrait nous permettre de circonscrire les problèmes.

— Bien, madame, murmura l'intendant d'une voix mal assurée.

— Voilà. Ce sera tout pour aujourd'hui.

Rupert se mit à rire.

— Eh bien, mon neveu, on peut dire que votre jeune épouse est une véritable tornade !

Devin regarda sa femme. Un sourire flottait sur ses lèvres.

— Oui, approuva-t-il. Je crois qu'on peut le dire.

Miranda s'installa dans sa nouvelle vie avec une facilité qui la surprit elle-même. Elle partageait ses journées entre des réunions de travail avec l'architecte, le paysagiste et Hiram Baldwin — M. Strong se montrant si nerveux en sa présence qu'elle avait chargé le secrétaire de la remplacer et de la tenir informée des résultats de ses vérifications. Il lui restait encore assez de temps pour retrouver Rachel, qu'elle appréciait davantage de jour en jour, et faire de longues promenades d'exploration avec Veronica.

Devin l'étonnait en la rejoignant plus souvent qu'elle ne s'y était attendue. Pour tromper son ennui, disait-il, mais Miranda le soupçonnait de s'intéresser de fort près à la restauration du manoir, qu'il connaissait par ailleurs beaucoup mieux qu'elle ne l'aurait pensé. Il l'accompagnait aussi dans ses excursions, plaisantant gentiment avec Veronica, et sa présence enjouée et malicieuse rendait ces sorties plus attrayantes encore. Enfin, il n'était jamais à court d'inventions pour distraire son entourage, même lorsqu'ils étaient confinés à l'intérieur lors d'une journée maussade et pluvieuse.

La seule chose qui tourmentait Miranda, la rendait souvent nerveuse et insatisfaite, c'était que son mari n'avait plus remis en cause leurs *conventions*, ni reconduit ses tentatives de séduction. Il semblait avoir accepté sa décision avec une docilité déconcertante — à se demander s'il la désirait encore ou s'il n'allait pas satisfaire ailleurs ses pulsions charnelles. La présence de Leona à Vesey Park n'avait rien de rassurant en ce domaine. Pourtant, de temps à autre, les regards ténébreux qu'il lui jetait faisaient battre son cœur plus vite. Et dans ces moments-là, réconfortée, elle était certaine de ne pas lui être indifférente.

Elle n'eût plus eu le moindre doute si elle avait pu lire dans les pensées de Devin. Ce qu'il éprouvait pour sa femme était si contrariant qu'il ne se reconnaissait plus lui-même. D'une part, le désir qu'elle lui inspirait devenait plus obsédant de jour en jour, le poussant à la rejoindre partout où elle se trouvait ; de l'autre, il était dépité de la voir si détachée à son égard et se répétait qu'elle n'était pas la seule femme attirante au monde, après tout. Dans peu de temps, il regagnerait Londres et reprendrait sa vie de plaisir. Seulement voilà : il ne s'ennuyait pas assez à Darkwater pour avoir envie d'en partir.

Par son esprit délié et son humour, Miranda rendait attrayantes les plus mornes des distractions. Ses amis se seraient bien gaussés de lui, s'ils l'avaient vu jouer aux charades en famille ! Sans omettre le plaisir qu'il avait à contempler sa charmante comtesse et à se remémorer les délices de leurs rares étreintes. Des évocations qui le tenaient souvent éveillé une partie de la nuit, et l'amenaient plus d'une fois à chercher l'apaisement dans l'alcool. Pis encore : il s'était avisé, non sans remords, que l'idée de rejoindre Leona ne le tentait plus autant. Et même plus du tout. Lors de leur dernière entrevue, les chatteries de sa maîtresse l'avaient laissé de marbre. A ce moment-là déjà, il avait surtout pensé à protéger son épouse de l'offense que la présence de lady Vesey représentait pour elle. Or jamais, en quatorze ans, une autre femme n'avait pris le pas sur Leona.

Tout ceci le tourmentait étrangement. Il avait beau se dire que les choses rentreraient dans l'ordre s'il pouvait mettre Miranda dans son lit, il savait bien que ce n'était pas aussi simple. Quelque chose le retenait d'essayer de la séduire. Elle lui avait avoué sa crainte de souffrir, si d'aventure elle s'attachait à lui. Et pour la première fois de sa vie, en voyant son expression lorsqu'elle lui avait fait cet aveu, il s'était dit qu'il préférerait renoncer à elle plutôt que de la blesser. L'idée de l'abandonner lorsqu'il se serait lassé d'elle — ce qui ne pourrait manquer d'arriver — lui était tout simplement intolérable. Mais il ne pouvait non plus se défaire de tout espoir, ni se résoudre à s'éloigner. Alors il continuait à la désirer de loin, en silence, se sentant plus ridicule et plus indécis qu'il ne l'avait jamais été.

La situation prit un nouveau tour une huitaine de jours après leur mariage. Faute de mieux, lady Ravenscar mère avait décidé d'inviter à dîner le pasteur et sa femme, ainsi que le médecin du village. Ce dernier était beaucoup trop jeune et trop bien fait de sa personne qu'il ne seyait à un simple docteur de campagne, avait pensé Devin d'emblée. Son humeur, maussade lorsqu'il s'était mis à table, n'avait pas tardé à devenir massacrante ; car Miranda, assise à côté du séduisant Dr Browning, paraissait entièrement absorbée par le discours de son voisin. Pis encore, ils continuèrent leur conversation dans le salon, après le repas. Et ils semblaient si bien s'entendre qu'un doute finit par assaillir le comte : sa femme aurait-elle choisi ce petit docteur pour en faire son premier amant ? Elle était américaine, après tout. Ce n'était pas la différence de classe qui allait l'arrêter.

Au bout d'un moment, las de ronger son frein en observant sous cape les deux tourtereaux, il se leva brusquement et sortit sans saluer personne.

Miranda suivit le départ de Devin d'un œil surpris… et très déçu. Quelle mouche l'avait-elle piqué, pour partir de la sorte ? Depuis plus d'une heure, elle espérait que son mari allait suggérer une partie de cartes ou un divertissement quelconque — n'importe quoi susceptible de l'arracher à l'interminable monologue du Dr Browning. Au début du repas, elle s'était intéressée à lui par politesse. Navrante erreur. Depuis, le jeune médecin lui avait infligé le récit détaillé de sa vie, de sa formation, ainsi qu'un catalogue complet de toutes les maladies qu'il avait eu à traiter dans le village.

La jeune fille se sentit profondément soulagée quand la femme du pasteur annonça que son époux avait un sermon à terminer, et qu'ils devaient malheureusement prendre congé. Le Dr Browning parut comprendre qu'il ne pouvait décemment s'attarder plus longtemps. Michael, qui devait partir le lendemain matin, annonça à son tour qu'il souhaitait se coucher de bonne heure. Rachel et lady Ravenscar, probablement rompues d'ennui, le suivirent. Il ne resta plus à Miranda qu'à faire de même.

Sa femme de chambre vint l'aider à se dévêtir et à se préparer pour la nuit. Mais un moment plus tard, allongée dans son lit, la jeune fille comprit qu'elle ne réussirait pas à dormir. Il était trop tôt. Elle se leva, passa un déshabillé de percale sur sa chemise de nuit, enfila ses mules et descendit à la bibliothèque, nantie d'une lampe à huile.

Alors qu'elle arrivait à la hauteur du cabinet de travail de Devin, un rai de lumière qui filtrait sous la porte l'intrigua. Elle poussa le battant entrouvert et découvrit son mari avachi à sa table, en bras de chemise, son col dégrafé et une bouteille de whisky à sa portée. D'un air morne, il lançait des dés, une fois de la main droite, une fois de la main gauche. Et il faisait des commentaires à mi-voix.

— Vous parlez tout seul ? s'enquit Miranda d'un ton amusé, en pénétrant dans la pièce.

Devin leva les yeux et sursauta.

— Miranda ! Que faites-vous ici ?

Un désir intense lui traversa les reins. Jamais il ne l'avait vu si séduisante. La lueur de sa lampe auréolait d'un halo de douceur son délicat peignoir blanc, dont l'échancrure révélait une chemise diaphane. Mais surtout, ses longs cheveux mordorés tombaient sur ses épaules, librement épandus, invitant aux caresses. En cette seconde, il la convoita plus passionnément qu'il n'avait jamais convoité aucune femme, lui sembla-t-il.

— J'étais descendue chercher un livre à la bibliothèque, répondit-elle, et j'ai vu de la lumière en passant. Que faites-vous ?

— Je joue ma main droite contre ma main gauche, expliqua Devin sans la quitter des yeux. C'est tout ce que j'ai trouvé pour me distraire. N'avez-vous pas sommeil ?

L'expression brûlante de son regard et la façon dont il parcourait sa silhouette rappelèrent brusquement à Miranda la légèreté de sa tenue — un ensemble que sa modiste lui avait confectionné pour sa lune de miel.

— Non. Et tout le monde est allé se coucher dès que nos invités sont partis.

— Vous vous êtes séparée à regret de ce charmant docteur, je suppose, dit Devin d'un ton sarcastique.

D'une main qui tremblait légèrement, il vida son verre et se versa une nouvelle rasade. Miranda fronça les sourcils.

— Avez-vous bu ainsi toute la soirée ?

— Oui.

— Pourquoi êtes-vous parti si brusquement ?

— Vous le demandez ? Il m'était désagréable de contempler ma femme en train de séduire son prochain amant.

Miranda ouvrit des yeux horrifiés.

— Devin !

— Vous étiez suspendue à ses lèvres.

Il était jaloux ! Ce constat réjouit la jeune fille, en dépit de la scène qui menaçait.

— Il me décrivait son travail, répondit-elle prudemment.

— Et vous trouviez cela passionnant à ce point ?

Lentement, Devin se leva et contourna la table pour venir toiser sa femme. Le souffle tremblant, elle s'efforça de lui cacher son trouble.

— C'est un homme sérieux, qui se rend utile à son prochain au lieu de boire et de jouer aux dés, rétorqua-t-elle.

Devin rit sèchement.

— Il vous plaît donc, ma chère petite épouse ! C'est avec lui que vous comptez faire votre première entorse à notre mariage ! Je vous souhaite bien du plaisir. S'il est aussi ennuyeux au lit qu'à table…

— Ce sera à moi d'en juger.

Hors de lui, Devin l'empoigna par un bras.

— Non, vous n'en jugerez pas ! Je vous l'interdis !

— Pardon ? se récria Miranda. Vous vous permettez de me donner des ordres ?

— Et comment, ma chère ! Vous n'approcherez plus cet homme, est-ce clair ? Comment avez-vous pu croire que je vous laisserais m'être infidèle ? Je ne suis ni assez bas, ni assez faible pour cela !

Le désir qu'elle lui inspirait l'ébranlait tout entier.

— Que devrai-je faire, dans ce cas ? s'enquit Miranda, mi-satisfaite, mi-effrayée par sa colère.

— M'appartenir. A moi et à moi seul.

L'attirant à lui, il glissa une main sous son peignoir et s'empara brutalement de sa bouche.

14.

La bouche de Devin était brûlante et affamée sur la sienne, sa main glissait sur le haut de sa gorge, cherchait nerveusement le liseré de sa chemise. Incapable de réagir, les nerfs à fleur de peau et le cœur en déroute, Miranda tentait vainement de recouvrer ses esprits dans cet assaut de tous ses sens. Soudain, d'un geste ulcéré, son mari tira si brutalement sur son décolleté que la percale se déchira avec un bruit sec. Alors, avec un gémissement extasié, Devin se calma et recouvrit de sa paume le sein haut et rond que la déchirure venait de libérer.

Il inclina la tête et approfondit son baiser d'une façon beaucoup plus douce, beaucoup plus tendre, tandis que ses doigts caressaient lentement le mamelon durci d'où irradiaient des ondes d'un plaisir infini.

— Miranda…, chuchota-t-il en détachant ses lèvres. Je vous en prie… Laissez-moi vous montrer ce que nous pourrions partager.

La jeune fille tremblait sous les baisers qu'il semait sur son épaule et son cou, cambrait les reins contre le bras musclé qui enserrait fermement sa taille.

— Dev…, murmura-t-elle, éblouie par ce qu'il lui faisait éprouver.

L'entendre prononcer son diminutif accrut encore le désir et la passion de Devin. Il y avait dans cette abréviation une intimité, une proximité, une douceur à son égard qu'ils n'auraient pas cru présentes chez sa femme. Enivré par cette délicieuse révélation, il écarta son déshabillé pour la presser plus étroitement contre lui. Sa chair était chaude et souple, ses seins dressés trahissaient son désir. Il plaqua son ventre contre le sien, lui prouvant à quel point il la convoitait, et ses transports augmentèrent encore lorsqu'il la sentit chercher d'instinct à se mouler contre lui. Ils tremblaient, frémissaient, gémissaient, de la lave en fusion coulait dans leurs veines.

N'y tenant plus, Devin souleva Miranda dans ses bras et la porta jusqu'à son bureau, avide de la voir allongée, de pouvoir la contempler et la caresser à satiété. Elle avait noué ses jambes autour de lui. D'un geste impatient, il balaya les objets qui se trouvaient sur la table et déposa doucement sa femme sur le dos, restant étroitement uni à elle, fou de joie en constatant l'effet de ses caresses sur son visage alangui.

— Eh bien, madame, n'est-ce pas ce que vous souhaitiez ? demanda-t-il à mi-voix, plongeant son regard brûlant dans celui de la jeune fille. Ne pensez-vous pas que cela pourrait suffire à vous combler ?

En cet instant, la réponse était oui, évidemment. Mais devant l'insistance de son mari à vouloir lui prouver qu'il avait raison, Miranda se ressaisit — juste assez pour lui retourner sa question.

— Et vous, milord ? Cela vous suffira-t-il aussi ?

Devin se raidit imperceptiblement, comme si elle le prenait de court. De toute évidence, il n'avait pas songé à la contrepartie que sa démonstration impliquait.

— Que voulez-vous dire ?

— Souhaitez-vous devenir mon époux à part entière ? précisa sa femme, rivant sur lui ses grands yeux gris auxquels rien n'échappait.

— Oui, bien sûr.

— En nous jurant l'un à l'autre respect et fidélité ?

La surprise qui se peignit sur les traits de Devin, la courte hésitation qui l'empêcha de répondre aussitôt suffirent à Miranda. Elle exhala un soupir de regret.

— Vous n'avez donc pas changé de point de vue. Je devrais être fidèle, pas vous.

Elle se redressa. Devin recula, sachant qu'il était inutile de chercher à la retenir. Pourtant, il brûlait de la rabattre en arrière et de la posséder sur-le-champ. Posément, elle referma son déshabillé et noua sa ceinture.

— Nous nous en tiendrons donc à notre arrangement initial, déclara-t-elle.

Là-dessus, elle se dirigea vers la porte et sortit sans se retourner, s'obligeant à ne pas s'enfuir en courant.

Le lendemain matin, Rupert descendit prendre son petit déjeuner plus tôt que de coutume.

— Alors, prêts pour le pique-nique au bord de l'eau dont nous avons parlé l'autre jour ? proposa-t-il avec entrain aux deux jeunes mariés. Il me semble qu'une sortie au grand air s'impose, après l'épreuve d'hier soir.

Miranda lui sourit. Elle avait mille choses à faire, mais elle devait bien une compensation à l'oncle de Devin, pensa-t-elle.

— C'est une idée magnifique, acquiesça-t-elle.

Le comte approuva aussi, ainsi qu'un Joseph Upshaw plein d'enthousiasme.

— Parfait ! conclut Rupert. Je vais demander à la cuisinière de nous préparer un panier de victuailles. Nous pourrons déjeuner à Chasenford, un endroit exquis.

Un peu avant 11 heures, ils se retrouvèrent devant les écuries où chacun prit une monture. Puis ils se dirigèrent au pas vers la rivière, qui portait le curieux nom de Dove — Colombe. De fait, constata Miranda un peu plus tard, cette appellation pouvait se justifier par la blancheur des falaises crayeuses qui bordaient le cours d'eau serpentant au fond d'une gorge fraîche et verdoyante. L'endroit était ravissant, en effet : des aunes et des frênes élancés poussaient sur les berges herbeuses, dont le vert vif était semé çà et là de blocs de rochers clairs.

A un moment donné, la gorge se resserra et les cavaliers durent se séparer — Devin prenant les devants avec son oncle, Miranda et son père suivant derrière. La jeune fille, les yeux rivés sur le dos du comte, ne prêtait qu'une oreille distraite aux commentaires extatiques de Joseph Upshaw sur la nature qui les entourait. Mais soudain, alors qu'il admirait la falaise dressée au-dessus d'eux, ce dernier poussa un cri d'effroi.

— Attention !

Les traits crispés par l'épouvante, il éperonna vivement son cheval et frappa du plat de la main la monture de Miranda, qui bondit en avant. Stupéfaite, la jeune fille tourna la tête pour regarder en arrière. Elle manqua défaillir d'horreur en voyant un énorme bloc de calcaire s'écraser lourdement sur le sentier, dans un vacarme impressionnant, à l'emplacement qu'ils venaient de quitter.

Sa jument affolée s'emballa. Déséquilibrée, Miranda fut projetée de sa selle et tomba sur le dos, le souffle coupé par la violence du choc. Elle contemplait le bleu du ciel, hagarde, essayant de comprendre ce qui venait de se passer, quand le visage de Devin s'inscrivit tout à coup dans son champ de vision. Il semblait atterré.

— Miranda ! s'écria-t-il en s'agenouillant près d'elle. Qu'est-il arrivé ? Comment vous sentez-vous ?

Avec précaution, il la prit dans ses bras et la serra contre lui. Il tremblait comme une feuille.

Enfin, la jeune fille parvint à respirer de nouveau. Sa poitrine nouée se détendit, elle inspira une longue goulée d'air.

— Je crois... que je suis indemne, murmura-t-elle.

— Ce rocher a failli vous tuer ! A quelques secondes près...

— Papa... comment va-t-il ?

— Bien. Il est en train de calmer sa monture ; oncle Rupert s'occupe de la vôtre.

Sa main allait et venait le long du dos de Miranda.

— Quand je pense à ce qui aurait pu arriver !

— Miranda !

Tournant la tête, la jeune fille aperçut son père qui accourait, tenant son cheval par la bride.

— Tu n'as rien ? Bonté divine ! Quand j'ai vu ce rocher nous tomber dessus...

Il s'agenouilla à son tour.

— Vous m'avez sauvé la vie, papa.

L'étreinte de son mari se resserra autour d'elle, elle sentit ses lèvres dans ses cheveux. Elle se pressa contre lui, encore secouée par cette terrible mésaventure.

Rupert arriva à son tour, au petit trot, menant la jument de Miranda. Il mit pied à terre et les rejoignit.

— Est-elle saine et sauve ?

Comme Miranda hochait la tête, il porta les yeux vers la falaise, puis sur le rocher qui s'était brisé en deux.

— Au nom du ciel ! C'est ce bloc qui s'est écrasé derrière vous ? Vous l'avez échappé belle ! Je suis affreusement désolé de vous avoir entraînés par ici. Le calcaire est friable, mais ce genre de chose se produit surtout après de violents orages… Je n'aurais jamais imaginé…

— Vous ne pouviez prévoir cet incident, déclara M. Upshaw en se relevant péniblement. Une chance que ma femme n'ait pas été avec nous ; elle serait hystérique.

— J'avoue que je n'en suis pas loin, murmura Miranda.

Devin émit un grognement incrédule.

— Vous ? Votre cœur bat dix fois moins fort que le mien !

Avec un petit sourire crispé, Miranda s'appuya sur lui pour se remettre debout. Ses genoux flageolaient. Elle en profita pour s'attarder un peu plus longtemps que nécessaire contre son mari, qui la soutenait d'un bras. C'était si bon, de se sentir protégée ainsi.

— Nous allons faire demi-tour et rentrer, déclara Rupert.

— Pas à cause de moi ! protesta Miranda qui brossait son costume d'amazone. Ce n'est pas la première fois que je tombe de cheval et je n'ai rien de cassé. Il serait dommage d'interrompre notre excursion pour une broutille.

— Une broutille ? répéta le frère de lady Ravenscar, les yeux exorbités.

Devin se mit à rire.

— Je vous l'avais dit, mon oncle. Ma femme n'est pas ordinaire.

— Tout de même…

— J'insiste, dit Miranda. Il paraît fort improbable qu'un deuxième rocher se détache sur notre passage, ne pensez-vous pas ?

— Certes, acquiesça le *gentleman* d'une voix faible. Mais…

— Allons-y, ordonna la jeune fille en se remettant en selle. Je commence à avoir faim.

Un peu plus tard, alors qu'ils se restauraient dans un endroit idyllique et que Miranda savourait la quiétude des lieux, elle se tourna vers son mari.

— Quand je pense que je trouvais Londres dangereuse…, murmura-t-elle.

Devin haussa les sourcils.

— Que voulez-vous dire ?

— Deux accidents en quelques jours, cela ne m'était jamais arrivé. Il ne peut s'agir que d'une pure coïncidence, bien sûr, mais je commence à me demander si la malchance me poursuit.

Elle plissa le front, l'air songeur.

— Croyez-vous à la fameuse malédiction de Darkwater ?

Une étrange lueur passa dans les yeux verts de Devin. Mais il se ressaisit aussitôt et lui dédia un sourire rassurant.

— Non. Je n'y crois absolument pas. Il est certain, toutefois, que l'état du manoir le rend dangereux — et qu'il vaut mieux éviter de se promener au ras de falaises calcaires. Ces avertissements doivent vous inciter à vous montrer plus prudente que de coutume, voilà tout.

Il lui prit la main, serra ses doigts entre les siens.

— Promettez-moi de ne prendre aucun risque, Miranda. Regardez toujours où vous marchez. Ne sortez plus vous promener seule, fût-ce avec Veronica. Faites-vous accompagner par votre père, par oncle Rupert ou par moi. Me donnez-vous votre parole ?

Miranda le dévisagea curieusement.

— Vous semblez prendre la chose très au sérieux.

— Comment pourrait-il en être autrement ? Vous avez failli perdre la vie par deux fois !

Une douce chaleur baigna le cœur de Miranda ; le beau lord Ravenscar se souciait de son sort.

— C'est entendu, acquiesça-t-elle en souriant. Je vous promets de faire attention, à tout moment et en tout lieu.

Ce soir-là, Miranda s'endormit plus aisément qu'elle ne le craignait, après l'intense frayeur qu'elle avait connue. Mais soudain, au beau milieu de la nuit, elle s'éveilla en sursaut. Ses paupières s'ouvrirent d'un coup, son cœur se mit à battre follement.

Elle n'aurait su dire ce qui l'avait tirée de son sommeil, sinon un étrange sentiment de malaise. Elle resta immobile dans son lit, l'oreille aux aguets. Vaguement, le souvenir du vieux M. Caulfield et de ses menaces lui revint à l'esprit. C'était ridicule, se dit-elle. Cet homme avait le cerveau dérangé. Jamais Devin...

A cet instant, un cri troua le silence. Un cri rauque, tendu, qui venait de la chambre de son mari. C'était un cri pareil qui avait dû la réveiller, pensa-t-elle. Sans hésiter une seconde, elle quitta son lit, traversa la pièce en courant et ouvrit la porte de communication.

Eclairé par un rayon de lune, Devin s'agitait dans son lit, ses draps emmêlés autour de lui. Il était en nage, les traits convulsés par l'horreur, les paupières crispées. De toute évidence, il se débattait contre un affreux cauchemar. Miranda se précipita à son chevet, le prit par l'épaule, le secoua.

— Devin ! Devin, réveillez-vous ! Vous êtes en train de rêver !

Au son de sa voix, il ouvrit les yeux et la contempla un instant sans comprendre, la poitrine soulevée par son souffle entrecoupé.

— Devin, c'est moi, Miranda. Réveillez-vous, vous avez fait un cauchemar.

Il battit des cils, frissonna longuement.

— Miranda ? Que faites-vous ici ? murmura-t-il en se redressant pour s'adosser à la tête de lit de bois sombre.

La jeune fille s'assit près de lui, prit sa main entre les siennes.

— Vous avez crié, cela m'a réveillée.

— Oh, je vois.

Il passa sa main libre sur son visage.

— Excusez-moi. Je suis navré.

— Ce genre de chose arrive, observa-t-elle en souriant. Vous sentez-vous mieux ?

Il hocha la tête.

— Oui. Encore un peu désorienté, sans plus. Ce cauchemar me poursuit depuis des années. Je donnerais cher pour m'en débarrasser.

Miranda fronça les sourcils.

— Sur quoi porte-t-il ?

Devin haussa les épaules, la bouche amère. Puis il se passa la main dans les cheveux et soupira.

— Sur une jeune fille que j'ai tuée.

Les yeux de Miranda s'élargirent. Elle le contempla fixement, abasourdie.

— Qu'avez-vous dit ?

Il sourit d'un air crispé.

— Je ne suis pas un assassin au vrai sens du terme, rassurez-vous. Mais cette fille est morte par ma faute, ce qui revient presque au même.

— Oh, mon Dieu.

Le spectre de M. Caulfield revint hanter Miranda — à juste titre cette fois, apparemment.

— Racontez-moi ce qui s'est passé, demanda-t-elle dans un souffle.

Devin lui jeta un coup d'œil hésitant.

— Je doute que ce récit...

— Je suis votre femme.

— Précisément. Cette affaire est choquante pour une dame.

— Je n'en suis une qu'à moitié, ne l'oubliez pas. Je veux tout savoir. J'en ai le droit.

— Si vous y tenez...

Le comte détourna son regard.

— J'avais dix-huit ans et je me trouvais en villégiature à Brighton — à la fois pour fuir mes créanciers, déjà, et pour y suivre Leona dont j'étais passionnément épris sans succès. Constance faisait partie de ses amies. C'était une jeune personne plaisante, un peu plus âgée que les autres, à laquelle je me suis intéressé... par dépit et dans l'espoir de provoquer Leona.

Un soupir plein d'aigreur franchit ses lèvres.

— La frustration et l'alcool aidant, je lui ai fait une cour de plus en plus empressée, convaincu qu'elle n'en était pas non plus à son premier amant. Seulement voilà : le moment venu, j'ai constaté avec stupeur qu'elle était vierge. Je lui en ai voulu, je suppose, et comme un nigaud, par entêtement, je me suis refusé à restreindre mon propre plaisir.

Il s'interrompit, les lèvres pincées.

— Peu après, ainsi que je l'espérais, Leona m'est soudain devenue accessible. Fou de bonheur, j'ai cessé de voir Constance. Les scrupules ne m'encombraient pas, à l'époque, et je nageais dans une sorte d'euphorie. Quelques semaines plus tard, un matin, Leona est venue me dire que Constance était partie et qu'elle m'avait laissé un billet. Elle m'écrivait... qu'elle était enceinte de moi, qu'elle ne pouvait supporter cette honte et qu'elle allait se noyer.

— Juste ciel, murmura Miranda, serrant sa main plus fort. Cela a dû être terrible pour vous.

Devin hocha la tête, les traits tirés.

— J'ai couru chez elle, mais il était trop tard. Des recherches ont été lancées. On n'a retrouvé d'elle que son châle et ses chaussures abandonnés sur un rocher. Tout le monde s'est retourné contre moi. Le grand-père de Constance, fou de douleur. Mon propre père, qui m'a répudié à ce moment-là. Seule Leona m'a soutenu dans cette épreuve.

— Mais vous n'étiez pas seul responsable ! protesta Miranda, malgré le dépit que lui causaient ces références constantes à sa rivale. Cette Constance savait ce qu'elle faisait, elle vous avait trompé aussi en vous cachant sa virginité !

— Peu importe, déclara Devin d'une voix rauque. Elle aurait dû venir me parler. Pourquoi ne m'a-t-elle rien dit, grands dieux ? Je ne l'aimais pas, mais j'aurais fait mon devoir. Je l'aurais épousée, pour l'enfant.

— Je n'en doute pas une seconde, affirma Miranda. Et votre père, s'il vous avait mieux connu, ne vous aurait pas condamné comme il l'a fait.

Il poussa un nouveau soupir.

— Vu ma réputation, il était aisé de croire que j'aurais rejeté cette malheureuse. Constance elle-même n'a jamais pensé, apparemment, que je pourrais me conduire honorablement avec elle.

Tournant les yeux vers Miranda, il esquissa un sourire forcé.

— Maintenant, vous savez quelle sorte d'homme vous avez épousé.

— Je l'ai toujours su. Vous avez fait des erreurs, comme beaucoup, mais je sais que vous n'avez rien d'un monstre, Devin. Vous n'êtes ni pervers, ni cynique.

— Je me demande comment vous pouvez encore supporter de me regarder, murmura-t-il d'un ton las. Moi-même, il m'arrive de me dégoûter.

— Ne parlez pas ainsi.

D'un geste impulsif, elle jeta ses deux bras autour de lui et appuya sa tête sur son épaule, animée d'un immense désir de l'apaiser.

— Constance a été plus coupable que vous, Dev, puisqu'elle vous a refusé toute chance de redresser vos torts. Elle n'avait pas le droit de sacrifier son enfant sans même savoir comment vous réagiriez. Cette femme était faible. Elle a choisi son sort. Cessez de vous morfondre pour elle.

Devin l'enlaça, enfouit son visage dans ses cheveux défaits.

— Vous êtes vraiment une femme singulière, Miranda. J'en connais peu capables de me pardonner comme vous le faites.

— Qu'ai-je à vous pardonner ? Cette affaire ne me concerne en rien. Par ailleurs, à mes yeux, vous vous êtes assez puni vous-même durant toutes ces années pour considérer que votre faute est rachetée.

Ils restèrent un long moment immobiles, lovés dans la chaleur l'un de l'autre. Peu à peu, Miranda sentait Devin se détendre, le poids de ses remords s'alléger. C'est alors qu'elle s'avisa du danger de la situation. Elle se trouvait à demi allongée sur le lit de son mari, vêtue d'une chemise diaphane, il était torse nu. Et il la serrait contre lui. Dès qu'elle en prit conscience, la tranquille sympathie qui les unissait changea imperceptiblement de nature, se chargea d'attente et de désir.

Miranda se dégagea et s'écarta, embarrassée. La flamme qui brillait dans les yeux de Devin lui mit le rouge aux joues. Détournant son regard de sa poitrine musclée — un spectacle auquel elle n'était pas habituée, et qui l'attirait comme un aimant —, elle toussota.

— Je crois… que je vais vous laisser, maintenant.

— Miranda.

Il tendit une main vers elle, se saisit de son bras, caressa doucement sa peau nue de son pouce, cherchant quoi lui dire. Finalement, il soupira et la lâcha.

— Non, rien. Merci d'être venue m'aider. J'ai apprécié votre geste.

— Je vous en prie. Bonne nuit.

Elle reprit pied sur le tapis, traversa la chambre sans se retourner. Mais une fois la porte refermée, elle ne poussa pas le verrou.

15.

Le lendemain, fait rarissime, Miranda et Devin se trouvaient seuls dans la bibliothèque — elle penchée sur des cartes du domaine, lui prenant plaisir à observer la chute de reins de sa femme —, quand un valet entra.

— Un colis vient d'arriver de Londres, milady. Vous aviez demandé qu'on vous prévienne.

Miranda se redressa aussitôt, les yeux brillants.

— Oui, bien sûr, répondit-elle avec un grand sourire. Apportez-le, je vous prie.

Elle se tourna vers son mari, l'air si excité qu'il sourit à son tour.

— De quoi s'agit-il ? De nouvelles toilettes ?

— Non. Mieux que cela. Je l'espère, en tout cas. C'est un cadeau de mariage pour vous.

— Un cadeau de mariage ? Mais vous m'avez déjà offert…

Il porta la main à sa cravate, piquée d'une épingle en or rehaussée de rubis. Les boutons de manchettes assortis brillaient à ses poignets.

— Oh, ce n'était rien qu'un cadeau obligé, auquel vous pouviez vous attendre. Celui-ci… est différent. C'est une surprise plus personnelle.

Intrigué, Devin s'approcha du volumineux paquet que le valet venait de poser sur le sol, avant de se retirer avec une courbette. Il jeta un coup d'œil hésitant à sa femme.

— Ouvrez-le, dit-elle. Je vous promets de ne pas fondre en larmes s'il ne vous plaît pas. C'est juste... une sorte de pari sur l'avenir.

— Vous piquez ma curiosité.

Le comte coupa la ficelle, écarta le papier, souleva le couvercle de la caisse. Il resta un moment immobile, les yeux rivés sur son contenu avec une expression d'intense surprise. Puis il regarda de nouveau sa femme, l'air interrogateur, et sortit tour à tour un chevalet, des toiles, une boîte contenant des tubes de pigments, des brosses, une palette, des blocs de papier, des fusains, des mines de plomb, des fioles d'huile de lin et de térébenthine. Bientôt, la grande table fut couverte de matériel pour les beaux-arts.

Sans un mot, Devin contemplait ces objets, les parcourait du bout des doigts, caressait les soies d'un pinceau. Miranda aurait tout donné pour savoir ce qu'il pensait.

— Rien ne vous oblige à vous en servir, si cela ne vous tente pas, déclara-t-elle enfin. J'ai simplement pensé... qu'il vous plairait peut-être de vous remettre à peindre, pour passer le temps pendant votre séjour ici.

Il leva les yeux vers elle et secoua la tête, déconcerté.

— Comment avez-vous deviné... Qui vous a dit...

— J'ai vu vos œuvres chez Rachel. Je les ai trouvées merveilleuses. C'est ce jour-là que j'ai compris qui vous étiez vraiment. Un homme sensible, doté d'un immense talent. Un artiste.

— Et non le débauché futile et scandaleux que tout le monde connaît ?

— En effet.

Un léger sourire passa sur les lèvres de Devin.

— J'aime votre franchise, Miranda. Mais sincèrement… je ne suis pas sûr de pouvoir me remettre à la peinture. J'ai arrêté il y a trop longtemps.

— Peut-être êtes-vous rouillé, mais votre don est toujours en vous, j'en suis convaincue.

Elle marqua une pause, avant d'ajouter :

— Rachel m'a montré la pièce de l'aile ouest où vous peigniez autrefois. J'ai demandé qu'on la nettoie. Vous pourrez y retourner quand vous voudrez.

Devin hocha la tête, pensif, se remémorant la lumière et les odeurs qui l'entouraient alors. Songeant au portrait qu'il pourrait peut-être réaliser de Miranda, à défaut de ces crayonnés qui ne parvenaient pas à rendre l'expression de son regard. Peu à peu, l'envie qu'il croyait morte se réveillait.

— Pourquoi m'avez-vous fait ce cadeau ? demanda-t-il doucement. En quoi cela vous importe-t-il ?

— Je déteste voir un talent gaspillé, quel qu'il soit. Vous avez beaucoup à donner, Devin. Et j'ai pensé… que vous seriez peut-être heureux de retrouver une partie de vous-même que vous croyiez perdue.

Ils se dévisagèrent un moment en silence. Encore indécis, mais touché par le geste de sa femme et la confiance qu'elle mettait en lui, Devin demanda :

— Si je recommençais à peindre, accepteriez-vous de poser pour moi ?

La surprise élargit brièvement les yeux de Miranda.

— Oui, répondit-elle sans hésiter. J'accepterais.

— Alors il se peut que je reprenne mes pinceaux.

Le jour même, dans l'après-midi, Devin emprunta sans l'avoir prémédité le chemin de son ancien atelier. Il retrouva avec plus de bonheur qu'il ne l'aurait cru la vaste pièce inondée de lumière, presque vide, où son matériel avait été transporté. Puis il ouvrit un tube, un autre, commença à faire des mélanges, réfléchissant aux tons qu'il devrait employer pour rendre les yeux et les cheveux de Miranda.

Quatre heures plus tard, un valet à la mine éberluée vint le prévenir que le souper allait être servi. Jamais il n'avait vu le comte dans cet état, les cheveux en bataille, le regard lointain, le visage, les mains et sa chemise blanche maculés de peinture.

— Dites aux autres de commencer sans moi, répondit-il d'un ton absorbé. Apportez-moi un plateau et des lampes. J'ai du travail.

Quand le domestique rapporta cette réponse à lady Ravenscar mère, celle-ci afficha une expression glaciale.

— Fort bien, dit-elle, nous nous passerons de lui. Enfin... si vous êtes d'accord, Miranda, ajouta-t-elle pour marquer sa déférence à la nouvelle maîtresse de maison.

— Oui, je crois en effet que cela vaut mieux, répondit la jeune comtesse.

Mais contrairement à sa belle-mère, elle souriait. Et lorsqu'elle croisa le regard de Rachel, il contenait le même bonheur triomphant que le sien.

Au cours des deux ou trois semaines qui suivirent, Devin passa le plus clair de son temps dans son atelier. Miranda, qu'il avait enlevée à un Hiram Baldwin fort contrarié dès le lendemain de ses premiers essais, venait poser pour lui deux heures par jour, une le matin et une autre l'après-midi. C'était le laps de temps maximum qu'elle pouvait passer sans bouger, avait-elle précisé d'emblée. Son mari s'en contentait, s'occupant le reste du temps à des esquisses de paysages et de natures mortes.

Cette faim de créer le surprenait lui-même. Ce n'étaient plus les accès de fièvre de sa jeunesse, mais un besoin plus profond, plus essentiel, qu'il ignorait posséder. Par quel miracle Miranda avait-elle su le deviner ? se demandait-il souvent.

Son art l'absorbait au point qu'il en oubliait totalement Londres, ses plaisirs… et même son penchant pour l'alcool, né de l'ennui ou de la frustration. Plus étonnant encore, il ne songeait même pas à s'interroger sur ces changements, ni à les regretter. Il se sentait étrangement comblé, découvrait le confort de s'éveiller le matin l'haleine fraîche et la tête légère, impatient de se remettre au travail. Et quand par hasard il éprouvait le désir de se distraire, il recherchait tout naturellement la compagnie de sa femme, avec qui une simple partie de cartes ou une conversation d'après-dîner devenaient un plaisir.

Jamais, il y a deux mois encore, il ne se serait cru capable de mener une existence aussi rangée. La description de ses journées et de ses soirées l'eût fait hurler de rire. Et pourtant les faits étaient là, indéniables.

Sa seule source de tourments demeurait l'attirance toujours plus vive que lui inspirait Miranda. S'il satisfaisait son désir de peintre en s'efforçant sans relâche de capturer sur la toile l'objet de son obsession — dans le vain espoir de s'en délivrer —, cet exercice ne faisait qu'exacerber plus encore ses désirs charnels. Qu'il le veuille ou non, il se sentait pris dans une sorte de cercle infernal dont il ne savait comment se tirer.

La nuit, même épuisé, il ne pouvait s'empêcher d'être hanté par la pensée de sa femme dormant à côté. La scène qui avait eu lieu dans son cabinet de travail lui avait prouvé une chose : Miranda n'était plus opposée à lui céder. Elle lui demandait simplement, en échange, sa fidélité. Oh, il aurait fort bien pu la lui promettre pour parvenir à ses fins ; il n'avait jamais reculé devant ce genre de stratagème, autrefois. Le problème, c'était qu'il ne pouvait se résoudre à lui mentir. Or, si elle était pour l'heure la seule et unique femme qu'il désirât, il imaginait mal que cet état puisse se prolonger des années. N'était-il pas, jusqu'alors, toujours revenu à Leona ?

Leona… Sa maîtresse était intimement liée à son problème, bien sûr. Il l'avait aimé durant quatorze ans. Même si elle ne l'intéressait plus pour l'instant, à cause de sa ridicule obsession pour Miranda, il était convaincu que cet égarement ne serait que temporaire. D'une certaine façon, en jurant fidélité à sa femme, il aurait l'impression de trahir le seul amour de sa vie. Et de même trahirait-il Miranda s'il la possédait par simple concupiscence en sachant qu'il ne pourrait jamais lui donner son cœur. Elle méritait mieux, après tout ce qu'elle avait fait pour lui.

Cette histoire le rendait fou. Non seulement il était entravé par des scrupules, maintenant, mais la satisfaction de se conduire honorablement ne lui apportait nulle consolation dans l'épreuve qu'il traversait. Il était perdant sur tous les plans, condamné à passer des nuits blanches à rêver de sa femme, et des journées entières à la peindre en rêvant de se jeter sur elle et de la dévêtir.

Le drame intérieur qui dévorait Devin atteignit son paroxysme lors d'une soirée chez un hobereau voisin, le *squire* Breakthorpe ; après un souper ennuyeux au possible, qui réunissait le pasteur, sa femme, l'inévitable Dr. Browning, les Aincourt et les Upshaw, ce pensum avait pris une dimension inattendue.

L'une des demoiselles Breakthorpe s'était mise au pianoforte et tout le monde avait dansé. Le comte avait vécu des instants de pur ravissement — et de vrai torture — en dansant avec son épouse. Enivré par le parfum de rose qui montait de sa peau nacrée, troublé par la vue de sa gorge crémeuse et par le contact de son corps, le désir qu'il avait d'elle s'était enflammé de plus belle.

Mais il avait connu son pire supplice lors du retour en calèche. M. et Mme Upshaw étant rentrés de bonne heure avec l'un des deux attelages, le reste de la troupe — sa mère, sa sœur, son oncle, Miranda et lui — avaient dû se serrer dans l'étroit habitacle. Contraint de prendre sa femme sur ses genoux, il avait vécu les quarante minutes les plus longues de sa vie, prisonnier de son enfer personnel et des visions érotiques qui l'assaillaient sans répit. De retour au manoir, il s'était rué dans son cabinet de travail pour y engloutir coup sur coup deux cognacs. Cela n'avait pas réussi à le calmer. En regagnant l'étage, il avait croisé la femme de chambre de Miranda qui redescendait, ce qui signifiait que son épouse était maintenant en chemise, les cheveux défaits. Le souvenir du charmant tableau qu'elle lui avait offert la nuit de son cauchemar l'avait brutalement assailli. C'était plus qu'il n'en pouvait supporter !

Une fois chez lui, il renvoya rudement son valet, brûlant de frapper à la porte de Miranda. Il se contint une fois encore. En chemise, il alla ouvrir la fenêtre et resta un long moment immobile, le visage offert à l'air nocturne, espérant que la fraîcheur de la nuit finirait par apaiser le feu qui le dévorait… et maudissant en même temps l'épreuve qu'il s'imposait. Il était un homme, bonté divine ; un jouisseur, pas un moine !

Lorsqu'il eût longtemps contemplé les étoiles, sans succès, il rejoignit en soupirant son lit solitaire. Il ne savait vraiment pas combien de temps encore il pourrait supporter cette situation.

Le lendemain matin, Miranda s'éveilla les paupières lourdes, fatiguée par une nuit désastreuse. La soirée de la veille avait mis un point d'orgue à son supplice. Elle voyait mal combien de temps encore elle pourrait supporter ce genre de mariage.

Ses efforts pour séduire Devin, et l'amener peu à peu à la convoiter si vivement qu'il souhaiterait devenir pour elle un époux véritable, s'étaient retournés contre elle. Prise à son propre piège, elle brûlait pour le comte d'une passion qui ne faisait que croître de jour en jour, mais il restait désespérément distant avec elle, ne cherchait plus à la toucher ni à l'embrasser, drapé dans un stoïcisme qu'elle ne parvenait pas à ébranler.

La nuit précédente, elle avait cru devenir folle, quand il n'avait même pas essayé d'entrer chez elle après les heures d'intense désir qu'ils avaient partagées en dansant ensemble — et après, durant cet éprouvant retour en calèche. Comment pouvait-il lui résister de la sorte ? Depuis des semaines, maintenant, sa porte n'était plus condamnée. Mais Devin ne l'avait jamais ouverte.

De toute évidence, sa soif de liberté était plus forte que tout. Et Miranda, pour la première fois de sa vie, envisageait de capituler devant un entêtement supérieur au sien. Certes, elle n'avait toujours aucune envie de partager son mari avec Leona et d'autres femmes. Tout en elle se révoltait à cette idée. Pourtant, si c'était l'unique moyen qui lui restait de connaître enfin les délices de l'amour avec le seul homme au monde qui l'intéressait, elle commençait à se demander si elle n'allait pas se résoudre à en passer par là.

Lorsqu'elle descendit prendre son petit déjeuner, plus tard que de coutume, la salle à manger était déserte. Les autres avaient dû la devancer. Elle se restaura légèrement, puis se servit une tasse de café et sortit la boire sur la terrasse, à l'arrière du manoir.

Les jardins n'étaient plus qu'un vaste chantier, pour l'instant, mais les parterres et les allées, nettoyés et redessinés, commençaient à prendre forme. Partout, les haies et les arbres avaient été sévèrement taillés, ce qui dégageait la perspective jusqu'à l'ancien verger — dont le tour viendrait un peu plus tard. Alors que

Miranda laissait errer son regard sur les îlots de verdure qui restaient encore, un mouvement furtif attira son attention au fond du terrain : une femme émergeait des rangées d'arbres fruitiers, suivie peu après par un homme. Les yeux de Miranda s'arrondirent. Elizabeth ? Sa belle-mère ne sortait quasiment jamais ! Aurait-elle un amant ? S'agirait-il là d'un rendez-vous galant ?

Interloquée, la jeune fille observa cette scène surprenante. Elle en conclut bien vite, cependant, qu'Elizabeth s'adressait à son compagnon avec hauteur et fermeté, ce qui semblait prouver que l'homme en question n'était qu'un domestique ou un fournisseur. Vêtu simplement, il écoutait Mme Upshaw les yeux baissés, hochant la tête de temps à autre. Miranda se fustigea d'avoir eu de telles pensées. Son père et sa belle-mère s'adoraient. Qu'elle ait pu nourrir ce soupçon, ne fût-ce qu'un instant, témoignait bien qu'elle n'était pas dans son état normal.

Peu après, Elizabeth salua son interlocuteur et s'éloigna, remontant vers la terrasse. L'homme la suivit un moment du regard, ce qui permit à Miranda de voir son visage. Curieusement, il lui parut familier, mais elle n'aurait su dire où elle l'avait déjà rencontré.

Quand sa belle-mère, arrivée à proximité, leva les yeux et l'aperçut, elle lui adressa un signe de la main. Puis elle gravit les marches de pierre et vint l'embrasser.

— Bonjour, ma chérie. Que faites-vous ici, toute seule ?

— Je savourais une tasse de café en contemplant les jardins, répondit Miranda. Qui était cet homme ?

Elizabeth sursauta.

— Quel homme ?

— Celui auquel vous parliez il y a un instant. Il m'a vaguement semblé le connaître.

— Oh, sans doute l'avez-vous croisé. C'est un sous-jardinier dont j'ignore le nom, à vrai dire, répondit Mme Upshaw avec un empressement quelque peu singulier. Je lui posais quelques questions au sujet des arbres fruitiers, que je suis incapable de distinguer les uns des autres. J'espérais qu'il y aurait des cerisiers et que les cerises seraient bientôt mûres, pour faire une tarte. J'ai une telle nostalgie des tartes aux cerises qu'Hannah nous confectionnait à New York ! Pas vous, mon ange ?

— Si, reconnut Miranda en souriant. Et alors ?

— Alors quoi ? rétorqua Elizabeth, l'air déconcerté.

En elle-même, la jeune fille commença à s'inquiéter pour sa belle-mère, dont le comportement était de plus en plus étrange depuis qu'ils se trouvaient à Darkwater. Elle quittait fort peu sa chambre, prétextant des malaises qui se succédaient à un rythme impressionnant. Elizabeth prenait même la plupart de ses repas dans sa chambre. Et souvent, chez elle ou ailleurs, dans un recoin discret de préférence, Miranda la surprenait à fixer le sol d'un air absent, le front plissé et soucieux. Aussi cette soudaine expédition au fond de la propriété lui semblait-elle bizarre.

— Les cerises ? reprit-elle. Y en a-t-il ?

— Oh ! Oui, oui, il y en a, répondit Elizabeth. Et elles sont presque mûres.

— Parfait. Je demanderai à la cuisinière de nous préparer une tarte un de ces soirs.

Sa belle-mère sourit.

— Vous êtes un amour.

D'un geste impulsif, elle enlaça Miranda et l'étreignit avec fougue.

— Je vous adore, Miranda. Vous êtes comme une fille pour moi.

Assez perplexe, Miranda lui rendit affectueusement son étreinte.

— Je sais, Elizabeth, et je vous aime beaucoup aussi. Toutefois, vous êtes trop jeune pour être ma mère. J'opterais plutôt pour une sœur aînée.

— Une sœur aînée, si vous voulez. Une grande sœur très attentionnée.

Là-dessus, Mme Upshaw glissa son bras sous celui de sa belle-fille et elles regagnèrent la maison d'un pas tranquille.

— Je pensais me rendre dans la bibliothèque, annonça Miranda. Voulez-vous m'accompagner ?

L'horreur qui se peignit sur les traits de sa belle-mère fit rire la jeune fille.

— Oh, non ! Je ne pourrais pas. Sincèrement, je ne pourrais pas.

— Ce n'est pas grave, répondit Miranda. Je sais que vous n'avez guère de goût pour les livres. Nous nous reverrons pour le repas.

— Oui, oui, c'est cela. Miranda…

Les sourcils froncés, Elizabeth parut hésiter à formuler ce qui la préoccupait. Puis elle y renonça et sourit.

— Non, rien. Allez, mon enfant. Allez.

Elle tourna les talons et s'en alla de son côté. Miranda la suivit des yeux, de plus en plus intriguée. Après quoi, haussant les épaules, elle partit rejoindre M. Strong.

L'intendant l'attendait, l'air aussi nerveux que d'habitude quand il avait affaire à elle. Il semblait légèrement plus à l'aise avec Hiram, qui traitait avec lui d'ordinaire. Toutefois, le jeune homme se plaignait que les livres de comptes présentaient de graves lacunes. D'après lui, Strong connaissait son travail ; mais il n'avait aucune formation comptable et semblait plus efficace sur le terrain que dans son bureau — ce qui représentait tout de même un sérieux inconvénient pour un domaine de cette importance. Il faudrait remédier à ce problème, pensa Miranda. Même si Devin et son oncle paraissaient fort bien se contenter de leur employé, pour la seule raison que son père était intendant avant lui...

Elle afficha son sourire le plus enjoué et le plus rassurant.

— Bonjour, monsieur Strong. M. Baldwin est occupé avec mon père aujourd'hui, c'est donc moi qui vais le remplacer. J'ai quelques questions à vous poser.

— Bien, madame la comtesse.

Sans perdre un instant, Miranda déploya une carte d'état-major sur la table et en maintint les coins avec des livres.

— Voilà. C'est cette région qui m'intéresse, déclara-t-elle en posant le doigt sur le sud du domaine.

Strong déglutit et hocha la tête.

— Apworth Mountain et ses environs.

— En effet. M. Dalrymple et vous-même l'avez décrite l'autre jour comme une portion de terre rocheuse et escarpée, totalement improductive, n'est-ce pas ?

— Oui, milady.

— Il m'est venu une idée. Dans ce genre de massif ancien, de l'ère secondaire si je ne m'abuse, on trouve souvent des minerais.

— Je... je vous demande pardon ?

Cet homme était décidément bien épais, pensa Miranda.

— Des minerais. Du charbon, du fer, peut-être même des métaux précieux, du cuivre ou de l'argent. A-t-on déjà fait des forages ?

— Non, milady, pas que je sache.

L'intendant lui jeta un regard suspicieux.

— Eh bien je vais faire procéder à des recherches. Il serait fort appréciable de pouvoir compléter par ce moyen les revenus des fermages, ne pensez-vous pas ?

— Oui, milady.

Miranda réprima un soupir. La passivité de ce pauvre Strong était insupportable. Elle replia la carte.

— Bon. Passons aux livres de comptes, à présent. A la lecture des rapports de M. Baldwin, j'ai constaté...

Plus d'une heure se déroula de la sorte, heureusement interrompue par deux visites : celle d'une soubrette apportant à Miranda la tasse de chocolat chaud qui la soutenait habituellement dans ce genre d'épreuve, puis celle de Devin. La jeune fille n'avait bu qu'une gorgée quand son mari entra, les traits tirés et les yeux cernés. Apparemment, il n'avait pas passé une meilleure nuit qu'elle, remarqua-t-elle.

Le comte l'informa brièvement qu'il partait peindre les ruines de l'ancienne abbaye. Il serait absent pour la journée et ne rentrerait que pour le thé. Miranda acquiesça. Il lui aurait plu de l'accompagner, mais il ne le lui avait pas demandé.

Après son départ, elle demeura un moment songeuse et préoccupée. Si cela continuait, la tension sexuelle qui s'accroissait entre eux allait ruiner la relation d'aimable complicité qu'ils avaient établie ces dernières semaines. Ce serait dommage. Elle en revint à ses conclusions du matin : mieux valait un demi-mariage, après tout, qu'une union de pure forme où son mari chercherait de plus en plus souvent à l'éviter.

Elle but une deuxième gorgée de chocolat et revint aux affaires en cours.

Peu après, ce fut Elizabeth qui frappa timidement à la porte et s'avança d'un pas hésitant dans la pièce, nouant et dénouant ses mains avec une nervosité qui fit bondir Miranda vers elle.

— Elizabeth ! Que vous arrive-t-il ? Venez vous asseoir, M. Strong va vous donner un verre d'eau.

Sa belle-mère obéit, mais s'intéressa plus à la tasse de Miranda qu'au verre apporté par l'intendant.

— Ne vous dérangez pas pour moi, je vous en prie. Oh, est-ce là du chocolat chaud ? J'en prendrais volontiers une gorgée.

— Faites, répondit la jeune fille en poussant la tasse vers elle.

Mme Upshaw se désaltéra, après quoi elle sourit d'un air gêné à sa belle-fille.

— Je suis navrée de vous interrompre de la sorte. Je voulais juste bavarder un moment avec vous. Je peux revenir plus tard.

Ce genre de revirement était l'une des nouvelles manies d'Elizabeth qui causaient quelque souci à Miranda. Elles auraient pu parler plus tôt, lors de leur première rencontre !

— Non, répondit-elle. Restez. Monsieur Strong, voulez-vous nous laisser ? Nous reprendrons ceci demain.

L'intendant s'empressa de rassembler ses papiers et de sortir avec une courbette.

— C'est très gentil à vous, Miranda, déclara Elizabeth.

Elle jeta un bref regard à la loggia, détourna vivement la tête.

— Quand je vois cette rambarde, je ne puis m'empêcher de vous imaginer en train de tomber dans le vide. C'est horrible. J'en ai le sang qui se glace dans mes veines.

— Je n'ai pas eu de mal. Et je doute que ce genre d'accident m'arrive de nouveau, répondit la jeune fille.

— Certes, murmura Elizabeth avec un petit frisson. Mais tout de même... Je dois vous avouer que je n'aime guère ce manoir, Miranda. Joseph est enchanté par ses travaux de restauration, bien sûr, mais cela manque tellement de distractions !

— Je suis désolée que vous vous ennuyiez, Elizabeth. Papa et moi sommes très occupés, en effet, et je ne pensais pas...

— Ce n'est pas de cela que je voulais vous parler, ma chère.

Elle reposa la tasse, qu'elle avait vidée, et dévisagea sa belle-fille avec gravité, une main appuyée sur son bras.

— Etes-vous heureuse ?

— Oui, bien sûr ! affirma Miranda en souriant. Pourquoi ne le serais-je pas ?

— Je ne sais pas. Vous sembliez si lasse et mélancolique, ce matin, que cela m'a turlupinée toute la matinée. Etes-vous certaine que... qu'il ne vous rend pas malheureuse ?

— Devin ? Oh, non. Pas du tout. Je suis ravie de l'avoir épousé.

Elizabeth parut sceptique.

— Vraiment ? Je crains tellement que ce mariage soit une terrible erreur...

— Absolument pas, je vous assure. Si je vous ai paru fatiguée ce matin, c'était sans doute à cause de la soirée d'hier.

— Oui, elle m'a fatiguée aussi. Il y avait si longtemps que je n'avais pas dansé autant ! Mais avec votre père, c'est toujours un ravissement... ajouta-t-elle en rougissant comme une écolière.

Une preuve que l'amour rendait aveugle, pensa Miranda amusée. Comme sa belle-mère continuait à triturer son mouchoir de dentelle, elle demanda :

— Il y a autre chose, n'est-ce pas ? De quoi vouliez-vous me parler ?

Elizabeth pâlit.

— Juste ciel... je ne sais comment aborder la question. Vous allez croire que j'ai perdu l'esprit.

— Je n'en ferai rien, c'est promis.

— Eh bien... eh bien..., bredouilla sa belle-mère, les yeux pleins de larmes, d'effroi et de désarroi. Voilà, Miranda : je crains qu'il... qu'il ne cherche à vous tuer !

16.

Miranda dévisagea sa belle-mère avec ahurissement.

— Quoi ? Qui voudrait me tuer, d'après vous ?

— Ravenscar.

La jeune fille en resta bouche bée. Qu'avaient donc tous ces gens à soupçonner Devin des pires intentions à son égard ? C'était incroyable !

— Dev ? demanda-t-elle dans un souffle.

— Oui, Dev.

La lueur haineuse qui s'alluma dans les yeux d'Elizabeth la mit mal à l'aise.

— Réfléchissez un instant, Miranda. On a attenté par deux fois à votre vie, depuis que vous êtes ici. Et ne me soutenez pas qu'il s'agissait d'accidents ! Rien ne le prouve. Votre mari cherche à se débarrasser de vous, c'est évident ! Cet homme est démoniaque, je vous l'ai toujours dit !

— Elizabeth !

Miranda se redressa, le visage glacial.

— Je ne vous permets pas de parler ainsi de mon époux. J'ignore pourquoi vous le haïssez à ce point, mais votre attitude me paraît totalement déplacée. Si vous assistiez un peu plus souvent aux repas, si vous acceptiez de discuter avec lui, vous vous feriez une autre idée de lui, j'en suis sûre.

— Oh, je sais qu'il peut se montrer charmant ! répliqua Mme Upshaw. Je vous avais aussi mise en garde contre son charme, rappelez-vous. Seulement...

Elle s'interrompit pour étouffer un bâillement.

— Pardonnez-moi. Je me sens très lasse, tout à coup.

— Oui, vous avez certainement besoin de repos, approuva Miranda.

— Non, ce n'est pas ce que vous pensez. Mon état n'a aucun lien avec...

Elizabeth bâilla de nouveau.

— Juste ciel ! Je ne comprends pas ce qui m'arrive.

— Allez vous reposer, insista sa belle-fille d'un ton radouci. Je suis certaine que vous verrez les choses sous un autre angle quand vous aurez dormi un moment.

— Non, cela ne changera rien, marmonna Mme Upshaw en passant une main sur son front pâle. Mais vraiment, je me demande...

Elles furent interrompues par un valet, qui toussota poliment et annonça :

— Lady Vesey et sa tante sont ici pour vous rendre visite, milady.

— Lady Vesey ? répéta Miranda, surprise.

— Leona ? glapit sa belle-mère.

Son épouvante semblait indiquer que quelqu'un l'avait mise au fait des liens qui unissaient Devin et sa maîtresse.

Le premier choc passé, Miranda esquissa un léger sourire. Ce genre de défi n'était pas pour lui déplaire.

— Bien, déclara-t-elle au domestique en prenant les bristols qu'il lui tendait sur un petit plateau d'argent. Faites entrer ces dames dans le salon, je vais les rejoindre.

Quand le valet fut ressorti, Elizabeth tourna vers sa belle-fille un visage offusqué.

— Pensez-vous vraiment… que vous devez recevoir cette personne, ma chère enfant ? Lady Ravenscar m'a laissé entendre qu'elle n'était pas la bienvenue dans les cercles de bon ton.

— Je suis au courant, mais il m'intéresse de bavarder un moment avec lady Vesey pour me faire mon propre jugement, répondit Miranda. M'accompagnez-vous ?

— Non, non, je ne crois pas, protesta vivement Elizabeth. Il vaut mieux que je monte me reposer, ainsi que vous le suggériez à l'instant.

Elle se leva et vacilla légèrement sur ses jambes.

— N'oubliez pas ce que je vous ai dit, ma chérie, reprit-elle d'un ton mourant. Soyez prudente, je vous en conjure !

— Oui, je vous le promets.

Restée seule, Miranda lissa sa jupe et son corsage, fit bouffer ses larges manches de percale. Dans le vestibule, elle s'arrêta brièvement devant un miroir pour vérifier sa coiffure. La confrontation à venir faisait briller ses yeux et rosissait joliment ses pommettes. Elle n'avait nulle inquiétude à avoir sur son apparence.

Lorsqu'elle entra dans le grand salon, elle trouva Leona et sa tante debout face à lady Ravenscar et Rachel. La comtesse exprimait clairement sa réprobation et son mépris, sa fille semblait surtout furieuse.

— Bonjour, lady Vesey, déclara Miranda d'un ton enjoué, en s'avançant vers sa rivale pour lui serrer la main.

Leona se dégagea avec un léger froncement de sourcils.

— Lady Ravenscar.

Miranda salua la vieille miss Vesey, puis sourit à la comtesse et à Rachel et invita tout le monde à s'asseoir.

— Je suis ravie de votre visite, reprit-elle en s'adressant à Leona. Peu de gens viennent nous voir, sans doute pour ne pas déranger deux époux nouvellement mariés pendant leur lune de miel…

Elle afficha un discret sourire de contentement et s'arrangea même pour rougir un peu. Leona plissa les paupières.

— Oui, bien sûr, accorda-t-elle de sa séduisante voix de gorge. Mais je tenais à venir en voisine, pour m'assurer que votre installation à Darkwater se passe comme vous le souhaitez.

— Merci, c'est fort aimable à vous, minauda Miranda. Soyez sans crainte, tout se passe à merveille. J'ai tellement de chance d'être mariée à un homme aussi charmant que lord Ravenscar ! Devin se montre un époux délicieux.

Leona ne put cacher sa surprise. Elle s'empressa de la déguiser sous un petit sourire amusé.

— Voilà qui est surprenant, je dois l'avouer ! Jusqu'ici, le comte ne semblait guère enclin à se ranger.

— Ne dit-on pas que l'amour fait des miracles ? rétorqua Miranda, fixant sur elle de grands yeux candides. Mais je suppose que l'annonce de son mariage a dû crever de nombreux cœurs.

— Certainement, répondit lady Vesey, les lèvres pincées. Et où est donc cet époux comblé ? Je gage qu'il n'a pu quitter sa jeune femme aussi vite...

Les yeux de Rachel flamboyèrent. Elle se contint néanmoins, retenant la réplique qui lui montait aux lèvres.

— Devin est sorti peindre, indiqua Miranda d'un ton léger.

— Peindre ? répéta Leona avec un petit rire incrédule. Oh, mon Dieu. Notre pauvre ami doit s'ennuyer à mourir, s'il a repris ce passe-temps ridicule. N'en êtes-vous point blessée ?

— Pas le moins du monde, au contraire, affirma Miranda. C'est moi qui l'y ai encouragé, consciente de son talent, et il a paru très heureux de renouer avec une passion dont il avait été privé durant tant d'années.

Sa visiteuse lui jeta une œillade suspicieuse. Elle se demandait manifestement si cette petite Américaine était sérieuse ou si elle se gaussait d'elle.

— Vous plairait-il de voir quelques croquis de mon frère ? suggéra Rachel avec une perfidie suave. Il a crayonné de nombreuses esquisses de Miranda, ces derniers temps.

Les mâchoires de Leona se crispèrent.

— N'en faites rien. Je ne voudrais pas que vous vous dérangiez pour moi.

— Oh, il ne s'agit nullement d'un dérangement ! déclara Miranda en se levant avec entrain. Allons visiter l'atelier de Devin. Je suis sûre qu'il n'en prendrait pas ombrage.

Plaisamment, elle glissa une main sous le coude de sa rivale pour l'inciter à la suivre. Leona obéit, l'air déconcerté.

— Mère, Rachel, venez-vous aussi ?

Une lueur intéressée passa dans les yeux bleus de la comtesse.

— Pourquoi pas ? répondit-elle avec une pointe d'ironie. J'avoue que cette visite pique ma curiosité.

Elle s'occupa d'accompagner miss Vesey. Un peu plus tard, quand les cinq femmes pénétrèrent dans l'atelier, Leona se figea, interdite. Il y avait des portraits de Miranda partout : une toile inachevée sur le chevalet, d'autres, terminées, rangées contre le mur, des croquis au fusain éparpillés sur la table, deux aquarelles en train de sécher par terre.

Tandis qu'elle parcourait la pièce du regard, les yeux de lady Vesey s'élargissaient de plus en plus, son teint devenait livide. Elle paraissait sur le point de défaillir. Lady Ravenscar et Rachel la contemplaient avec un amusement non dissimulé.

— Vous sentez-vous bien, ma chère ? s'enquit Miranda avec sollicitude. Vous êtes fort pâle, tout à coup.

Leona se redressa, les lèvres pincées.

— La chaleur et la lumière m'ont légèrement incommodée, je suppose. Je me demande comment Devin peut passer des heures dans cette pièce.

— Le bonheur de rattraper le temps perdu, sans doute, répondit Miranda d'un ton attendri.

Sa rivale lui décocha un petit rictus crispé, puis elle tourna les talons et sortit. Rachel sourit largement à sa belle-sœur.

Lorsqu'elles rattrapèrent lady Vesey, celle-ci semblait s'être ressaisie. Mais la fureur qui l'animait perçait sous son calme apparent.

— Devin se serait-il déjà lassé de son modèle ? demanda-t-elle d'un ton perfide.

— Non, mais je ne supporte pas plus de deux heures de pose par jour, expliqua aimablement Miranda. Rester immobile est assez fatigant.

— Certainement, acquiesça sèchement Leona. Et que peint donc lord Ravenscar, à part vous ?

Lady Ravenscar émit un petit son inquiet à cette question, mais sa belle-fille n'en eut cure. Elle tourna vers sa rivale un regard où brillait une lueur de défi.

— Il est allé peindre les ruines de l'abbaye, cet après-midi. C'est un endroit très romantique.

— Oui, en effet.

Dès qu'elles regagnèrent le grand salon, lady Vesey parut fort pressée de prendre congé. Miranda s'excusa à son tour, indiquant qu'elle devait aller prendre des nouvelles d'Elizabeth. Restée seule avec sa fille, lady Ravenscar s'autorisa un sourire surprenant chez elle.

— Je dois dire que cette suggestion était fort habile, Rachel, approuva-t-elle avec chaleur. Jamais je n'aurais pensé que Devin avait fait autant de portraits de sa femme !

— Je le savais, moi, précisa Rachel d'un air éminemment satisfait.

— J'admire l'intelligence de votre manœuvre, ma chère. Mais Miranda n'aurait jamais dû révéler à cette sorcière le lieu où se trouve Devin ! Elle va s'y rendre tout droit, c'est certain.

Rachel sourit avec un calme impérial.

— Ne vous tourmentez pas, maman. J'ai idée que notre Miranda n'a nullement agi par naïveté.

En montant chez Elizabeth, Miranda se sentait moins sûre d'elle qu'elle avait voulu le paraître devant Leona. Son pari était risqué. Elle avait besoin de connaître les réactions de Devin face à sa maîtresse, mais rien ne lui disait qu'elle allait gagner...

Pourtant, la visite de lady Vesey l'avait grandement réconfortée. De toute évidence, la belle lionne n'était venue à Darkwater que pour s'informer de son amant — ce qui signifiait que Devin la délaissait depuis trop longtemps à son gré. Certes, le détachement du comte était sans doute dû à sa passion ravivée pour la peinture, qui l'absorbait totalement. Mais tout de même... La jeune fille était soulagée de savoir que son mari n'avait pas rendu quelques visites clandestines à leur voisine, comme elle le craignait en secret.

Lorsqu'elle pénétra chez sa belle-mère, une femme de chambre à la mine inquiète l'informa que Mme Upshaw n'allait pas bien du tout. Elle venait de rendre tous ses aliments et semblait avoir du mal à se reposer, en dépit d'une irrésistible envie de dormir.

— Oh, mon Dieu..., murmura Miranda. Vous pouvez nous laisser, Mary. Je vais m'occuper d'elle et la veiller un moment.

Elle découvrit Elizabeth adossée à ses oreillers, les paupières closes, le teint cendreux. Quand elle l'appela doucement, la malade battit faiblement des cils et riva sur elle un regard vitreux. Ce malaise ne semblait nullement imaginaire, pour une fois.

— Miranda ?

— Il paraît que vous avez été souffrante, répondit la jeune fille en prenant sa main, qui lui parut glacée. Vous sentez-vous mieux ?

— Non, pas vraiment, marmonna sa belle-mère avec un frisson. Quand je suis arrivée dans ma chambre... j'ai été saisie d'une nausée épouvantable. Je ne comprends pas. J'étais pourtant en bonne forme, ce matin !

— Cela va s'arranger bientôt, j'en suis sûre. Dormez, cela vous reposera.

— Si seulement je le pouvais ! gémit Elizabeth. Mes yeux se ferment tout seuls, mais le sommeil me fuit.

— Essayez encore, insista doucement Miranda. Je vais rester près de vous.

Peu après, les doigts serrés sur les siens, la malade s'endormit.

En quittant la bibliothèque vers 13 heures, Devin se rendit bien à l'abbaye en ruine, ainsi qu'il l'avait indiqué à Miranda. Il lui semblait important de ne pas s'écarter totalement de la vérité. Il déposa son matériel de peinture, prévoyant de revenir faire quelques esquisses plus tard, puis il repartit dans la direction opposée.

Avoir menti à sa femme — fût-ce par omission — lui donnait des remords brûlants. Toutefois il n'aurait guère pu lui révéler sa véritable destination.

Après une chevauchée de trois quarts d'heure, il longea la grande allée bordée de citronniers qui menait au château de Vesey Park. Un frisson le parcourut quand il arriva devant le perron. Il n'était pas revenu là depuis l'été de ses dix-huit ans, l'époque où il était tombé fou amoureux de Leona.

Un palefrenier vint chercher son cheval, un valet lui ouvrit la grande porte et s'inclina devant lui. Mais quand Devin demanda à voir lady Vesey, le domestique lui apprit que celle-ci était sortie. Cette nouvelle surprit le comte. A sa connaissance, Leona n'avait pas d'amis dans les environs. Les gens convenables, menés par sa mère, lui refusaient leur porte.

— Madame est allée rendre visite à miss Vesey, la tante de monsieur, expliqua le valet.

Devin haussa les sourcils. Leona devait s'ennuyer ferme, pour se rabattre sur la vieille dame qu'elle appréciait fort peu. Il était tout aussi étonné, au demeurant, que sa maîtresse ait prolongé à ce point son séjour à la campagne. Il avait sincèrement cru qu'elle rentrerait à Londres tout de suite après le mariage, comme elle l'en avait menacé.

Il décida de l'attendre, certain qu'elle ne s'attarderait pas très longuement auprès de miss Vesey. Et, de fait, il n'était assis que depuis quelques minutes dans le grand salon du rez-de-chaussée quand Leona entra dans un bruissement de jupons, arborant un sourire éblouissant. Comme toujours, elle portait une robe de soie verte qui lui allait à ravir, la jupe ajustée moulant effrontément ses hanches, le corsage au large décolleté arrondi révélant sa gorge généreuse.

— Devin, enfin ! s'écria-t-elle en ouvrant les bras.

Puis elle afficha une moue boudeuse.

— J'aurais presque pu croire que je ne vous plaisais plus.

Elle s'approcha de lui avec un sourire charmeur, le provoquant de son regard ambré. A son vif dépit, le comte recula d'un pas. Elle haussa un sourcil, l'air froissé.

— Dev ! Que vous arrive-t-il ? Seriez-vous intimidé, après tout ce temps ?

— Non, bien sûr. Leona...

Devin s'interrompit, ne sachant comment aborder le sujet qui l'amenait. Sa maîtresse pivota sur elle-même, fit quelques pas et poursuivit à sa place, d'un ton condescendant :

— Votre terne petite épouse m'a dit que vous aviez repris la peinture. Voyons, Dev, quelle mouche vous a piqué de vous remettre à ces jeux puérils ?

— Miranda vous a dit ? s'écria Devin stupéfait. Vous lui avez parlé ?

— Mais oui, bien sûr ! Je suis allée lui rendre une petite visite de politesse avec ma tante Vesey, en début d'après-midi.

Leona lui refit face, les yeux rieurs, et claqua de la langue comme si elle réprimandait un enfant pris en faute.

— La pauvre petite vous croyait en train de peindre les ruines de l'abbaye. Dev ! N'avez-vous pas honte de mentir ainsi à votre jeune épouse ?

Elle se mit à rire, revint près de lui.

— Mais je vous comprends fort bien, mon chéri, murmura-t-elle d'une voix enjôleuse. Vous devez souffrir le martyre, avec cette petite provinciale sans saveur. M'en voulez-vous beaucoup de vous avoir poussé à l'épouser ?

Les mâchoires crispées, Devin la fixa avec colère.

— Non, Leona. Je ne vous en veux pas du tout, au contraire. Grâce à vous, je suis plus heureux que je ne l'ai été depuis des années.

Les yeux de sa maîtresse s'élargirent. Puis elle se détendit et rit de nouveau.

— Affreux plaisantin que vous êtes ! J'ai failli vous croire.

Elle posa une main sur son bras, l'enveloppa d'un regard lascif auquel il ne résistait jamais.

— Pourquoi n'êtes-vous pas venu plus tôt, Dev ? J'aurais mis fin à votre ennui…

Devin s'écarta une nouvelle fois.

— Je ne me suis pas ennuyé une seconde, croyez-moi. Et je vous saurais gré de ne pas insulter ma femme.

Leona le dévisagea, interdite. Devant son expression choquée, il soupira.

— Pardonnez-moi cette dureté, mais vous m'avez poussé à bout. J'ai changé, Leona. Je ne suis plus le même. Je ne peux plus vivre comme avant mon mariage. Vous et moi…

— Chut…, murmura sa maîtresse en posant un doigt sur ses lèvres. Ne parlez pas ainsi, mon chéri. Vous ne savez pas ce que vous dites. Ces longues semaines à la campagne vous ont amolli l'esprit. Souvenez-vous de nos projets, de tous les plaisirs que nous voulions nous offrir avec l'argent de votre femme…

Elle se colla à lui, sa main descendit lentement de sa bouche vers sa mâchoire et son cou.

— Je vous connais, Dev, poursuivit-elle d'une voix de velours, intime et rauque. Mieux que quiconque. Vous êtes toujours l'homme que j'aime.

De son autre main, elle prit les doigts de Devin et les porta à son décolleté.

— Je sais ce qui vous plaît... Si nous nous esquivions dans ma chambre, pour que je vous rappelle ce qui doit si cruellement vous manquer ?

Devin la contemplait, observait ses mines de chatte. Et n'en éprouvait pas le moindre trouble. Pour la deuxième fois depuis près de quinze ans, songeait-il avec stupeur, Leona le laissait de marbre. En dépit de ce qu'il était venu lui dire, il ne s'attendait pas à un détachement aussi total.

— Non, Leona.

Il lui retira sa main et s'éloigna de quelques pas.

— Je vous l'ai dit, j'ai changé et ne le regrette nullement. Que je le veuille ou non, ce mariage a fait de moi un autre homme. Je n'ai pas envie de tromper ma femme, que ce soit avec vous ou avec une autre. Accepter de poursuivre notre liaison serait malhonnête, aussi bien envers elle qu'envers vous.

Il marqua une pause, inspira et prononça les mots qu'il n'aurait jamais pensé prononcer un jour :

— Nous allons cesser de nous voir, Leona.

La pâleur qui envahit le visage de sa maîtresse lui donna des remords. Il l'avait aimée passionnément durant toute sa vie d'homme, il pensait l'aimer encore et voilà qu'il ne l'aimait plus. La décision qu'il avait prise la nuit dernière lui coûtait encore moins que ce qu'il avait cru. Le choc qu'il causait à Leona le chagrinait, certes, mais il se sentait surtout soulagé. Délivré.

Plus surprenant encore, le souvenir de leurs étreintes et de leurs audaces outrancières s'était curieusement estompé dans sa mémoire, comme noyé dans une brume de fumée et d'alcool. Il s'avisa alors, étonné, qu'au cours de toutes ces années il n'avait passé que de brefs moments avec Leona, des moments furtifs, secrets, trop pimentés par ses excentricités et le goût du fruit défendu pour lui permettre de la connaître vraiment. En outre, la plupart du temps, il était ivre. Que savait-il d'elle, sinon qu'elle avait deux sœurs qu'elle ne voyait jamais ? Rien, ou presque.

Il songea aux heures passées à rire et à bavarder avec Miranda ces dernières semaines, et la différence lui parut soudain phénoménale. Il connaissait déjà une foule de détails sur l'enfance et la jeunesse de sa femme. Il n'avait jamais rien partagé de tel avec Leona.

— Je suis navré, reprit-il — plus sincère vis-à-vis d'elle que de lui-même. Je ne pouvais vous mentir, Leona. Et je sais que vous ne l'eussiez pas accepté.

La fureur déforma les traits de sa maîtresse. Elle darda sur lui un doigt vengeur.

— C'est ceci, que je ne puis accepter ! Que vous me rejetiez pour une petite dinde des Amériques !

— Leona !

— Taisez-vous ! glapit-elle. Comment osez-vous me traiter de la sorte, après tout ce que j'ai fait pour vous ? Je vous ai tout appris, j'ai refusé pour vous les aristocrates les plus raffinés qui se traînaient à mes pieds !

— Vous les retrouverez maintenant, je n'en doute pas, observa Devin d'un ton plus calme. Vous aurez toujours tous les hommes que vous voudrez, Leona.

— Cessez de me parler sur ce ton ! Je n'ai nul besoin de votre sympathie ! Quand vous serez lassé de votre nouveau jouet, ce qui ne saurait tarder, vous me reviendrez, je le sais ! Vous êtes à moi, Devin. Vous m'appartenez.

Le regard de Devin se fit glacial.

— Je n'ai jamais appartenu à personne, Leona. Vous ne me possédiez pas, je vous aimais. C'est très différent.

Elle lui retourna une œillade ironique.

— Vous étiez prêt à satisfaire tous mes caprices pour être dans mon lit, rien d'autre. Même à vous marier ! décocha-t-elle d'une voix fielleuse. Mais quand vous reviendrez ramper à mes pieds pour que je vous reprenne, mon cher, ce sera trop tard. Vous aurez perdu votre place.

Malgré sa colère et sa rancœur, Devin répondit posément, en la fixant droit dans les yeux :

— Je ne reviendrai pas, Leona.

Il tourna les talons, sortit en trombe de la maison et sauta sur son cheval pour aller retrouver Miranda.

17.

Miranda se trouvait toujours au chevet d'Elizabeth quand Devin rentra en fin d'après-midi. Sa belle-mère était plongée dans un sommeil si profond qu'elle semblait ne plus vouloir se réveiller, ce qui ne manquait pas de l'inquiéter. Elle avait rassuré de son mieux son père et Veronica, qui l'avait remplacée un moment, mais cette sieste prolongée ne lui paraissait pas naturelle.

L'heure du dîner approchant, elle sonna la femme de chambre pour demander qu'on lui monte un plateau. Une demi-heure plus tard, à sa vive surprise, ce fut son mari en personne qui lui apporta son repas.

— Devin ! s'exclama-t-elle, ravie, en se levant pour l'accueillir. Que faites-vous ici ?

— Quand on m'a dit que vous ne descendriez pas dîner, j'ai décidé de jouer les soubrettes. Je ne vous avais pas vue depuis ce matin.

Il posa le plateau sur une table basse et se tourna vers le lit.

— Comment va Mme Upshaw ?

— Je ne sais trop. Elle dort sans interruption depuis des heures. Je préfère attendre qu'elle se réveille.

Levant les yeux vers son mari, Miranda sourit et lui prit la main.

— Je regretterai de ne pas passer la soirée avec vous, cependant.

Souriant de même, il porta les doigts de sa femme à ses lèvres.

— Moi aussi.

Le cœur de Miranda se gonfla d'espoir. Toutefois, elle ne put se résoudre à lui demander directement si Leona était allée le rejoindre à l'abbaye.

— Avez-vous bien travaillé, aujourd'hui ?

— Oui, quand je m'y suis mis.

Il parut sur le point d'ajouter quelque chose, puis jeta un coup d'œil à Elizabeth et se reprit.

— Je ne vais pas vous déranger plus longtemps. Je voulais juste vous voir. Nous discuterons plus tard.

Miranda acquiesça d'un signe de tête, rongée de curiosité et d'inquiétude. La visite de Devin semblait être bon signe, mais elle ne pouvait s'empêcher de redouter le pire.

Vers 22 heures, enfin, Elizabeth s'éveilla en marmonnant des paroles incohérentes. Elle ouvrit les yeux, parcourut la pièce avec une expression hagarde. Miranda vint la rejoindre.

— Comment vous sentez-vous ?

Sa belle-mère cligna des paupières.

— Que faites-vous ici ? Ah, oui, je me souviens. Cette indigestion…

— Vous avez dormi très longtemps. Etes-vous remise ?

— Remise ? Je ne sais pas…

La malade referma les yeux, comme si elle n'avait pas la force de les garder ouverts.

— Je me sens si lasse, si lasse…

Elle s'était déjà rendormie, mais ce bref réveil avait rassuré Miranda. Au moins Elizabeth était-elle encore consciente. Un peu plus tard, quand Joseph Upshaw arriva, sa belle-mère s'éveilla de nouveau quelques instants. Nettement plus réconfortée, cette fois, la jeune fille décida de se retirer. Elle pria Mary de la prévenir si nécessaire, puis elle rejoignit sa chambre.

Esther, sa propre femme de chambre, avait eu l'excellente idée de lui préparer un bain. Miranda s'allongea avec délice dans l'eau chaude et parfumée et y paressa un long moment, heureuse de pouvoir enfin se détendre. Toutefois, alors qu'elle passait sa chemise de nuit et brossait sa chevelure dénouée, la même question lancinante revint la torturer : Leona avait-elle rejoint Devin à l'abbaye ? Si oui, pourquoi son mari ne lui avait-il rien dit ?

Finalement, épuisée par sa longue veille auprès d'Elizabeth, elle se mit au lit. Elle était sur le point de s'endormir quand un bruit la fit sursauter. Tournant la tête, le cœur battant, elle aperçut Devin sur le seuil de leur porte commune, un bougeoir à la main.

Miranda en perdit le souffle. La flamme de la bougie éclairait son visage tendu, creusait ses traits, faisait luire ses yeux verts. Il avait ouvert sa chemise, qui flottait sur son pantalon noir. Incapable de bouger ou d'émettre un son, la jeune fille le regarda poser le bougeoir sur une table et venir vers elle.

Il s'arrêta près du lit, la contempla un long moment en silence. Elle le dévisageait de la même manière, les yeux rivés sur les siens. Puis, lentement, Devin leva une main et la posa à la base de son cou. Leurs pouls battaient à l'unisson, follement. Sans un mot, Miranda saisit cette main brûlante qui tremblait de désir et d'émotion, la fit glisser jusqu'à sa gorge. Elle savait ce qu'il voulait ; elle le voulait aussi.

— J'ai envie de vous, murmura son mari d'une voix sourde. Je crois que je n'ai jamais désiré une femme comme je vous désire.

Il se pencha vers elle, caressant ses seins tendus, abaissant sa bouche vers leur pointe dressée sous l'étoffe fine.

— Je vous veux toute à moi, Miranda. Pour toujours.

Avec un gémissement de bonheur, elle l'attira à lui, l'obligea à s'allonger près d'elle. Il la prit dans ses bras, enfouit sa tête brune au creux de son cou.

— Je veux un vrai mariage, poursuivit-il à mi-voix. Celui que vous souhaitiez. Je refuse de vous partager avec un autre, et je ne veux plus d'aucune autre femme. J'ai rompu avec Leona aujourd'hui.

Miranda retint un cri incrédule.

— Devin...

— Me permettez-vous d'essayer d'être un vrai mari pour vous ?

Tout en parlant il ne cessait de la caresser, semant des ondes de plaisir irrésistibles dans toute sa personne.

— Oui..., exhala Miranda, oppressée par ces mille et une joies qui l'assaillaient corps et âme. Oui...

Les longues semaines de frustration qu'ils avaient connues depuis leur mariage les jetèrent l'un contre l'autre, avides de se dévêtir, de se toucher, de s'explorer, de s'embrasser sans fin. Ils gémissaient, enlacés, roulaient sur le grand lit, s'enivraient de leur odeur, du grain de leur peau, de tous ces secrets qu'ils rêvaient de découvrir et qui leur étaient enfin révélés. Les caresses et les baisers de Devin mettaient Miranda au supplice, faisaient naître en elle des espèces de boules ardentes qui se logeaient au creux de son ventre, à la jonction de ses cuisses et dont elle brûlait d'être délivrée. Cette tension qui l'habitait était à la fois délicieuse et terriblement encombrante, à son avis, car elle l'empêchait de se concentrer sur la seule chose qui l'intéressait en cet instant : parcourir le corps de son mari de la tête aux pieds, sentir sous ses doigts la dureté de ses os, la fermeté de ses muscles, la douceur satinée de sa peau, le charmant picotis de la toison noire qui descendait de son torse jusqu'à son ventre, et reprenait un peu plus bas…

Mais Devin ne demeurait pas en reste, pendant ce temps. Ses doigts experts lui révélaient des plaisirs insoupçonnables, s'emparaient des recoins les plus intimes de sa personne, la transportaient d'une volupté si grande qu'elle en devint bientôt insupportable. Alors, comme s'il possédait la clé de tous ses mystères, il rendit ses caresses plus précises, plus exquises encore, et soudain Miranda eut la sensation de quitter la terre pour une sorte de paradis éblouissant. Elle en retomba quelques instants plus tard, étourdie et pantelante, incapable de saisir ce qui venait de lui arriver.

— Devin…, murmura-t-elle, les yeux débordants d'une joie toute neuve.

Quand il vit son expression alanguie, extasiée, Devin ne put résister plus longtemps au désir de la faire sienne tout entière. Il la reprit dans ses bras et l'embrassa à perdre haleine, imbriquant son corps dur dans le sien, se frayant une place entre ses jambes. Quand elle le sentit s'immiscer dans son propre corps, Miranda connut une joie plus grande encore, si c'était possible. La brève douleur qu'elle ressentit ne diminua en rien le plaisir absolu d'être unie à Devin. Enfin ils ne faisaient qu'un. Enfin il était à elle, comme elle était à lui. En cet instant, elle comprit le miracle de l'amour humain.

Elle s'agrippa à lui de toutes ses forces, désireuse de sceller plus étroitement encore leur union. Et quand il se mit à bouger en elle, imprimant à ses reins un rythme doux et lent d'abord, puis de plus en plus intense, elle retint son souffle, abasourdie, hésitant à croire que l'éblouissement du début allait se reproduire. Mais un plaisir indicible montait en elle, de plus en plus fort, l'envahissait, la submergeait, et de nouveau ce fut cette espèce d'explosion qui l'envoyait dans les étoiles. Une explosion plus belle encore que la première, plus bouleversante, car cette fois Devin la partageait avec elle. Son mari étouffa un cri de bonheur au creux de son cou, puis ils s'étreignirent avec passion et retombèrent l'un contre l'autre, épuisés et comblés.

Devin s'éveilla lentement, un sourire sur les lèvres. Pour la première fois de sa vie, lui semblait-il, il se sentait parfaitement, totalement heureux. En paix avec lui-même et le reste du monde. Tournant la tête vers la responsable de ce bien-être, il contempla Miranda endormie, ses longs cils sombres caressant ses joues, son visage candide auréolé de ses cheveux répandus sur l'oreiller. Elle était belle, pensa-t-il, d'une beauté qui dépassait les limites de son corps. Cette nuit-là, il avait en quelque sorte perdu sa virginité, lui aussi. Comme elle. Sa virginité émotionnelle. Elle lui avait fait découvrir une volupté si profonde et si totale qu'il se sentait un homme neuf. Parce qu'elle était pure, loyale, généreuse, aimante, et qu'il n'avait encore jamais fait l'amour avec une femme comme elle.

L'ivresse qu'il avait éprouvée dans ses bras ne devait rien à l'alcool, pour une fois. Et encore moins au vice. Tous les sortilèges de Leona réunis ne lui avaient jamais fait atteindre cette extase absolue, qui comblait l'âme autant que le corps.

La gratitude qu'il ressentait le poussa à tendre la main vers elle, à caresser sa joue. Les paupières de Miranda frémirent, elle ouvrit des yeux ensommeillés, puis elle le vit et sourit.

— Bonjour, murmura-t-elle.

Devin se rapprocha d'elle, l'embrassa doucement.

— Bonjour, madame. Comment vous sentez-vous ?

Le sourire de sa femme s'élargit, ses prunelles étincelèrent.

— Bien. Merveilleusement bien.

— Vous êtes une merveille à vous seule, ma douce, chuchota-t-il contre ses lèvres. Une merveille dont je ne me lasserai jamais.

Il sentit le sourire ravi de Miranda dans le baiser qui s'ensuivit, un sourire qui persista tout au long de leurs caresses et de la douce étreinte qui les réunit de nouveau. Ce matin-là, il prit tout son temps pour lui apprendre de nouveaux secrets, pour l'entraîner dans de nouveaux vertiges aussi enivrants que ceux de la nuit. Quand Miranda se lova contre son mari, rose de plaisir et de contentement, elle songea que c'était vraiment une délicieuse façon de commencer la journée. Ils restèrent encore un long moment enlacés, parlant de choses et d'autres, de peinture, de travaux, des soucis causés par les défaillances de Strong, d'Apworth Mountain, de tout ce que la jeune femme était impatiente de visiter.

— Vous ne m'avez pas montré les caves, dit-elle tout à coup.

— Les caves ? répéta Devin en riant.

— Oui. Il doit bien y en avoir ?

— Il y en a, en effet. Elles sont immenses. Un vrai labyrinthe qui s'étend sous tout le manoir. Mais je ne vous conseillerais pas d'y aller sans moi. Elles sont en mauvais état et risquent d'être dangereuses. En outre, elles ne contiennent que des vieilleries.

Miranda fronça le nez.

— Vous n'êtes absolument pas romantique. J'imaginais déjà des cachots, des oubliettes, des pièces mystérieuses...

Devin rit de plus belle.

— Pas romantique, moi ? rétorqua-t-il en taquinant de ses lèvres la chair tendre de son cou. Il me semblait pourtant vous avoir prouvé le contraire.

Un frisson de plaisir parcourut Miranda. Ils partagèrent encore un long baiser, puis ils se décidèrent à se lever.

Quand ils descendirent prendre leur petit déjeuner, ils étaient seuls. Ils discutèrent de leur programme, puis Miranda se souvint tout à coup avec remords qu'elle avait oublié Elizabeth. Un moment plus tard, alors que Devin repartait vers l'abbaye, elle monta voir sa belle-mère.

*
**

Mme Upshaw était assise dans son lit, mais elle avait encore très mauvaise mine. Bizarrement, ses longues heures de sommeil ne semblaient pas l'avoir reposée.

— Non, ma chérie, je ne me sens pas encore totalement rétablie, répondit-elle aux questions de la jeune femme. J'ai assez mal dormi, comme si j'étais en proie à des accès de fièvre. Je suis brisée, ma tête est douloureuse et j'ai l'estomac embarrassé. C'est vraiment étrange. Jamais je n'avais connu ce genre de maladie. Et ce besoin constant de fermer les yeux... C'est étrange, vraiment.

Elle remercia Miranda de l'avoir veillée si longtemps, puis elle promit de faire venir le Dr Browning si son état persistait.

Ce devoir filial accompli, la jeune femme retourna à ses devoirs de comtesse — une nouvelle séance de travail avec M. Strong qui lui parut encore plus pénible que de coutume. Les explications embrouillées de l'intendant n'avaient rien pour l'aider à se concentrer, et son esprit dérivait plus souvent qu'elle ne l'aurait voulu vers les merveilleux souvenirs de la nuit. Aussi, en début d'après-midi, décida-t-elle de faire seller sa jument pour aller rejoindre Devin.

Elle s'était déjà rendue plusieurs fois à l'abbaye en compagnie de son mari, mais ce jour-là ce site romantique à l'extrême présentait pour elle un attrait redoublé. C'était un endroit à la fois grandiose et mélancolique, prenant et paisible, où la végétation parait d'atours somptueux les ruines altières qui témoignaient d'un passé de puissance et de gloire. Au fil des siècles, beaucoup de murs avaient été détruits afin d'en utiliser les pierres au manoir de Darkwater. En plus des larges dalles de pierre jonchées de lierre et de ronces, les restes les plus imposants étaient ceux de l'ancienne cathédrale, dont les parois aux croisées vides et aux arches interrompues se lançaient à l'assaut du ciel. Ailleurs, des escaliers de pierre dirigeaient leurs volutes vers nulle part, et des trous béants signalaient les endroits où le sol s'était effondré dans les caves souterraines.

Dès que Devin la vit arriver, il posa sa palette et ses pinceaux pour la prendre dans ses bras. Et devant la toile où son mari avait si bien su capturer la beauté intemporelle du décor qui les entourait, Miranda pensa qu'il n'y avait pas sur terre une femme plus heureuse qu'elle.

Cette opinion ne changea pas au cours des jours suivants. La jeune femme passait beaucoup de temps avec son époux, se souciant peu, pour une fois, de négliger ses tâches. Après tout, son père et Hiram pouvaient fort bien la remplacer et elle se sentait trop joyeuse pour avoir envie de se replonger tout de suite dans des problèmes aussi déprimants qu'un toit à refaire ou un domaine à remembrer.

Bien sûr, tout le monde au manoir avait remarqué les changements intervenus entre les jeunes mariés. Nul n'en parlait ouvertement, mais les petits sourires entendus de Joseph Upshaw en disaient long sur sa satisfaction d'avoir triomphé. Un soir, au dîner, il lança d'un ton jovial aux deux tourtereaux :

— Toujours pas décidés à partir en lune de miel ? Vienne doit être fort agréable, en cette période de l'année.

— Oui, renchérit Rupert en hochant le menton. Maintenant que les plus grosses chaleurs sont passées, vous devriez faire un petit voyage en tête à tête, tous les deux. Cela me semblerait une bonne chose.

Devin sourit et dédia un regard attendri à sa femme.

— De fait, notre voyage de noces se limitera pour l'instant à une expédition dans les Roaches. Miranda rêve de visiter cette portion du domaine.

— Vous voulez vous rendre à Apworth Mountain ? releva lady Ravenscar, l'air stupéfait. Quelle étrange idée, Miranda !

— C'est un endroit magnifique, maman, intervint Rachel. Très dépaysant.

— Mais où logerez-vous ? s'exclama Rupert, prenant le parti de sa sœur. Il n'y a rien pour vous accueillir, là-bas !

— Je ne suis pas de votre avis, mon oncle, répondit Devin. Bert Jones et sa famille ont toujours été très heureux de me recevoir, chaque fois que je suis allé dans la région.

— Bert Jones ?

Les sourcils de la comtesse se haussèrent d'un cran supplémentaire.

— Vous comptez emmener votre femme chez un fermier, dans une chaumine sans le moindre confort ?

— J'ai sûrement connu bien pire chez les trappeurs du Grand Nord, mère, rétorqua Miranda d'un ton enjoué. Et puis nous pouvons aussi nous abriter sous une tente ; Devin m'a dit qu'il en possédait une.

Lady Ravenscar parut sur le point de défaillir.

— Grands dieux...

— En outre, je brûle de peindre ce genre de paysage, ajouta son fils. Cette région est extrêmement pittoresque.

La comtesse leva les yeux au ciel, visiblement dépassée par ces mœurs barbares. Rupert, lui, haussa les épaules d'un air bonhomme.

— Pour ma part je préférerais Vienne ou Venise, mais après tout, chacun ses goûts.

Miranda se mit à rire.

— Nous irons aussi en Autriche et en Italie. Je rêve de visiter Rome, la Toscane et la Vénétie avec Devin. Mais nous avons toute la vie pour cela, déclara-t-elle en tournant un regard ému vers son mari.

Le lendemain, Devin partit de bonne heure pour l'étang des Eaux-Noires, le petit lac sombre et mystérieux qui avait donné son nom à Darkwater. Miranda, délicieusement lasse après une nouvelle nuit d'amour, fit la grasse matinée — un luxe qu'elle s'octroyait rarement. Après quoi, heureuse et reposée, elle décida d'aller faire un peu de courrier dans la bibliothèque.

La première chose qu'elle vit en entrant dans la pièce fut un billet posé sur la table. Il portait son nom écrit à l'encre noire, en grandes lettres fermes. Elle sourit, reconnaissant tout de suite l'écriture ample et décidée de son mari. Le cachet brisé, elle parcourut le bref message et sa joie s'accrut.

« Ma bien-aimée, écrivait Devin. Venez me rejoindre à 1 heure de l'après-midi à l'entrée des caves, derrière la maison. J'ai quelque chose à vous montrer. »

Un grand « R » semblable à celui dont il signait ses toiles paraphait cette note laconique, agrémentée d'un rapide croquis décrivant les lieux. Ainsi, il n'avait pas oublié ce qu'elle lui avait demandé au matin de leur première nuit ! Et il avait décidé de lui faire une surprise, en prétendant partir pour l'étang. Enchantée par ce mystérieux rendez-vous, qui avait tout d'une aventure à la fois romantique et très excitante, Miranda décommanda ses engagements de l'après-midi.

A l'heure dite, le cœur battant et sourire aux lèvres, elle quitta le manoir par la porte de derrière et longea le mur de pierres en direction de l'ouest. Bizarrement, elle ne se souvenait pas d'avoir vu une porte de ce côté-là. Mais quand elle découvrit, dans un renfoncement, un panneau de bois encadré de lierre fraîchement coupé, elle se dit que la végétation avait dû le lui cacher — et que Devin, sans doute, avait fait dégager l'entrée pour leur visite.

Souriant toujours, elle posa la main sur le loquet et poussa la porte vermoulue. Le silence et l'obscurité qui l'enveloppèrent aussitôt la surprirent. Il faisait noir comme dans un four !

— Dev ? appela-t-elle d'une voix hésitante, tout en s'avançant d'un pas prudent. Etes-vous là ? Je n'y vois goutte !

A cet instant, une main s'appliqua entre ses épaules et la précipita en avant, si brutalement qu'elle perdit l'équilibre et sombra dans un puits de ténèbres.

18.

Devin ne regagna le manoir qu'au crépuscule, très satisfait de sa journée et impatient de montrer à Miranda ses premières esquisses du lac. Dès qu'il eut confié son cheval au palefrenier, il se rendit à la bibliothèque où il pensait trouver sa femme. Hiram Baldwin y était seul, penché sur une liasse de documents.

— Savez-vous où est Miranda ? demanda-t-il au secrétaire.

Celui-ci lui jeta un regard ahuri.

— Miranda ! répéta le comte comme s'il s'adressait à un demeuré. Savez-vous où elle est ?

— Mais… je la croyais avec vous ! répondit enfin le jeune homme, visiblement déconcerté.

— Avec moi ? J'ai passé la journée au bord de l'étang. Serait-elle partie me rejoindre ?

Hiram haussa les épaules, l'air vaguement inquiet.

— Je l'ignore, monsieur le comte. Tout ce que je sais, c'est que lady Ravenscar m'a quitté vers 13 heures en disant qu'elle avait un rendez-vous. Elle semblait si gaie… J'en ai conclu qu'elle devait vous retrouver.

Les sourcils froncés, Devin sortit, se demandant ce que signifiait ce mystère. Il grimpa l'escalier quatre à quatre, pénétra en trombe dans la chambre de sa femme. Elle était déserte. De plus en plus intrigué, il se rendit chez les Upshaw, qu'il trouva assis dans des fauteuils devant la cheminée.

— Miranda ? répéta Joseph d'un air surpris. Non, je ne l'ai pas vue de la journée. N'est-elle pas dans la bibliothèque ?

— Elle en est partie vers 13 heures, répondit son gendre, les mâchoires serrées.

— Juste ciel ! s'écria alors Elizabeth d'une voix suraiguë. Où est-elle ? Je suis sûre qu'il lui est arrivé quelque chose !

Devin porta les yeux vers elle, ce qui lui arrivait rarement. Non seulement Mme Upshaw se montrait peu en société, mais quand cela se produisait elle restait tapie dans un coin telle une souris apeurée. En la dévisageant, il éprouva une sensation étrange, comme si elle lui rappelait quelqu'un. Mais cette impression se dissipa aussi vite qu'elle était née et il ne vit plus qu'une femme mûre aux traits empâtés sous son bonnet, ses yeux pâles emplis d'effroi.

— Que lui avez-vous fait ? glapit-elle alors d'un air accusateur.

Son mari se tourna vers elle, horrifié.

— Elizabeth ! protesta-t-il d'un ton choqué. Voyons, ma chère, que dites-vous là ? L'inquiétude vous égare. Miranda a l'habitude de sortir seule ; elle sera là pour le dîner, j'en suis sûr.

Il reconduisit Devin à la porte et lui déclara à voix basse :

— Je suis désolé. Lizzie ne se sent pas très bien, depuis que nous sommes ici. Elle est dévorée d'une anxiété incompréhensible, à croire que les accidents survenus à Miranda lui ont porté sur les nerfs. Sortons et allons voir si nous trouvons ma fille.

Mais quand il annonça sa décision à sa femme, celle-ci refusa de rester seule. Elle voulait à tout prix chercher Miranda, elle aussi. Ils se rendirent chez Veronica, qui n'avait pas vu sa belle-sœur de la journée, elle non plus. Le cœur battant, Devin alla frapper de porte en porte, pénétrant dans les différentes pièces pour les inspecter quand il n'obtenait pas de réponse. Sa terreur allait croissant. Lui aussi, commençait à penser qu'il était arrivé quelque chose à Miranda. Il se reprochait son inconscience des dernières semaines, la façon dont il avait relâché son attention parce qu'aucun autre incident fâcheux ne s'était produit. En outre, au fond de lui, il avait toujours été convaincu que c'était à sa personne qu'on en voulait, pas à celle de sa femme. Qui aurait pu nourrir des intentions meurtrières à l'égard de Miranda ? Pour quelles raisons ?

Plongée dans l'obscurité, le corps contusionné, le bras gauche éraflé par le mur rugueux qui l'avait fort heureusement retenue dans sa chute, Miranda était accroupie au pied d'un escalier de pierre, les mains pressées sur sa bouche pour ne pas hurler de terreur. Elle tremblait comme une feuille. Qui l'avait poussée de la sorte ? Qui lui avait tendu ce piège ? Qui voulait la tuer ?

Un sanglot épouvanté la secoua. Ce n'était pas Dev, elle en était sûre. Elle ne pouvait pas admettre une ignominie pareille, malgré les avertissements de M. Caulfield et d'Elizabeth. Quelqu'un avait dû imiter son écriture.

D'ailleurs, ce n'était pas lui qui aurait le plus à gagner si elle mourait. Les premiers bénéficiaires de sa mort seraient Joseph Upshaw, et Veronica par ricochet — mais ces deux-là étaient aussi incapables de commettre un meurtre qu'elle de voler, elle l'aurait juré. Pourtant, si elle réfléchissait bien, Devin hériterait tout de même du capital qu'elle lui avait alloué. Une belle somme. Cet argent était déjà à lui, certes, mais le grand-père de Constance et sa belle-mère avaient peut-être raison en le soupçonnant de vouloir en profiter à son aise, sans la gêne d'une épouse...

Des larmes brûlantes lui montèrent aux yeux. Avait-elle pu se tromper à ce point sur son mari ? L'avait-il dupée, en lui faisant croire qu'il était heureux avec elle, qu'il avait rompu avec Leona ? Cette comédie n'avait-elle qu'un but, le rendre insoupçonnable quand on découvrirait le cadavre de sa femme au pied de cet escalier ? Cette pensée était intolérable. Non. C'était impossible, tenta-t-elle de se rassurer. Dev n'avait pas pu feindre à ce point, ou alors il était vraiment le diable incarné.

Le diable incarné. C'était ainsi qu'Elizabeth l'avait décrit, le jour où elle avait entendu son nom pour la première fois. Et elle ne comprenait pas non plus pourquoi sa belle-mère vouait une telle haine à son mari.

Oh, assez de ces mystères ! pensa-t-elle tout à coup, exaspérée. Elle aurait tout le temps de les résoudre plus tard. Pour l'heure, sa priorité était de sortir de ce trou.

Gémissant et grimaçant, elle se tourna comme elle put, se remit debout en prenant soin de rester plaquée contre le mur — elle ignorait sur quoi donnait l'escalier de l'autre côté — et remonta lentement les marches, à tâtons, un pied après l'autre. Cette ascension lui parut durer une éternité. Quand elle atteignit enfin la porte, elle la parcourut de ses deux mains, cherchant un loquet, mais elle ne trouva qu'un vieil anneau en fer. Elle poussa, tira, le panneau ne bougea pas. Il fallait s'y attendre, se dit-elle, les dents serrées. Le triste individu qui l'avait poussée dans le vide n'allait pas prendre le risque de laisser la porte ouverte derrière lui.

Alors elle s'effondra sur la première marche, submergée par une nouvelle vague de panique. Pendant combien de temps devrait-elle rester là ? Qui aurait l'idée de venir la chercher dans ces caves où personne ne descendait jamais ? Elle n'avait dit à personne où elle se rendait ! Une idée horrible lui traversa l'esprit : elle allait mourir de mort lente, emmurée. Elle ne saurait jamais qui avait voulu la tuer. L'affolement qui s'empara d'elle la poussa à tambouriner sur la porte de ses deux poings, à crier de toutes ses forces. Au bout de quelques minutes elle s'affala de nouveau, épuisée, la gorge en feu. Ses efforts ne servaient à rien ; nul ne l'entendrait jamais. Pourtant, elle ne pouvait céder au désespoir. Ce n'était pas dans son caractère.

Elle s'obligea une fois encore à se ressaisir, à respirer à fond, à réfléchir calmement. Elle avait perdu la notion du temps, ignorait quelle heure il était, mais on se mettrait bien à sa recherche quand elle ne paraîtrait pas au dîner. Devin ferait fouiller la maison de fond en comble, elle en était certaine. Et parmi l'armée de domestiques que contenait le manoir, quelqu'un finirait bien par passer devant cette maudite porte.

Il ne lui restait plus qu'à attendre. Des heures peut-être, dans le noir et l'humidité. Mais Devin viendrait la sauver. Elle ne pouvait imaginer le contraire. C'était l'homme qu'elle aimait, celui qui était fait pour elle. Il ne pourrait l'abandonner.

Miranda était adossée à la porte depuis des siècles, lui semblait-il, transie, mourant de faim et de soif, la peau douloureusement irritée sous sa robe déchirée, quand tout à coup un bruit de voix lui parvint. Un bruit lointain, étouffé, mais des gens approchaient, cela ne faisait aucun doute. Elle se redressa promptement, tressaillit en s'avisant qu'elle avait dû se fouler la cheville, en plus du reste, et se remit à taper et à crier comme une forcenée. A un moment donné, alors qu'elle se taisait pour reprendre son souffle, une voix d'homme retentit à l'extérieur. C'était Devin, et il hurlait son nom !

Une joie folle l'envahit. Elle cria de plus belle. Des coups sourds ébranlèrent les planches, mais elles résistèrent à l'assaut. Devin lâcha un chapelet de jurons, ce qui la fit sourire. Le silence se rétablit, puis quelques minutes plus tard un grincement résonna sous les voûtes. Une clé tournait dans la serrure rouillée. Peu après, ivre de soulagement, Miranda vit la porte s'ouvrir et la silhouette de son mari s'encadrer sur le seuil. En un éclair, il se jeta sur elle et l'étreignit comme dans un étau.

— Miranda, gémit-il dans ses cheveux. Dieu soit loué ! J'ai cru vous avoir perdue à jamais.

Vers 23 heures, la jeune femme était douillettement installée dans le grand lit de son mari, lavée, coiffée, nourrie et ses diverses blessures soignées. Devin avait insisté pour lui faire boire un cognac, aussi était-elle en proie à une douce torpeur tandis qu'il faisait les cent pas devant elle, aussi furieux qu'un ours en cage.

— C'est ma faute, répétait-il sans fin. Je suis responsable de ce qui est arrivé.

— Pourquoi dites-vous cela ? s'enquit Miranda. Vous n'y êtes pour rien. Ce billet était un faux, nous l'avons établi.

Il se tourna vers elle, les poings crispés, les yeux étincelants.

— Je me doutais que quelque chose se tramait. J'aurais dû être plus prudent. Mieux veiller sur vous. Mais j'étais persuadé que c'était à moi, qu'on en voulait.

— A vous ? Qui ? Pourquoi ?

— Si je le savais ! Je peux vous l'avouer, maintenant : les deux premières alertes n'étaient pas des accidents. La barrière de la bibliothèque avait été sciée. Ce qui laisse à penser que ce rocher n'est pas tombé par hasard sur votre chemin, non plus.

Miranda écarquilla les yeux, épouvantée. Elizabeth avait donc raison !

— Pourquoi ne m'avez-vous rien dit ? demanda-t-elle dans un souffle.

— Pour ne pas vous alarmer. Et je vous le répète, je pensais être le seul visé. Après ces deux agressions à Londres, dans la rue et à Vauxhall, les incidents qui se sont produits ici ont éveillé mes soupçons. Je craignais pour votre vie, mais seulement parce que vous auriez pu être blessée à ma place, ou en vous trouvant tout simplement près de moi. Pas une seconde, je n'ai imaginé que vous pouviez être la cible de ces attaques ! Et je n'en comprends toujours pas la raison, au demeurant — sauf si ce fou essaie de m'atteindre à travers vous.

— Mais qui pourrait vous en vouloir à ce point ?

Devin esquissa un sourire crispé.

— Les candidats ne manquent pas, j'en ai peur. Le premier soir, j'ai songé à des hommes de main engagés par des créanciers. Ce qui était plausible. A Vauxhall, cependant, ce vaurien au couteau semblait décidé à m'occire. Je ne vois pas ce qu'un quelconque fournisseur aurait eu à y gagner.

Soudain, Miranda lâcha un petit cri étranglé. Il lui jeta un regard surpris.

— Qu'y a-t-il ?

Elle se mordit la lèvre.

— Rien. Je suppose… que je n'avais pas envisagé un vrai meurtre, ce soir-là. C'est une idée assez terrifiante.

De fait, ce qui la terrifiait plus encore, c'était qu'elle venait de comprendre en un éclair où elle avait vu le prétendu aide-jardinier qui parlait avec Elizabeth dans le verger. C'était l'homme de Vauxhall !

Elle eut l'impression que tout son sang se retirait de son corps. Pendant que Devin continuait à énumérer les diverses personnes qui aurait pu en vouloir à sa vie — des maris bafoués, des partenaires de jeu et autres fantoches de sa vie passée —, elle n'avait qu'un visage devant les yeux : celui de sa belle-mère.

Tout était clair, subitement. Clair comme de l'eau de roche. La personne qui avait le plus à gagner de sa mort était Elizabeth Upshaw.

Avec une incrédulité égale à son dégoût, elle se demanda si sa belle-mère, durant toutes ces années, n'avait fait que feindre de l'affection à son égard — tout en ne songeant qu'au jour où elle pourrait se débarrasser d'elle après un beau mariage qui assurerait l'avenir de sa fille. Un calcul aussi démoniaque, sur une aussi longue durée, lui semblait peu correspondre à la faiblesse de caractère d'Elizabeth. Mais n'est-il pire eau que l'eau qui dort ? se demanda-t-elle avec effroi. Et pourquoi sa belle-mère insistait-elle tellement sur la culpabilité de Devin ? Pour écarter les soupçons de sa propre personne, tout simplement.

Miranda passa une main sur son front, anéantie. Non. Cette explication était trop épouvantable, se dit-elle. Il devait en exister une autre. Elle réfléchit un instant. Après tout, l'homme de Vauxhall avait pu se faire engager au manoir afin de poursuivre son ignoble dessein. Elizabeth, en toute bonne fois, avait pu le prendre pour un jardinier. Sinon... Sinon elle en revenait à sa première hypothèse, qui lui semblait absurde. La mère de Veronica ne pouvait être une meurtrière. Et son père ne pouvait être marié à une criminelle, c'était impossible !

A la dérobée, elle considéra Devin qui était lui aussi plongé dans ses pensées. Si elle lui avouait ses soupçons, pensa-t-elle, il s'en prendrait aussitôt à Elizabeth qui serait jugée — et peut-être pendue pour tentative de meurtre. Une telle chose était impensable. Son père en mourrait, Veronica en porterait la honte sa vie entière. Il ne lui restait qu'une solution : mener sa propre enquête sans en souffler mot à personne.

— En attendant d'éclaircir cette affaire, reprit son mari, il faut assurer votre sécurité. Cela semble indispensable.

Miranda acquiesça distraitement.

— Darkwater n'est pas un endroit sûr, poursuivit Devin. Je pense que nous devrions partir le plus tôt possible pour Apworth Mountain. Là-bas, personne ne pourra vous approcher sans que je le sache.

— Mais comment pourrons-nous démasquer le coupable, si nous partons ? objecta Miranda.

Le comte la dévisagea un moment, la mine songeuse.

— Vous avez raison. De fait, ce qu'il faudrait... c'est tendre un piège à cet individu.

— Un piège ? Oui, ce serait la solution !

L'idée d'agir plaisait nettement plus à Miranda que celle de rester terrée quelque part sans rien faire. Mais elle s'assombrit aussitôt. Ce serait terrible, si la victime du piège en question était Elizabeth.

Un sourire joua sur les lèvres de Devin. De toute évidence, un plan se dessinait dans son esprit.

— Nous allons partir pour Apworth Mountain. A mon avis, nous croyant seuls et sans escorte, notre ennemi ne résistera pas à l'envie de nous suivre. Quel meilleur endroit que des montagnes désolées pour s'attaquer à un couple d'amoureux insouciants ? Seulement nous ne serons ni aussi seuls, ni aussi vulnérables qu'il pourra l'imaginer. Je demanderai au garde-chasse et à son fils de nous suivre de loin. Ils veilleront au grain, et le collet se refermera sur notre homme à la première alerte.

— Oui, cela me semble bien pensé, approuva Miranda.

En elle-même, elle espérait de tout son cœur que les choses se passeraient comme le prévoyait Devin — à condition qu'elle ait pu, d'ici là, établir l'innocence d'Elizabeth.

19.

Miranda avait prévu de parler à sa belle-mère dès le lendemain. Mais lorsqu'elle pénétra dans la bibliothèque en fin de matinée, elle eut la surprise de découvrir Elizabeth qui l'attendait. Elle s'arrêta un instant sur le seuil, réfléchissant brièvement à la marche à suivre.

— Miranda ! s'exclama Mme Upshaw en se levant d'un bond. Je voulais vous parler.

Elle était très pâle, les traits crispés.

— Voilà qui tombe bien, répondit la jeune femme. J'avais le même projet.

Tandis qu'elle étudiait sa compagne, elle avait plus de mal encore à croire que ses soupçons de la nuit précédente étaient fondés. Mais elle devait tout de même élucider cette histoire de faux jardinier.

— Ce que j'ai à vous dire va certainement vous déplaire, annonça Elizabeth avec une détermination surprenante chez elle. Néanmoins, il faut que je vous le dise.

— Je vous écoute.

Miranda prit place à la grande table, les yeux rivés sur le visage de sa belle-mère qui s'était assise face à elle. Elizabeth déglutit.

— Je... j'espère que ce qui vous est arrivé hier vous a fait réfléchir à mes mises en garde. Quand je pense que vous auriez pu agoniser des jours et des jours dans cette horrible cave !

— Par bonheur, Devin m'a retrouvée, glissa Miranda.

Les lèvres de Mme Upshaw se pincèrent.

— Oui, il vous a retrouvée. Ce qui prouve qu'il savait où vous chercher. Et qu'il comptait vous trouver morte, sans doute, après quoi il aurait joué les maris éplorés !

Comme Miranda voulait protester, elle l'arrêta de la main.

— Laissez-moi poursuivre ma démonstration. Après ce nouvel attentat contre votre vie, j'ai réfléchi longuement, hier soir. Et quelque chose m'a frappée : juste avant, Ravenscar avait cherché à vous empoisonner. Si j'ai été si malade, c'est parce que j'avais bu le chocolat qui vous était destiné ! De fait, c'est la fragilité de mon estomac qui m'a sans doute sauvée : si je n'avais pas rendu tout ce qu'il contenait, je vous laisse imaginer ce qui se serait passé.

Cette fois, la jeune femme ne trouva rien à répondre. Cette explication justifiait l'étrange torpeur qui avait saisi Elizabeth après leur entretien, en effet. Mais de deux choses l'une : ou sa belle-mère avait été droguée à son insu, ce qui l'innocentait, ou elle avait elle-même imaginé ce stratagème afin de renforcer sa thèse — ce qui expliquerait alors son étrange irruption dans la bibliothèque.

— Parler d'empoisonnement me semble quelque peu exagéré, Elizabeth, observa-t-elle d'un ton posé. Ce chocolat contenait tout au plus un soporifique — s'il contenait quelque chose. Et je ne crois toujours pas que Devin veuille me supprimer. Je suis sûre de lui.

— Sûre de lui ? se récria Mme Upshaw avec emportement. Ma pauvre enfant ! Cet homme est un vulgaire bonimenteur ! Un séducteur dépourvu de tout scrupule ! Un menteur invétéré !

Sous le regard stupéfait de Miranda, elle se leva et se mit à arpenter la pièce comme si elle était en proie à une horde de démons invisibles. La jeune femme ulcérée se leva à son tour, la prit par un bras et l'obligea à lui faire face.

— Je vous en prie, cessez ce manège ridicule. J'ignore pourquoi, vous êtes montée contre Devin depuis le premier jour. Mais ce que je sais, en revanche, c'est que votre attitude n'est pas claire non plus, loin de là !

Elizabeth la dévisagea fixement, l'air atterré.

— Que... que voulez-vous dire ?

— L'homme à qui vous parliez l'autre jour dans le verger n'était pas un jardinier, Elizabeth. C'est celui qui nous attaqué avec un couteau, Devin et moi, dans les jardins de Vauxhall !

— Non ! s'insurgea Mme Upshaw. Il ne devait pas vous toucher, vous ! Il devait juste...

Elle s'interrompit brusquement, consciente de s'être trahie. Le sang se retira de son visage. Lâchant son bras, Miranda la contempla avec stupeur, comme si elle ne l'avait jamais vue.

— C'était donc vous qui l'aviez chargé de commettre ce crime ?

— Un crime, un crime, vous y allez fort ! rétorqua Elizabeth d'un ton agité. Je voulais seulement empêcher Ravenscar de vous épouser.

— En le faisant tuer ? Elizabeth !

Sa belle-mère haussa ses épaules rebondies.

— Ma première tentative pour l'empêcher de vous rencontrer avait échoué. Je ne voulais pas qu'il paraisse à cette soirée chez sa mère, sachant qu'il vous séduirait aussitôt. C'est à ce moment-là que j'ai recruté Hastings, une racaille qui m'avait été recommandée... par un valet. Le sort a voulu que vous surgissiez en personne pour sauver Ravenscar. La fois suivante, Hastings devait juste intimider le comte, le menacer de le tuer s'il persistait dans ce projet de mariage. Je pensais que cela suffirait... Malheureusement, ce benêt a pris peur et détalé sans rien dire.

Elle porta soudain ses mains à ses tempes, tandis que des larmes jaillissaient de ses yeux.

— Pour l'amour du ciel, je n'aurais jamais voulu en arriver là, Miranda. Je vous en fais le serment ! Mais je ne savais plus que faire. J'étais traquée, affolée, je... je me sentais incapable de vous avouer la vérité. A l'idée que Joseph pût découvrir... ce que je lui avais caché, je me sentais devenir folle. Mais je n'ai jamais cherché à vous faire du mal à vous, ma chérie ! Jamais ! Ce qui s'est passé ici n'a rien à voir avec Hastings !

Elle abaissa les mains, dévisagea Miranda avec une intensité qui effraya la jeune femme.

— Vous m'êtes aussi chère que ma propre fille, reprit-elle d'une voix tendue. Mon seul but était de vous protéger de Ravenscar, de vous éviter de souffrir. J'ai demandé à Hastings de venir me rejoindre après les deux premiers « accidents », pour veiller sur vous. Il a cruellement failli à sa mission, hier.

Désireuse de la calmer, Miranda posa une main sur son bras.

— Mais enfin, Elizabeth, pourquoi nourrissez-vous une telle terreur à l'égard de Devin ? demanda-t-elle gentiment. Je ne comprends pas.

Sa belle-mère exhala un long soupir tremblant. Puis elle releva la tête, redressa le dos, et la regarda droit dans les yeux.

— Vous ne pouvez pas comprendre, Miranda. Cela ne s'explique que par mon passé. Un passé honteux, que j'ai soigneusement caché à votre père. Je n'ai jamais été la veuve de Roddy Blakington. Il n'a jamais existé. Je n'étais pas mariée, quand j'ai rencontré Joseph. Veronica est une enfant... illégitime. Et son père est Devin Aincourt.

La foudre serait tombée dans la pièce que Miranda n'en eût pas été plus secouée. Les poumons vidés par le choc, l'esprit en déroute, elle était incapable d'articuler le moindre mot cohérent. Enfin, au bout d'un long moment, elle parvint à murmurer :

— Qu'avez-vous dit ?

Elizabeth vacilla et se laissa choir brutalement sur une chaise.

— Je voulais garder mon secret, avoua-t-elle d'une voix faible. J'avais tellement honte ! Je n'avais rien d'une jeune personne dévoyée, je vous le jure. J'étais trop naïve, au contraire. J'avais mené une existence trop protégée, élevée par mon grand-père après la mort de mes parents. Quand j'ai rencontré Devin au cours d'une villégiature à Brighton... je me suis follement éprise de lui. Je n'avais jamais fréquenté aucun homme, avant lui, et il était si charmant, si séduisant, si plaisant ! Quand il s'est intéressé à moi, mon bonheur a été si grand que j'en ai perdu la tête. Pauvre oie blanche que j'étais ! J'ai cru qu'il m'aimait autant que je l'aimais, alors que je n'étais pour lui qu'une simple passade... D'ailleurs, après notre unique nuit ensemble, il m'a délaissée.

Elle leva un regard douloureux vers sa belle-fille.

— Le fait qu'il ne m'ait même pas reconnue est une preuve suffisante de mes dires, ne croyez-vous pas ? Quelques semaines plus tard, quand j'ai découvert que j'étais enceinte, j'ai été bouleversée. Mon premier geste a été de lui écrire, mais il n'a même pas eu la droiture de me répondre personnellement. Il m'a fait dire par... une amie commune qu'il ne m'épouserait pas.

Miranda porta ses mains à son visage, atterrée.

— Oh, mon Dieu... Comment croire...

— Douteriez-vous de mes paroles, Miranda ? coupa Elizabeth d'un ton enflammé. Pensez-vous que j'aurais pu inventer des aveux aussi pesants ? Pourquoi me noircirais-je ainsi, si ce n'était la triste vérité ? Ravenscar est un monstre de cynisme et de dureté !

— Non, ce n'est pas ce que je voulais dire, protesta la jeune femme. Bien sûr, que je vous crois. Mais tout ceci est tellement... sidérant !

— Constance ?

La voix stupéfaite de Devin les fit se retourner d'un bloc vers la porte. Il se tenait sur le seuil, l'air aussi hagard que s'il venait de voir un fantôme.

— Dev ! s'écria Miranda, comprenant qu'il avait entendu une partie au moins de leur conversation.

Elizabeth haussa le menton et le regarda droit dans les yeux.

— Oui, je suis bien Constance, Ravenscar. Celle qui tremblait que vous la reconnaissiez, alors que vous l'aviez si complètement oubliée.

C'était donc pour cela que sa belle-mère se réfugiait si souvent dans sa chambre ! pensa Miranda abasourdie. La pauvre femme avait dû vivre un martyre.

Devin la contempla un moment, visiblement interdit.

— Je ne vous avais pas oubliée ! s'exclama-t-il soudain. Je vous croyais morte ! Vous hantiez mes cauchemars !

Il porta son regard vers Miranda.

— Bonté divine, Miranda… Il s'agit de la personne dont je vous ai parlé. Celle qui m'avait annoncé son suicide par un billet, et que je n'avais pu sauver !

Elizabeth plissa les lèvres avec mépris.

— Vous êtes bien toujours le même, Ravenscar. Prêt à tous les mensonges pour vous blanchir !

— Mais non ! protesta Devin. J'ai vu de mes yeux ce billet où vous disiez vouloir vous noyer ! Si seulement vous étiez venue me parler, je…

— Un instant, intervint Miranda.

Elle se tourna vers sa belle-mère, dont les yeux luisaient férocement.

— Vous souvenez-vous de ce vieillard qui est venu chez nous à Londres, Elizabeth ? Celui dont la vue vous avait tellement bouleversée…

Elizabeth pâlit.

— Oui, je m'en souviens, admit-elle d'une voix étranglée. J'avais cru reconnaître… mon grand-père. Je l'avais si gravement humilié par ma conduite qu'il n'a même pas tenté de me retrouver, après ma fuite.

— C'était bien lui. Le malheureux venait me mettre en garde contre Devin. D'après lui, vous vous étiez noyée parce que lord Ravenscar avait refusé de vous épouser après vous avoir séduite. Il vous croyait morte, lui aussi !

Elizabeth écarquilla les yeux.

— Mais... pourquoi ? demanda-t-elle faiblement.

Devin s'approcha d'elle.

— Parce que vous aviez annoncé votre suicide, Cons... Elizabeth ! C'est moi qui ai montré ce billet à votre grand-père, après avoir découvert que vous n'étiez plus chez vous ! Nous avons aussitôt entrepris des recherches, pendant des jours. On n'a jamais retrouvé votre corps, évidemment. Seulement votre châle et vos chaussures sur un rocher, au bord de l'océan. J'en ai été dévasté. Vous aviez emporté mon enfant avec vous, sans même me demander si je voulais vous épouser !

D'abord ahurie, Elizabeth se ressaisit et le foudroya d'un regard haineux.

— Que me chantez-vous là ? glapit-elle. Dans le billet que Leona vous a porté pour moi, je vous apprenais que j'étais enceinte de vous ! Tout ce que vous avez trouvé à répondre par sa bouche, c'était que rien ne prouvait votre paternité — et que si j'insistais, vous demanderiez à des témoins de déposer contre moi !

En entendant le nom de Leona, Devin avait blêmi.

— Leona ? répéta-t-il d'un ton incrédule. Vous aviez confié ce billet à Leona ?

— Oui, parce que je n'osais venir vous voir moi-même ! Je la considérais comme une amie intime, et vous étiez aussi son ami.

— Mon Dieu...

Devin se passa une main sur le visage. Il y eut un long, un terrible silence. Puis Elizabeth parut comprendre à son tour ce qui s'était réellement passé, et elle s'effondra de nouveau sur une chaise.

— Est-ce possible ? articula-t-elle avec peine. Leona a-t-elle pu me faire une chose pareille ? Je me souviens encore... de l'instant où elle est venue me rapporter votre réponse. J'étais au piano. Elle s'est montrée si compatissante, si triste pour moi... Elle m'a dit que vous aviez jeté mon billet dans le feu, en proférant les menaces que je vous ai exposées tout à l'heure. Que vous alliez partir pour Londres sur-le-champ, et que je ne devais jamais essayer de vous revoir. J'étais ravagée.

— N'importe qui l'eût été à votre place, intervint Miranda en venant s'agenouiller près d'elle pour prendre ses mains entre les siennes. Ma pauvre Elizabeth... Que s'est-il passé, ensuite ?

Sa belle-mère abaissa vers elle un regard vide.

— Elle m'a proposé de m'aider... De m'avancer de l'argent pour me permettre de partir en Amérique, où je pourrais refaire ma vie dans l'anonymat. Elle disait qu'elle se sentait responsable, parce que c'était elle qui m'avait présenté Devin. Elle m'a conseillé de changer de nom, de me faire passer pour une jeune veuve ayant perdu son mari à peine enceinte. Elle m'a aidée à faire mes malles, elle a loué une chaise de poste et elle m'a même prêté sa femme de chambre pour m'accompagner jusqu'à Douvre... et m'installer dans ma cabine.

— Il s'agissait plutôt pour elle de s'assurer que vous ne changeriez pas d'avis en route, déclara froidement Miranda. Et de vous subtiliser le châle et les souliers qui prouveraient votre suicide !

Elizabeth pleurait à chaudes larmes, à présent.

— C'est terrible, terrible… Je la considérais comme ma meilleure amie, et elle m'a trahie.

— Elle n'a pas trahi que vous ! commenta encore Miranda d'un ton dur. Votre grand-père a failli devenir fou de chagrin. Le père de Devin l'a répudié et n'a plus voulu le revoir jusqu'à sa mort. Cette femme a délibérément ruiné la vie de plusieurs personnes, et tout cela parce qu'elle voulait garder Devin pour elle !

Elle se redressa, ses yeux gris luisant de fureur, et se tourna vers son mari. Il était livide, une intense blessure se lisait dans son regard. Si Leona était apparue en cet instant, pensa Miranda, il eût été capable de la saisir à la gorge pour l'étrangler.

— Veronica est donc ma fille ? demanda-t-il enfin d'une voix blanche.

Elizabeth essuya ses larmes et hocha la tête.

— Oui. Mais elle ne s'en doute pas, bien sûr. Pour elle, son père est Roddy Blakington, l'homme merveilleux que je lui ai inventé.

Soudain, une lueur de panique passa dans ses yeux.

— Vous n'allez rien lui dire, n'est-ce pas ?

Elle contempla tour à tour Devin et Miranda.

— Ce serait pour elle un choc épouvantable. Elle… elle me haïrait.

— Je ne lui dirai rien, affirma Devin avec émotion. Vous offrir mon silence est le moins que je puisse faire, après ce que vous avez enduré par ma faute. Mais je veillerai sur elle comme un père, je vous en fais le serment.

Il hésita un instant, puis ajouta :

— Constance… Pardon, Elizabeth. Je n'ai pas assez de mots pour vous dire combien je regrette ce qui s'est passé. Je n'étais qu'un jeune chien fou, à l'époque, je ne mesurais pas les conséquences de mes actes. Mais si je n'avais rien d'un *gentleman*, je puis vous jurer que je ne me serais jamais conduit aussi déshonorablement avec vous.

Elizabeth acquiesça d'un signe, pressant son mouchoir sur sa bouche tremblante. Miranda se pencha vers elle.

— Je vais vous raccompagner jusqu'à votre chambre. Vous avez besoin de vous reposer, après cette épreuve.

— Oui, murmura sa belle-mère. Je... j'ai besoin de rester seule.

Une fois chez elle, Elizabeth supplia Miranda de lui pardonner ses folies des dernières semaines. La jeune femme la rassura, lui affirmant que sa réaction se comprenait aisément quand on en connaissait les causes. Puis elle se hâta de rejoindre Devin, qui lui avait paru au moins aussi bouleversé que sa belle-mère.

Elle le trouva assis sur la première marche de l'escalier, qui l'attendait. Le regard éperdu qu'il lui jeta l'émut si fort qu'elle noua ses bras autour de sa taille et l'étreignit de toutes ses forces, la joue appuyée sur sa poitrine. Devin l'enlaça en tremblant.

— Dieu du ciel, Miranda... Quel fou j'ai été ! Pendant toutes ces années, à mon insu, Leona s'est jouée de moi...

Son désarroi transperçait le cœur de sa femme. Son chagrin, aussi, car elle savait combien il avait aimé la belle lady Vesey. Mettant ses propres blessures de côté, elle le prit par la main et l'incita à se lever.

— Venez, dit-elle en l'embrassant légèrement. Allons dans ma chambre.

Ils parlèrent longtemps, Devin essayant de comprendre comment il avait pu se laisser berner de la sorte, Miranda s'efforçant de le consoler.

— Cette femme n'a pas de cœur, conclut Devin. Elle est totalement insensible. Elle a prouvé qu'elle était capable de tout pour me garder en son pouvoir.

Soudain, il se leva d'un bond, les mâchoires crispées.

— Sapristi !

— Qu'y a-t-il ? demanda Miranda.

— Leona ! C'est elle, qui cherche à vous supprimer !

— Devin ! se récria la jeune femme horrifiée. Comment pouvez-vous penser une chose pareille ?

— J'ai rompu avec elle à cause de vous. Pire encore, je l'ai doublement frustrée : elle espérait que nous pourrions profiter de votre argent pour continuer notre vie de débauche ! Sa rage doit être sans bornes. Elle a dû penser que si vous mourriez, j'hériterais de votre fortune et je lui reviendrais. Bien sûr... ajouta-t-il d'une voix tendue. C'est elle, qui a orchestré les « accidents » dont vous avez été victime !

Il couvrit Miranda d'un regard où couvait une haine brûlante.

— Je me rends chez elle de ce pas. Je vais m'assurer que plus rien de fâcheux ne pourra vous arriver.

— Dev ! cria Miranda.

Elle ne put le retenir. Il avait déjà tourné les talons et quitté la pièce en courant.

20.

Moins d'une heure plus tard, Devin fit une entrée fracassante à Vesey Park, bousculant le valet qui lui avait ouvert et exigeant à grands cris d'être reçu sur-le-champ par la maîtresse de maison.

Comme il gravissait quatre à quatre le grand escalier, suivi par le domestique affolé, Leona parut sur le seuil de son salon particulier, sourire aux lèvres.

— Vous pouvez vous retirer, Portman, lança-t-elle avec un geste nonchalant de la main. Je m'occupe de lord Ravenscar.

Elle recula dans la pièce, les bras croisés sous sa poitrine aguichante, une satisfaction narquoise dans les yeux.

— Eh bien, eh bien... Quand je vous avais dit que vous me reviendriez en courant, Dev ! Mais je ne vous attendais tout de même pas si tôt.

Habité par une fureur incandescente, Devin claqua la porte derrière lui et empoigna brutalement son ancienne maîtresse par le bras.

— Je vous en prie ! protesta Leona avec hauteur. Si vous voulez me reconquérir, vous vous y prenez fort mal, mon ami !

— Je n'ai nulle envie de vous reconquérir, madame, riposta le comte, les dents serrées. Je suis ici pour vous prévenir que je n'ignore plus rien de vos manigances, et vous avertir que vous paierez très cher la moindre nouvelle atteinte à ma femme !

Leona, visiblement stupéfaite, le considéra avec une expression ébahie.

— Votre femme ? Que lui ai-je fait, grands dieux ? Comme si cette petite Américaine enfarinée pouvait m'intéresser !

Devin ouvrit la bouche pour la mettre devant ses multiples roueries, puis se ravisa. Evoquer Elizabeth devant cette créature machiavélique était impossible. Ce serait lui fournir une arme de choix contre Miranda et sa famille. Ravalant sa rancœur, il opta pour des griefs plus généraux.

— Je sais que vous m'avez odieusement manipulé pendant quatorze ans, Leona. J'en ai les preuves. Vous pensiez que je n'aurais jamais le courage de m'en prendre à vous, parce que je vous étais aussi attaché qu'un chien de luxe. Cette époque est révolue. Méfiez-vous de ma colère. Elle peut être terrible, quand on s'en prend aux gens que j'aime.

— Tout ce que je vois, c'est que vous avez perdu le sens ! persifla lady Vesey en essayant vainement de se dégager.

— Pas encore, mais cela pourrait bien arriver si vous continuez à mettre la vie de Miranda en danger ! Vous ne gagnerez rien à supprimer ma femme, Leona. Je ne vous reviendrai jamais. Maintenant que je vous vois enfin telle que vous avez toujours été, la seule idée de vous toucher me donne la nausée. Qu'il arrive encore le moindre « accident » à mon épouse, et je vous écraserai comme la vermine que vous êtes ! Est-ce clair ?

— Pas vraiment, riposta Leona avec un rictus haineux, mais une chose est certaine, Ravenscar : vous m'êtes odieux, je ne veux plus vous voir !

Devin la relâcha si brusquement qu'elle vacilla.

— Ce sentiment est réciproque, lâcha-t-il d'un ton amer. Tenez compte de mes mises en garde, c'est le seul conseil que j'ai à vous donner.

Leona le foudroya du regard.

— Sortez ! commanda-t-elle d'une voix frémissante de rage. Je ne veux plus jamais entendre parler de vous, ni de votre ridicule petite femme !

— Je ne vous demande rien d'autre, ma chère.

Devin la dévisagea quelques secondes encore, se demandant comment il avait pu aimer si longtemps une femme aussi cruelle, perverse et préoccupée de sa seule jouissance. Puis il tourna les talons et s'en alla.

Après ce début de journée éprouvant, Miranda décida de retourner travailler dans la bibliothèque pour se changer les idées. Hiram était en réunion avec l'architecte et son père, comme souvent ces derniers temps, mais M. Strong l'attendait.

— Oh, je suis navrée, monsieur Strong. Je crains d'avoir oublié notre rendez-vous, s'excusa-t-elle.

L'intendant se leva avec empressement.

— Ce n'est pas grave, milady. Je reviendrai plus tard, si vous le souhaitez.

— Non. Il faut que nous progressions. Je dois avancer le plus possible avant mon départ pour Apworth Mountain avec lord Ravenscar.

Strong haussa les sourcils.

— Vous comptez donc toujours vous y rendre, milady ? Malgré ce qui vous est arrivé hier ?

— Bien sûr. Quelques jours de détente me feront le plus grand bien. Alors, où en sommes-nous ? Au dernier registre, c'est cela ?

— Oui, madame la comtesse. Toutefois, je... j'avais une autre idée en tête, pour aujourd'hui. Vous disiez vouloir rencontrer nos fermiers. Pourquoi n'irions-nous pas en voir un ou deux, cet après-midi ?

Miranda réfléchit un instant, tentée par cette diversion. Après tout, si Leona était la coupable, elle ne risquait plus grand-chose à s'éloigner du manoir, maintenant. Mais son sens du devoir reprit le dessus. Elle soupira.

— Non, je crois qu'il vaut mieux que je termine ceci, sans quoi je ne pourrai pas profiter totalement de notre excursion.

— Comme vous voudrez, milady.

Strong allait se rasseoir, quand il se ravisa.

— Pardonnez-moi. Je viens de me rendre compte qu'il me manque certains états. Si vous voulez bien m'excuser une minute...

— Faites.

Miranda s'installa. Elle était plongée dans son examen quand la porte se rouvrit. Mais ce fut Rupert qui entra au lieu de l'intendant.

— Oncle Rupert ? Vous m'avez surprise. Je pensais que c'était M. Strong qui revenait.

L'oncle de Devin sourit d'un air affable.

— Comment allez-vous, mon enfant ? Etes-vous remise de votre mésaventure d'hier ?

— Oui, répondit gaiement Miranda. J'ai du ressort, vous savez !

— Je m'en étais aperçu. Que diriez-vous d'une petite promenade à cheval ? Jusqu'à l'abbaye, peut-être.

— Non, répondit la jeune femme. Ce serait avec plaisir, mais mon travail doit passer avant.

— Ces comptes peuvent attendre ! protesta le *gentleman* d'un ton jovial. La journée est splendide.

— Je suis désolée, maintint Miranda. Je ne peux vraiment pas.

— Dommage.

Alors, à l'intense stupeur de sa nièce, il tira un pistolet de sa poche et le dirigea sur elle.

— Je crains de devoir insister, ma chère.

Miranda le contemplait fixement, sidérée, avec l'impression que le ciel venait de lui tomber sur la tête. Pour l'amour du ciel ! C'était donc lui ?

— Oncle Rupert ! s'exclama-t-elle d'une voix blanche. Comment pouvez-vous...

Sur ces entrefaites, Strong entra et referma la porte derrière lui.

— Monsieur Strong ! s'écria la jeune femme soulagée. Aidez-moi, je vous en prie !

Mais l'intendant lui jeta un coup d'œil nerveux, avant de se tourner vers Rupert Dalrymple.

— Vous ne pouvez quitter le manoir en la menaçant de la sorte, monsieur. On va vous voir.

L'ahurissement de Miranda atteignit son comble. Ils étaient donc de mèche ! Et soudain, en un éclair, elle comprit.

— Le domaine ! Vous étiez complices, n'est-ce pas ? Vous falsifiez les comptes pour voler Devin !

Rupert soupira.

— Vous êtes trop fine pour votre propre bien, ma nièce. Cela devait vous jouer des tours, un jour ou l'autre.

Là-dessus, il s'approcha de Miranda. Avant qu'elle ait compris son intention, il leva le pistolet qu'il tenait par le canon et en abattit brutalement la crosse sur le crâne de la jeune femme. Tout devint noir, et Miranda s'effondra sur le sol.

Quand Miranda revint à elle, il faisait toujours noir. Un instant, elle fut terrifiée à l'idée d'être de nouveau enfermée dans les caves. Mais un rai de lumière filtrant au-dessus d'elle lui indiqua que ce n'était pas le cas.

Elle se redressa sur son séant, la tête douloureuse, et scruta la pénombre autour d'elle. Le sol était en terre battue, les murs de sa prison aussi. Quant au rayon lumineux qui perçait l'obscurité, il dessinait une sorte de rectangle, à la façon d'une trappe. Quelques marches de pierre semblaient y mener.

Les ruines de l'abbaye, pensa-t-elle aussitôt. C'était là, sans nul doute, que ces bandits l'avaient enfermée. Mais comment avaient-ils fait pour la sortir du manoir sans attirer l'attention ?

Elle resta assise où elle était, immobile, le temps de recouvrer ses forces. Sa seule chance de survie était de soulever cette trappe, elle le savait, mais pour l'heure elle se sentait encore trop affaiblie par le coup que Rupert lui avait asséné.

Rupert..., songea-t-elle avec un soupir d'amertume. Il lui avait reproché sa finesse, mais de fait elle avait été bien trop longue à comprendre ce qui se tramait ! De toute évidence, Strong et lui avaient falsifié les registres ; depuis des lustres, ces deux gredins devaient empocher des revenus qui n'apparaissaient nulle part dans les livres. Et Darkwater, en fin de compte, n'était peut-être pas dans un état aussi lamentable qu'elle l'avait cru !

Le cœur serré, elle se remémora des détails qui auraient dû lui sauter aux yeux, si elle avait été plus attentive... et moins préoccupée par ses affaires de cœur. Ces « accidents » qui s'étaient produits juste après l'annonce qu'elle avait faite de vouloir prendre le domaine en main — au grand dam de Rupert. Le vaurien avait bien caché sa déception ! Mais il avait aussitôt tramé sa vengeance, pendant que Strong, plus finaud qu'il n'y paraissait, mettait toute son ardeur à freiner l'examen des comptes...

Par la suite, les deux complices s'étaient accordé un certain répit — espérant sans doute que la nouvelle lady Ravenscar allait relâcher sa vigilance. Mais les attaques avaient repris quand elle avait persisté dans son objectif : la drogue dans le chocolat, le piège du rendez-vous dans les caves. Cette fois, Rupert et l'intendant semblaient déterminés à en finir avec elle. Comme si elle était sur le point de découvrir un élément capital. Lequel ? se demanda-t-elle, intriguée.

Ce tour d'horizon effectué, elle en revint à sa situation présente. Pas brillante ! pensa-t-elle sombrement. Si Devin était convaincu que Leona avait fomenté ces attentats, et s'il l'avait mise hors d'état de nuire, il tarderait sans doute à s'inquiéter de sa disparition, cette fois. Et il ne songerait certainement pas à la chercher en un lieu aussi éloigné du manoir... Il ne fallait pas qu'elle compte sur lui pour la délivrer, conclut-elle. Son salut était entre ses seules mains.

Peut-être ses ravisseurs reviendraient-ils l'achever, se dit-elle tout à coup. Ou simplement vérifier si elle était bien morte... Combien de temps la laisseraient-ils moisir ainsi, attendant qu'elle dépérisse de faim et de soif ? Ecartant cette idée déprimante, elle choisit d'agir. Il fallait qu'elle se procure une arme, pour être prête à se défendre le cas échéant. Elle se mit debout, entreprit d'explorer du bout du pied le sol de sa prison. Après quelques minutes de recherche, elle constata que ses seules munitions possibles étaient des cailloux, trop petits pour être efficaces. Elle les ramassa tout de même et les mit dans sa poche. Au bout d'un moment, leur poids lui donna une idée : si elle les rassemblait dans son mouchoir noué, ils pourraient lui servir de massue ! Sitôt pensé, sitôt exécuté. Satisfaite, Miranda se rassit, son arme sur les genoux. Ce n'était peut-être pas grand-chose, mais Strong et Rupert ne s'attendraient sûrement pas à être attaqués par leur prisonnière. La surprise jouerait en sa faveur.

Elle se morfondait depuis plus d'une heure, quand soudain elle crut discerner le hennissement d'un cheval, accompagné d'un bruit de voix. Malgré son envie d'appeler au secours, elle se tut. Il s'agissait plus probablement de ses ravisseurs que d'un promeneur, ou même que de son mari. Serrant les dents, les doigts crispés sur le mouchoir qu'elle avait glissé dans sa poche, elle attendit.

Au-dessus d'elle, les voix se rapprochaient. Miranda les reconnut aussitôt.

— Je ne comprends pas pourquoi vous vous entêtez à revenir ! déclara Strong d'un ton irrité. Elle mourra bien toute seule !

— Nous en avons déjà discuté, trancha Rupert Dalrymple. Nous ne pouvons courir le risque que mon neveu la trouve avant qu'elle ait rendu son dernier soupir. Elle nous dénoncerait.

Peu après, la trappe se souleva et les pieds de Rupert apparurent. Il descendit les marches, une lanterne à la main, suivi d'un Strong qui ne semblait guère à l'aise.

— Ah, vous êtes réveillée ! constata-t-il avec ennui en éclairant le visage de Miranda.

Sans doute eût-il préféré la tuer dans son sommeil, pensa la jeune femme. Elle se redressa, feignant de paraître étourdie.

— Oncle Rupert ? murmura-t-elle en clignant des paupières.

— Ne jouez pas à ce petit jeu avec moi ! riposta sèchement son adversaire. Vous n'avez rien d'une faible femme, je le sais. Si vous étiez restée à votre place, rien de tout cela ne serait arrivé.

— Certes ! confirma Miranda, reprenant un ton aussi sec que le sien. Vous auriez pu continuer à voler Devin en toute impunité ! Mais vous ne sortirez pas indemne de cette histoire, Rupert. Quand mon mari découvrira que j'ai été assassinée, il mènera son enquête et c'est à vous qu'elle aboutira.

— Sornettes ! persifla Rupert. Quand une riche épouse vient à disparaître, c'est toujours son mari qui est soupçonné le premier. Et la réputation de Devin n'aidera pas à l'innocenter, croyez-moi ! Je gage que votre père lui-même se mettra en quatre pour faire arrêter son gendre.

Les doigts de Miranda se resserrèrent sur son mouchoir.

— Non content d'avoir floué votre neveu pendant des années, vous n'hésiteriez donc pas à l'envoyer au gibet ?

Derrière Rupert, Strong émit une plainte sourde. Il était blême. Son complice fronça les sourcils.

— Non, grommela-t-il. Je me suis laissé emporter. Vous avez le don de me faire sortir de mes gonds, ma nièce. Et vous me poussez dans mes retranchements, avec vos façons de fourrer votre joli nez partout. Quand je pense que vous avez eu l'idée farfelue d'aller explorer Apworth Mountain ! Qui d'autre que vous aurait pu concevoir un projet pareil ?

Miranda ouvrit de grands yeux. C'était donc là la clé du mystère ?

— Apworth Mountain ? répéta-t-elle avec stupeur. C'est pour m'empêcher de me rendre là-bas que vous voulez me tuer ?

— Pour quoi d'autre ? riposta Rupert d'un ton cinglant. Il n'aurait plus manqué que mon neveu découvre les mines !

— Les mines ? s'exclama Miranda. J'avais donc raison ! Ce massif contient des minerais !

— Mais oui, ma nièce, vous avez toujours raison ! persifla Dalrymple. C'est bien pour cela que je ne puis vous laisser en vie !

Rouge de fureur, il se pencha vers la jeune femme pour la saisir par le poignet et la forcer à se lever.

Miranda ne lui opposa pas de résistance. Mais à peine fut-elle sur ses pieds qu'elle lui asséna de toutes ses forces sa massue improvisée sur le crâne et le poussa en arrière. Déséquilibré, Rupert tomba à la renverse, inconscient.

Sans perdre une seconde, Miranda saisit ses jupes à deux mains et bouscula Strong hébété pour se ruer dans l'escalier. Dans sa stupeur, l'intendant manqua une marche et s'effondra à son tour avec un bruit sourd.

Arrivée en haut, Miranda mit sa main en visière pour se protéger du soleil éblouissant. Les chevaux ! Où étaient les chevaux ? Elle les aperçut bientôt près d'un mur en ruine, leurs brides simplement jetées sur un buisson. Mais quand elle se précipita vers eux, cette soudaine irruption les effraya ; ils hennirent, renâclèrent et secouèrent leurs rênes, s'enfuyant au grand galop.

Maudissant sa sottise, la jeune femme regarda autour d'elle. Des grognements sinistres montaient du trou où elle avait été enfermée. Rupert et Strong n'allaient pas tarder à sortir et à la prendre en chasse ! Elle prit ses jambes à son cou, courut jusqu'à un pan de mur qui lui offrit un premier abri. Ses ravisseurs s'étaient bien lancés à sa poursuite. Le cœur battant à se rompre, elle décida de s'éloigner de l'abbaye. Il lui faudrait franchir une vaste prairie à découvert, ce qui ne l'enchantait guère, mais dès qu'elle atteindrait les bois situés de l'autre côté elle pourrait se cacher et serait sauvée.

Alors qu'elle s'élançait, priant le ciel de réussir son pari, un cavalier arriva au grand galop face à elle.

— Devin ! hurla-t-elle, folle de joie.

Son mari ne s'arrêta pas auprès d'elle. Il poursuivit son chemin pour se diriger vers Strong, se laissant tomber sur l'intendant quand il parvint à sa hauteur. Les deux hommes roulèrent à terre, mais Devin, d'un direct au menton, eut vite raison de son employé déjà assommé par le premier choc. Après quoi il se remit sur pieds et rattrapa en quelques secondes son oncle vieillissant qui cherchait à lui échapper. D'un second coup de poing bien asséné, il l'envoya à terre, hors d'état de nuire. Alors seulement, il se tourna vers sa femme et courut la prendre dans ses bras.

— Miranda ! s'écria-t-il en la serrant si fort qu'elle pouvait à peine respirer. J'ai eu si peur pour vous ! Etes-vous saine et sauve ?

La jeune femme riait et pleurait à la fois.

— Oui, je vais bien, assura-t-elle. Mais comment êtes-vous ici ? C'est un miracle !

— Non, murmura Devin en embrassant son front. Quand je ne vous ai pas trouvée à mon retour au manoir, j'ai tout de suite pensé que vous étiez de nouveau en danger. En chemin, j'avais acquis la conviction que ce n'était pas Leona qui cherchait à vous tuer, elle avait paru trop surprise de mes accusations. J'ai questionné les domestiques ; l'un d'eux s'est souvenu d'avoir vu Strong et Rupert quitter la maison avec un tapis roulé, qu'ils ont chargé sur une charrette. La chose était déjà assez étrange, mais plus tard le valet m'a averti que les deux lascars étaient revenus avec la charrette et le tapis, avant de repartir à cheval. Je me suis lancé à leur poursuite, à distance. Et en arrivant ici je vous ai vue vous enfuir, ces malotrus sur vos talons. Que s'est-il passé ?

— C'est une longue histoire, répondit Miranda. Mais au moins je sais maintenant comment ces voleurs m'ont amenée jusqu'ici après m'avoir assommée !

— Ces voleurs ? Ils vous ont assommée ? Racontez-moi tout.

Le plus rapidement possible, Miranda lui expliqua ses mésaventures et ses découvertes de la journée. Devin l'écouta, de plus en plus outré et stupéfait.

— Cela semble incroyable ! s'exclama-t-il quand elle eut terminé. Je serais donc plus riche que je ne le pensais ? Le domaine ne serait pas ruiné ? La région d'Apworth Mountain serait exploitée à mon insu ?

— A mon avis, Darkwater est une propriété en pleine expansion. Seuls les comptes de Strong laissaient croire le contraire. Votre intendant était beaucoup moins stupide que je ne l'imaginais... Quant à ces mines secrètes, c'est le clou de l'histoire ! L'appât du gain peut vraiment conduire certaines personnes à des excès inimaginables, conclut Miranda avec un frisson. Quand je pense que votre oncle a voulu me tuer !

— Vous aviez dérangé une sacrée fourmilière, mon adorable petite tornade. Par bonheur, je suis arrivé à temps, chuchota son mari en l'enveloppant plus étroitement encore.

— Oui, vous m'avez sauvé la vie.

— Comme vous avez sauvé la mienne, lady Ravenscar. A plus d'un titre.

La gratitude et l'amour que Miranda lut dans le regard de Devin l'emplirent d'une joie sans bornes. Avec un soupir comblé, elle offrit ses lèvres à son baiser.

Épilogue

Miranda se leva, s'étira, repoussa sa chaise et quitta l'ancien bureau de Strong, devenu le sien depuis plusieurs semaines. Elle regagna le manoir d'un pas lent, savourant le silence retombé sur Darkwater en cette fin de journée. Les travaux de restauration avançaient bien, mais elle serait heureuse de partir enfin pour l'Italie avec Devin, et d'échapper aux bruits incessants des marteaux et des scies.

Ils auraient pu partir plus tôt, mais elle avait tenu à tout mettre en ordre avant leur départ, afin de savourer l'esprit tranquille et le cœur en paix cette lune de miel si longtemps retardée. Quatre mois de bonheur sans partage avec son mari, l'homme le plus merveilleux de la terre ! Son plus doux rêve allait se réaliser. Et l'éloignement, elle le savait, leur permettrait d'oublier les drames qui avaient terni le début de leur mariage.

Avec le temps, sans doute pourrait-elle pardonner à Elizabeth les machinations qu'elle avait montées contre Devin. Mais la vie à Darkwater serait certainement plus facile quand les Upshaw auraient regagné Londres. En attendant, Devin avait profité de ce mois pour apprendre à connaître sa fille, avec qui il s'entendait à merveille. Jamais, cependant, Veronica ne saurait qu'elle était autre chose pour lui qu'une jeune belle-sœur.

Rupert et Strong étaient en prison. Miranda eût préféré que Devin les laissât émigrer dans une quelconque colonie, afin d'éviter le scandale, mais son mari s'était montré intraitable. Des bandits qui avaient tenté de tuer sa femme ne méritaient pas d'autre sort, sinon la mort, avait-il déclaré, le regard si dur que Miranda n'avait pas insisté.

Elle se dirigea vers l'aile ouest, où elle savait trouver Devin. Il était bien dans son atelier, où il l'accueillit avec un grand sourire.

— Miranda ! Venez voir, j'ai terminé votre portrait.

La jeune femme s'approcha, amusée. C'était le cinquième qu'il avait fait d'elle — et le plus réussi d'après lui. Il voulait l'accrocher dans le grand vestibule. Elle était plus belle qu'en réalité, pensa-t-elle, dans cette robe d'un rouge lumineux qui tranchait sur sa peau claire, mais elle ne pouvait se plaindre d'apparaître ainsi aux yeux de son mari.

— C'est magnifique, comme toujours, déclara-t-elle en glissant un bras autour de sa taille. Mais ne vous lassez-vous pas de peindre et de repeindre sans fin mon visage ?

Il abaissa les yeux vers elle, souriant plus largement encore.

— Non. Car je sais que je ne parviendrai jamais à rendre tout à fait ce qui vous rend unique, mon amour. Et si j'ai bien compris, je n'aurai pas à vendre mes toiles pour vivre, ajouta-t-il, le regard pétillant.

— Loin de là, répondit Miranda. J'ai enfin terminé les comptes et puis vous dire que vous êtes très riche. Voulez-vous connaître le montant exact de vos avoirs ?

— C'est inutile. La seule chose qui compte pour moi, c'est que nous puissions bientôt partir pour le continent. Pour le reste, je m'en remets à vous.

Sa femme fronça les sourcils, faussement sévère.

— Ce genre de détachement vous a plutôt mal réussi jusqu'ici, milord.

— Oui. Mais vous, je sais que je peux vous faire confiance. Toute la différence est là.

Il se pencha vers elle pour l'embrasser.

— Je vous aime.

Peu après, main dans la main, ils quittèrent l'atelier pour aller s'habiller pour le dîner.

— Le plus ironique, déclara Miranda, c'est que dans son désir de s'enrichir Strong a réalisé des prouesses. Les fermages auraient suffi à vous faire vivre, et le contrat qu'il a passé avec cette compagnie charbonnière vous assure une fortune considérable. Vous eûssiez pu restaurer Darkwater sur vos propres deniers.

Lorsqu'ils arrivèrent dans sa chambre, elle se tourna pour permettre à Devin de dégrafer sa robe.

— De fait, vous n'aviez nul besoin de m'épouser, conclut-elle. Vous pouviez vous passer de moi.

— Oh, si, j'en avais besoin, objecta son mari en se penchant pour déposer un baiser sur sa nuque. Pour être un homme heureux. Et pour connaître l'amour.

Miranda pivota entre ses bras, souriante, et laissa choir sa robe à ses pieds.

— Etes-vous sûr de le connaître, maintenant ?

— Oh, oui ! affirma Devin d'un ton qui ne laissait planer aucun doute sur ses intentions. Je le connais même de façon très intime.

Taquine, sa femme noua ses bras nus autour de son cou.

— Si vous me montriez à quoi il ressemble ?

Son mari l'attira à lui.

— Avec le plus grand plaisir, murmura-t-il contre sa bouche.

Grands Romans Historiques

LE CHÂTEAU DES OMBRES, de Candace Camp • n°14

(2ème partie)
Une malédiction séculaire plane sur le manoir des Eaux-Noires, propriété des comtes de Ravenscar : aucun de ses propriétaires n'y connaîtra jamais le bonheur…

Désespéré par la mort accidentelle de sa femme et de leur petite fille, lord Richard Claybourne attend Noël, date anniversaire de la tragédie, pour mettre fin à ses jours. Il en est empêché par l'arrivée inopinée chez lui de la jeune Gabriella, fille de feu son meilleur ami, et de Jessica Maitland, sa préceptrice, qui lui explique être chargée de mettre en sécurité Gabriella dont la vie serait menacée. Le duc se résigne à les héberger quand une soudaine tempête de neige le contraint à offrir l'hospitalité à d'autres fâcheux. Une cohabitation houleuse s'ensuit, qui tourne au drame lors d'une nuit tragique…

MIRA

La passion de lire

Romans Grand Format
à découvrir ou à redécouvrir
dès le 1er mars 2004

SANG FROID, ***de Alex Kava***

Quelques mois après l'exécution d'un tueur en série, un nouveau crime révèle l'existence d'un copycat.

Un thriller moderne, sombre, dont l'écriture évoque celle de Cornwell, Koonz ou Patterson.
«Le rythme du livre, nerveux, incisif, communique le sentiment haletant d'être pris dans l'urgence de l'enquête. Redoutablement captivant…
…Un thriller à vous glacer le sang.»

— Genre : thriller —

LE CERCLE BRISÉ*, ***de Nora Roberts***

La nuit du meurtre, Emma avait 6 ans. Témoin de la scène, elle a enfoui les images dans sa mémoire. Jusqu'au jour où…

Un Nora Roberts fort de ses qualités habituelles d'auteur : épaisseur psychologique des personnages, intrigue à suspense, plongée dans un milieu — ici, celui du monde musical des années 70-80, avec la force et la vérité d'un témoignage.
«D'une grande efficacité romanesque.»
«… une lecture émotionnellement prenante.»
(*déjà publié en France sous le titre : *Fille de star*)

— Genre : romanesque —

L'ENFANCE VOLÉE, ***de Charlotte Vale Allen***

Roman sensible et émouvant sur l'énigme d'une vie volée, et qui répond à cette question : que feriez-vous si vous découvriez, à la mort de votre mère, qu'elle vous a «volée» à une autre femme et que votre vie n'a été qu'un mensonge ?

Une intrigue captivante, une réflexion sur l'identité, le mensonge et les liens d'amour. Un puzzle passionnant...

— Genre : drame psychologique —

RAPT, ***de Erica Spindler***

Elle n'est qu'un pion dans un scénario macabre. Elle croit le cauchemar terminé...mais il n'a pas encore commencé.

Un thriller qui joue la carte de l'angoisse et plonge le lecteur dans l'univers obsédant d'un psychopathe. On explore cette zone limite où l'on traverse la frontière qui sépare le bien du mal...

«Indispensables», ont écrit les critiques de *USA Today* et du *New York Times*, à propos des romans d'Erica Spindler.

— Genre : angoisse —

LE PIÈGE*, ***de Meg O'Brien***

Sur une île coupée du monde, ils sont tous suspects. Mais il n'y a qu'un meurtrier.

Huis-clos sur fond de cataclysme et de crime. Très fines et rapides notations sur les personnages du roman, un roman servi par le regard aigu et parfois ironique de l'auteur. Meg O'Brien joue à cache-cache avec son lecteur pour mieux lui dévoiler son jeu...

(*déjà publié en France sous le titre : *Mortel abri*)

— Genre : suspense —

LE REFUGE IRLANDAIS, ***de Emilie Richards***

Sous la plume talentueuse de l'auteur se déploie l'histoire prenante et tourmentée des sœurs Donaghue, filles d'immigrants irlandais, au destin marqué par un tragique secret.

Richesse de l'intrigue, finesse de l'analyse psychologique, grand souffle romanesque ! Une lecture passionnante.

— Genre : saga —

ABONNEMENT...ABONNEMENT...ABONNEMENT...

Oui, je désire profiter de votre offre exceptionnelle. J'ai bien noté que je recevrai d'abord gratuitement un colis de 2 livres* ainsi que 2 cadeaux. Ensuite, je recevrai un colis payant de romans inédits régulièrement.

Je choisis la collection que je souhaite recevoir :

(☑ cochez la case de votre choix)

- ❑ **AZUR :** Z4ZF56
- ❑ **AMOURS D'AUJOURD'HUI :** A4ZF53
- ❑ **BLANCHE :** B4ZF53
- ❑ **LES HISTORIQUES :** H4ZF53
- ❑ **ROUGE PASSION :** R4ZF56
- ❑ **DÉSIRS :** D4ZF52
- ❑ **DÉSIRS/AUDACE :** D4ZF54
- ❑ **HORIZON :** O4ZF55
- ❑ **BEST-SELLERS :** E4ZF52
- ❑ **BEST-SELLERS/INTRIGUE :** E4ZF54

*sauf pour la collection Désirs : 1 livre gratuit

Renvoyez ce bon à : Service Lectrices HARLEQUIN
BP 20008 - 59718 LILLE CEDEX 9.

Mme ❑ Mlle ❑ NOM ____________________

Prénom ____________________

Adresse ____________________

Code Postal |_|_|_|_|_| Ville ____________________

Tél. : |_|_|_|_|_|_|_|_|_|_|

Date d'anniversaire |_|_|_|_|_|_|_|_|

Le Service Lectrices est à votre écoute au 01.45.82.44.26
du lundi au jeudi de 9h à 17h et le vendredi de 9h à 15h.

Conformément à la loi Informatique et Libertés du 6 janvier 1978, vous disposez d'un droit d'accès et de rectification aux données personnelles vous concernant. Vos réponses sont indispensables pour mieux vous servir. Par notre intermédiaire, vous pouvez être amené à recevoir des propositions d'autres entreprises. Si vous ne le souhaitez pas, il vous suffit de nous écrire en nous indiquant vos nom, prénom, adresse et si possible votre référence client. Vous recevrez votre commande environ 20 jours après réception de ce bon. Date limite : 31 décembre 2004.

Offre réservée à la France métropolitaine, sousmise à acceptation et limitée à 2 collections par foyer.

Composé et édité
PAR LES ÉDITIONS HARLEQUIN
Achevé d'imprimer en février 2004

BUSSIÈRE
GROUPE CPI

à Saint-Amand-Montrond (Cher)
Dépôt légal : mars 2004
N° d'imprimeur : 38162 — N° d'éditeur : 10400

Imprimé en France